[美]克利福德（Richard Clifford）◎著 祝帅◎译

圣经图书馆
The Biblical Library

智 慧 文 学

THE WISDOM LITERATURE

华东师范大学出版社

华东师范大学出版社六点分社　策划

三极彝训，其书曰经。经也者，恒久之至道，不刊之鸿教也。

———刘勰《文心雕龙·宗经第三》

圣经都是上帝所默示的，于教训、督责、使人归正、教导人学义都是有益的。

———《提摩太后书》3:16

圣经图书馆
The Biblical Library

主编
Chief Editors

杨克勤 梁慧
K. K. Yeo，Hui Liang

学术顾问委员（以中文姓氏笔划为序）
Academic Advisory Board（in the order of the number of strokes in Chinese surnames）

贝尔 （美国海涵学会） David Baer (Overseas Council, USA)

朱厄特 （德国海德堡大学） Robert Jewett (University of Heidelberg, Germany)

刘小枫 （中国人民大学） Liu Xiaofeng（Renmin University of China, PRC）

克拉兹 （德国哥廷根大学） Reinhard Gregor Kratz (University of Göttingen, Germany)

克莱因 （以色列巴伊兰大学） Jacob Klein (Bar-Ilan University, Israel)

麦格拉思 （英国牛津大学） Alister McGrath (Oxford University, UK)

帕特 （美国范德比特大学） Daniel Patte (Vanderbilt University, USA)

佩杜 （美国布莱特神学院） Leo G. Perdue (Brite Divinity School, USA)

罗宾斯 （美国爱默瑞大学） Vernon Robbins (Emory University, USA)

卓新平 （中国社会科学院） Zhuo Xinping（Chinese Academy of Social Sciences, PRC）

杨慧林 （中国人民大学） Yang Huilin（Renmin University of China, PRC）

赵敦华 （中国北京大学） Zhao Dunhua（Beijing University, PRC）

柯林斯 （美国耶鲁神学院） John J. Collins (Yale Divinity School, USA)

威瑟林顿 （美国阿斯伯里神学院） Ben Witherington III (Asbury Seminary, USA)

格斯滕伯格 （德国马堡大学） Erhard S. Gerstenberger (University of Marburg, Germany)

朗曼 （美国威斯蒙特学院） Tremper Longman (Westmont College, USA)

萨肯菲尔德 （美国普林斯顿神学院） K. D. Sakenfeld (Princeton Theological Seminary, USA)

温特 （澳大利亚麦考瑞大学） Bruce Winter (Macquarie University, Australia)

奥登 （美国德鲁大学） Thomas C. Oden (Drew University, USA)

圣经图书馆

主编：杨克勤　梁慧

缘　起

　　自西学入华以来，中国文教体制分崩离析，中国学人一直无法回避的问题：西方文明如何轻而易举割断我们的学统，终止了我们的道统。中西之争的题域一直困扰着我们。其实，中西文化各有其哲学思想、伦理道德及宗教文化之渊源，而这些渊源无不以古雅圣贤经书为开端和基石，形成经典。所谓"经典"，系指一种影响悠久文明形态走向的文本源头，蕴涵先知圣贤的智慧，其历经时间的长久考验，仍然能作用于今天的世界共同体与文本进行生命交汇，具有孕育一种重植根基、重温知新、重现思想的能力。刘勰《文心雕龙》道："三极彝训，其书曰经。经也者，恒久之至道，不刊之鸿教也。"（宗经第三）"经典"的魅力在於它隐含宇宙秩序的永恒原则，背负磅礴的天理及诚意，其理想和认知超越了所起源的历史人文环境，构筑了现代社会、经济和文教体制的重要基础。因此，倡导以经典为基础和以文本为依据的主要目的：一，避免对古文化"道听途说"或"皮相论据"；二，以治经方法回归原典，重拾学统学理，从中取得借镜，在与圣贤的席谈中，寻索真知灼见，破解"中西之争"之伪；三，回归经典意味当下，我们要从"中西之争"的题域回归"古今之争"的视域，进而通达"古今之变"。

　　西方文明的最重要基石之一是圣经。本丛书"圣经图书馆"以希伯来和基督宗教正典文本为经，以人心并大道的普世共通性为纬，勾勒整全西方文明的基础图景，诚如宋儒陆象山云："东海有圣人出焉，此心同也，此理同也。西海有圣人出焉，此心同也，此理同也。"（《象山先生行状》）虽然这些经典的思想源流、历史演进和影响主要在西方，但希伯来和基督教智慧发源于古代西亚，不是西方文明的专利品，而是人类的精神珍宝和学术宝库，故使徒保罗写道："圣经都是上帝所默示的，于教训、督责、使人归正、教导人学义都是有益的。"(《提摩太后书》3:16)

本丛书"圣经图书馆"旨在引介、注疏、移译和诠释各部经书，积累西方经学史的重要文献，改变我国西学研究长期偏重哲学论著、忽略宗教经典注疏的偏颇，以期对西方文明有整全而深入的理解。且在此基础上，鼓励、催生与中国文化的碰撞、对话和汇通。对"经典"的述作，旨在传承、固守、辨析一种文明形态的思想光谱，奠砌一种文明发展的基石。

"圣经图书馆"以"文史哲"为进路，旨在消弭"文史哲"的分割，此乃是中西方共通的古典治学之道。其中，以"文"为基础，即对文本的字、句、文法的分析和理解，包括训诂和修辞（或辩说）两大部分。古拉比及古希罗学人注重解经学和修辞学，中国先人自有类似注疏治学传统，讲究从"小学"进至"大学"。"小学"以字词训诂、文言语法和音韵为主，通晓字义和句义后，进入"大学"，在天地宇宙的视域中体认求索修身治国之道。以儒家为例，传统中国的"大学"建立在对德的自觉体认之上，天道统摄人道，"大学之道，在明明德，在亲民，在止于至善"(《大学•明明德篇》)。而西方的"大学"则以哲学为主，亚里士多德以神学为第一哲学，后来的基督教神学基本认同了这一看法，把"文史哲"的方法转换为以圣经文本为主，继而遍寻史料史实，再以系统神学或神哲学为至真。

"圣经图书馆"规划出版研经工具书、参考书和注经书，旁涉文化背景探讨、史料整理和思想梳理，同时鼓励圣经跨文化解读方面的翻译和原创著作，以此裨益汉语及全球学界。在"置身区域，迈向环球"的大趋势下，"圣经图书馆"的撰述编译工作由国内外学者承担，并邀请国际圣经学界资深学术顾问，发轫并共臻经典编撰这一学术事业。

二〇〇九年九月九日

The Biblical Library

Chief Editors: K. K. Yeo; Hui Liang

Prospectus

To many Chinese intellectuals, the arrival of Western studies to China contains both blessing and danger. The dilemma they confront is how to embrace the good and to reject that which threatens the cultural values and intellectual traditions of China. The conflictual relationship between the East and the West remains the central *problematique* for many Chinese scholars today. The series editors believe that the philosophy, morality, and religious practice of both the East and the West have their own etiologies worthy of respect and understanding. East and West have given rise to civilizations, world views, and cultural excellence that owe their origin to foundational texts or Scriptures. These classical texts are deemed sacred; they contain the wisdom of prophets and sages, have stood the test of time, and continue to shape contemporary global societies. When these texts are read intertextually, respectfully and appreciatively, they will benefit the peoples in the East and the West, the South and the North.

One of the central texts and cornerstones of Western civilization is the Holy Bible. Now it is a prized possession of the world, and not the monopoly of Europe or the West alone. Students of world scriptures today have the opportunity to read such texts historically and to develop fresh new hermeneutical insights for entering into dialogue with them. The Biblical Library takes into consideration sacred Scriptures of the Judeo-Christian tradition on the one hand and the hearts and minds of its universal readers on the other. The biblical text contends that "all scripture is inspired by God and is useful for teaching, for reproof, for correction, and for training in righteousness." (2 Timothy 3:16)

The Biblical Library seeks to promote the wholistic approach to Scripture through methodological and exegetical studies, historical research and reflection, and finally through philosophical and conceptual inquiry. Being grounded on the Chinese horizon but committed to benefit global biblical interpretations, the objective of the Series is consistent with classical Confucianist, Daoist, rabbinic, and Greco-Roman studies. Thus, the Series aims to publish biblical introductions, commentaries, translations, and hermeneutical studies of the Bible. Building on this foundation, the Series encourages the intertextual and cross-cultural reading of the Bible with the varied cultures of China. The Series hopes to benefit Chinese readers as well as to enhance the scholarship of Western readers. We value indigenous theologies in the context of global biblical interpretation. The diversity of the Academic Advisory Board, as well as writers, editors, and translators, will illustrate our commitment to cross-cultural collaboration.

2009.9.19

献给
弗雷德里克·L. 莫里亚蒂,S. J.
我的第一位圣经和希伯来文老师

目　　录

前　言

[13]圣经文本释读丛书①旨在向读者介绍圣经的文本世界。因此，这一目的就决定了本书不同于其他关于圣经智慧文学的研究著作。这样，不同于罗兰·默菲所写作的那本让人称赞的导论性著作《生命之树：圣经智慧文学探秘》，也不同于詹姆斯·克伦肖的《旧约智慧文学导论》，本书并不是一系列的关于圣经智慧文学及其形式和观念的论文结集。本书仅仅为了使读者能更好地阅读圣经智慧文学提供必要的背景信息。本书所在的这套丛书认为，对于读者来说，最为重要的是直接阅读神圣的文本本身。

那么，究竟什么才是"使读者能更好地阅读圣经智慧文学所必需的背景信息"呢？对于不同的智慧文学书卷来说，这个问题的答案是不同的。例如，对于《箴言》来说，读者必须了解其文体

---

① 圣经文本释读丛书(Interpreting Biblical Texts)由 Gene. M. Tucker 和 Charles B. Cousar 主编，Abingdon 出版社出版，近十余年已出版包括本书在内以及《先知文学》(The *Prophetic Literature*)、《马可福音》(The *Gospel of Mark*)、《马太福音》(The *Gospel of Matthew*)等几十册书。本书方括号中的数字为原书页码，如[13]即指原书第 13 页。——译注

的体裁(教谕与格言),它们在文本中的作用,以及其比喻的维度。《约伯记》和《所罗门智训》的情况则完全不同,因为其结构要远比其意义的重要性大得多。读者们需要通过整体以及建议从而得以逐步的引导。《传道书》则更加独特,在某种意义上,传道书中的意象都是独立、不连贯的,但是从另外一个角度来说,这些意象所反映出的的确又是同一个人观察人生的不同视角。这样,人们必须在接受随机插入的事件和令人惊异的片段的同时,注意到全书的完整性及其结构。而要理解《便西拉智训》,读者必须意识到其整体设计、教义和传统的主旨及观念的发展。《雅歌》则要求对于其赖以构成的符号和主题世界的相关知识,以及对于恋人之间情感交流的敏感。接下来的章节中,每一部分都会使用到一种特别的方法,意在建立读者对于智慧文学宝库中的每一卷书的敏感与兴趣。

[14]当然,读者的主要任务是自己阅读智慧文学文本。其他人的注释和评论并不能代替自己的阅读。让我们以三点提示来结束这篇前言:

1) 选择一个好的译本。有时候,阅读二手的翻译也是有必要的,但要建立在研读文本的基础上。智慧文学的译本良莠不齐。智慧文学方面,最好的一个译本是《希伯来圣经》[塔纳赫(Tanakh)]、犹太出版协会本以及《新美国圣经》。按照这一标准,对于《约伯记》来说,其最好的译本见于哈伯和蒲柏的注经书。

2) 在这个阶段,最好不要参考大部头的注经书,除非是其中一些有问题的或者基础性的篇章。本书以及一些简短的导论和现代的圣经注释可能对你更加有帮助。阅读以及重读圣经文本,用铅笔记下你自己的理解是非常有帮助的。对于一些重要的问题,总能在大部头的注经书找到答案,但是大部分有关文本的问题却只需通过一点点努力就能解决。如果你能自己解决这些问题，那么其答案就将永远属于你自己。

　　3）需要记住，伟大的文学作品表达了它们自己的时代，却反映着永恒的真理。这是一个奇怪的悖论。通过这个悖论，在理解我们自身和文本之间的差异和距离的实践中，我们明白了什么是永恒的动人真理。

缩略语

[15]AEL（《古代埃及文学》）

ANET（《与旧约相关的古代近东文本》）

BM（《缪斯之前：阿卡德文学编年》）

BTB（《圣经神学公报》）

BWL（《巴比伦智慧文学》）

CBQ（天主教圣经季刊）

CBQMS（天主教圣经季刊——专著系列）

EV（圣经·英文版）

HTS（《哈佛神学研究》）

JAOS（美国东方学会学报）

JBL（《圣经文学学报》）

JSOTSup（旧约研究学报——补充书系）

KTU（《来自乌加里特的楔形、字母表顺序的文本》）

MFM（《美索不达米亚神话：洪水、吉尔迦美什及其他》）

MT（马索拉文本）

NJBC（《新哲罗姆圣经注释》）

[16]NRSV（圣经·新修订标准版）

SBLDS（圣经文学协会论文书系）

SBLMS（圣经文学协会专著书系）

TUAT（《旧约文本及其环境》）

ZAW（《旧约研究期刊》）

第一章　我们的探求与《圣经》的智慧

[17]所谓"智慧文学",指的是《圣经》中的《箴言》、《约伯记》、《传道书》这几卷书,有些时候也包括《雅歌》。《便西拉智训》和《所罗门智训》这两卷书虽然属于《圣经》的"次经"部分,但也属于智慧文学的范畴。"次经"是个新教术语,用来描述那些不属于《圣经》正典,但同样受到基督徒尊重的一些书卷。这些书卷在罗马天主教和东正教那里都被接受为《圣经》的正典。一些学者也把《诗篇》中的一部分看作是智慧文学,比如《诗篇》第1、32、34、37、49、112 和 128 篇,这是因为在这些诗篇当中也出现了所谓"智慧主题"。在传统中,人们把这些智慧之书归纳在一起,一方面当然是因为它们都与所罗门王有或多或少的联系(箴 1:1;10:1;25:1;传 1:1;歌 1:1);但另一方面则是因为这几卷书具有类似的主题和写作风格。事实上,我们有必要把这几卷书联系在一起阅读,这会使得读者更加清楚地看到共同的主题和某些细微的差别。

对于圣经智慧的最初印象

初次认真阅读《圣经》中智慧文学的书卷的时候，会在我们头脑中形成很多印象。你很有可能得到的是一种有趣、迷惑、烦恼甚至抵触交织在一起的阅读体验。你的兴趣有可能是被其中某些[18]熟悉或者诙谐的语句激发起来的，如："人的愚昧倾败他的道，他的心也抱怨耶和华。"（箴 19：3）有时候，约伯雄辩的演说或者令人动容的辩驳也有可能产生类似的效果：

> 我从前风闻有你，
> 现在我亲眼看见你。
> 因此我撤回我的案件，
> 放弃我的尘土与灰尘（伯 42：5－6，作者自译，详见原书95 页）。①

而《传道书》中从个人生命的角度对于时间主题的反思，同样令人难忘：

> 凡事都有定期，
> 天下万物都有定时。
> 生有时，死有时；
> 栽种有时，拔出所栽种的也有时；
> 杀戮有时，医治有时；

---

① 本书中所引《圣经》原文，除原书为"作者自译"及特别注明者外，均直接采自中国基督教协会 2003 年出版的《圣经》中文新标点和合本。——译注

拆毁有时,建造有时;

哭有时,笑有时(传 3:1—4a)。

　　然而,并不是所有的信息都可以被如此清晰地把握到的。读者也可能会对这些经文感到困惑:如《箴言》中智慧的自我演说(为什么它们如此晦涩难懂?)、《约伯记》中耶和华在旋风中向约伯说话的要点(伯 38—41 章)以及《所罗门智训》第 13—15 章中对于异教崇拜的那种高深的批评。也许很多读者会对这些问题望而却步:如《箴言》中很多言语似乎卑之无甚高论;《约伯记》中那位试炼人的上帝的形象;以及便西拉对于女性的厌恶之情。

　　不只是内容,在形式方面很多智慧文学也显示出其精彩或反叛之处。《传道书》开篇和结束时的经节,"虚空的虚空,一切都是虚空!"看起来是永恒和确凿无疑的;《约伯记》中上帝的言论即便我们阅读译本的时候也能够感受到其威严;以及《所罗门智训》7:22—8b 中描绘智慧时的庄严与壮丽。但从另外一个角度说,《箴言》中无穷无尽的表述,以及《便西拉智训》中那些看起来有些沉重的道德说教,似乎都不是那么足够吸引人。

　　尽管智慧文学对于我们来说有可能是陌生的,但是我们有必要意识到智慧文学的关怀在今天也是常新的。事实上,智慧文学所关切的,也是我们今天应该关切的话题。认识到这一点的最好的路径,莫过于用每一部智慧文学自身的语言去阅读这一部书。本章中接下来的篇幅,首先要处理的就是这里所提出的第一个问题——看清楚智慧文学关心的主题是当下的,也即是我们自己所关心的。第二个任务——用每一部智慧文学自身的语言特点去阅读每一部书——将是随后的章节中我们要完成的任务。

现代智慧文学

[19]到底有没有叫做"现代智慧文学"的东西呢？答案是肯定的。在一个宽泛的范围内，现代智慧文学的主题是对于圣经智慧文学的一种回应。有成百上千的书籍和杂志文章在讨论这样一些问题，如商业上的成功；处理各种关系（如与朋友、同事的关系）；管理家庭或者操持家务；学会承受生活中的苦难和不确定的东西；成为一个更优秀的人士；作出明智的决定；以及对于这样一些问题的回答：当人类受苦的时候上帝在哪里，预定论和人类的自由意志是什么关系等等。这些书和文章都是从非常个人化的视角来回答这些问题的。在这样的论述中，我们几乎看不到诸如政治、经济、历史、民族与国际事务等视角，因为这些话题都不是（至少是主要不是）与个人的决定和心理反应联系在一起的。

这种对于智慧的现代追问的文学有许多的类型。其中一个最为常见的就是传记或自传。这种文学类型讲述的是一个人在艰苦的生活环境面前怎样获得成功或者进步。另一种文学类型是建议，即它是否是对于商业如何成功，家庭如何管理或者仅仅是如何成为一个更好的人的建议。当然还有另外一种类型，即集锦或者汇编，即格言警句、名人名言或者奇闻轶事。

这些文学类型只有部分还存在于今天的"智慧文学"中。对应于每一种类别，都有一种近似的古代文学类型，这提示我们这些古代的追问与现代的关系是多么的密切。例如，自传体可以对应于《传道书》，在那里，读者可以假想伟大的所罗门王在对自己的一生作出总结和反思。便西拉在 51:13—22 那里，也以一首自传体式的诗歌来结束自己的教谕，从而提示我们本书并不仅仅是任何材料的收集,而是一本为便西拉本人一生的经历所验证过的书。他告诉我们,他自己是"溪水(指智慧)边的一匹骆驼",并且"我不是单为自己而劳作,而是为所有寻求智慧的人"(24:30;34)。

至于其他的类型也有相对应的古代起源。我们现代的道德寓言,"应该做的"和"不该做的"表格,以及成功人士的习惯等等都可以以各种形式存在于《圣经》乃至此前的文学中。并且即便是最为普及的智慧类型——格言或者警句,也可以纵向地在每一个时代、每一种文化中被发现。即便是在《第三千禧年苏美尔(Sumer)二十四书》中也被证实过了。

智慧的溪水,从人类种族最为远古的纪录那里开始流淌,直至今天。人们总是在寻求理解,[20]离开他们最初的那种经常会犯错误的感觉,进入到一种更为深远的真理。他们开始学习如何对于现实问题作出反应,用一种更为明智的方式生存,去做那些能够对他们自己以及别人带来幸福和成功的事情。阅读《圣经》即是这样一次给人以灵感的尝试,通过它,人们可以获得最深刻的智慧。

圣经智慧文学

《箴言》是一部远古的箴言、警句的汇编,其中也包括小部分的附言和诗歌。第1—9章中的教谕,对一个人对于老师和父母的信任进行了谆谆教导,并要求他对于智慧本身进行积极的探索。在《箴言》中,对于智慧的追求或者引导,要远比学会做特殊的事情或者做出一项正确的决定重要得多。从第 10 章开始,这部书使用两行体格言警句的形式,看起来,这样更有助于对智慧的探寻。这种寻求能够带来尊荣和幸福,因为他把一个人放到与上帝合宜的关系之中，并且透露出世界真实的结构。

《约伯记》讲述了一位带有传奇色彩的义人的故事，他的生活突然经历了曲折，这是因为他本人成了上帝在与一位神秘的灵界形象博弈中考验的对象（他本人并不知道这一点）。约伯依次被剥夺了财产和家庭，在这一切之后，我们（以及上帝）又看到了约伯如何在受到前来安慰他的朋友们的误解的时候，仍然持守了他作为一个义人的形象。他含怒驳斥了这几个朋友的"智慧"并且要求直面上帝。上帝在旋风中向约伯的显现，止息了约伯的埋怨，但出乎所有人意料的是，上帝认可了约伯的公义，恢复了他一度失去的财产，并赐予他一个新的家庭。

在某种意义上我们可以说，《约伯记》是一部传记——一个人如何在突如其来的毁灭面前保持尊严，并且如何从崩溃的边沿走出来。这部书与今天很多能够激励我们的励志类书籍相似，但是，他又不仅仅局限于一部传记。最为重要的是，它是一种对于上帝、人类和被上帝所创造的这个世界的诸多本性的追问。

《传道书》的内容是一位伟大的君王在他年长的时候的一些反思。这些反思是他从生活中所学习到的。它对于生活中的不确定性（特别是在交际中）和死亡的不可避免性的感受，教会了他面对传统时的灵活和及时行乐的心态。他是一位怀疑主义者（"虚空"是他最为喜爱的词汇），但是却并不是一位虚无主义者。对于他来说，传统的智慧是有局限的，除非其应用能够符合总是处在不断变化和不确定性之中的社会现实。

[21]《便西拉智训》（Sirach）是一部伟大的短论和诗体的总集。在第二世纪早期，便西拉已经明确地被看作是一位圣哲，在其有生之年被认为是智慧教师的理想继承人。他的教谕从最为流行的思想环境中如何管理日常生活起居，一直对一些有争议

的话题进行讨论,例如恶的终极来源(来自上帝还是人类自身?)以及智慧如何贯穿于以色列的历史之中。他熟悉整个传统,并且尝试用一种有说服力的方式去对其进行系统的总结。

便西拉并不具有《约伯记》或者《传道书》的作者那种异议色彩,他在试图把古老的格言警句扩展成道德论文,抛弃一些传统的那种简略的、互相矛盾的写作风格,从而建立一种更加具有逻辑性和推论性的文体。他的书是一座图书馆,当人们漫步于其中的时候,会以一种新奇的方式发现一些古老的传统。

《智慧书》并不是在巴勒斯坦地区写作的,使用的也是希腊而不是希伯来的表达方式。在埃及的犹太群体遇到一些麻烦,正在受到其埃及邻居的压迫。这本书就是试图给这个群体提供他们失掉的信心。作者说道,我们的犹太智慧,是对于统治整个世界的那隐含的力量的一种彰显。在每一个时代,智慧都选择一些中介人或者见证人(所罗门王就是其中的一个伟大的范例),去进入他们的心,让他们明白那个真实的、永恒的世界是隐匿的,但是最终将得胜。尤其是在那些没有罪的义人被杀害和得荣耀的时候,这个世界将会显现出来。以色列人在埃及的古老故事提供了一种思路,从而理解这个神圣的社群今天是如何生存的。

这就是《圣经》中的智慧书卷,它们是由像我们一样的普通人收集或撰写的。在某种意义上,作者们看起来可能非常保守,因为他们非常尊重传统,并且对于传统进行过认真的研究;然而,在另外一层意义上,它们又是高度创新的,有些时候甚至是叛逆的,因为他们总是强调他们自己的生活经验,并且公正地记载下他们自己的感想。这些书卷在很多方面看来都具有相似性,但是每一部书又都是独特的。并且,学习得越多,越能看清楚其中每一部书自身的独特性。

推荐书目

一般性概论

Bergant, Dianne. *Israel's Wisdom Literature*(《以色列的智慧文学》). Minneapolis：Fortress, 1997。以"创造的统一性"作为基本的观点, 来研究所有的智慧文学作品。

[22] Clifford, Richard J, "Introduction to Wisdom Literature," ("智慧文学导论")in *The New Interpreter's Bible*, vol. 5. Nashville：Abingdon Press, 1997, pp. 1—16。

Crenshaw, James L. *Old Testament Wisdom: An Introduction*(《旧约智慧文学:导论》), Atlanta：John Knox, 1981。一个标准的导论。

Murphy, Roland E. *The Tree of Life: An Exploration of Biblical Wisdom Literature*(《圣经智慧文学探秘》), 2nd ed. Grand Rapids, Mich.：Eerdmans, 1996。对于智慧文学是一部极佳的导论,对于主要的学术议题和书目也提供了最新的资料。

"Wisdom in the OT," ("旧约中的智慧")in the *Anchor Bible Dictionary*, vol. 6, New York：Doubleday, 1992. pp. 920—31。一部中肯的介绍。《安克圣经字典》是很好的资料,收录有关于所有的圣经智慧文学书卷和主要议题的研究文章。

Perdue, Leo G. *Wisdom and Creation: The Theology of Wisdom Literature*(《智慧文学神学》), Nashville：Abingdon Press, 1994。一部最新的有关智慧神学研究的综述,把文学方法和神学方法进行了结合。

von Rad, Gerhard. *Wisdom in Israel*(《以色列的智慧文学》), Nashville/New York：Abingdon Press, 1972. 奠基之作。充满神学的洞察,对智慧文学的神学讨论极有影响。

专题研究

Barre, Michael L. "Fear of God and the World View of Wisdom,"

("敬畏神与智慧的世界观")BTB 11 (1981)：41—45。关于所有的古代智慧文学作品总是与宗教相关这一论点,有效地驳斥了新近一些学者的观点。

Crenshaw, James L., ed. *Studies in Ancient Israelite Wisdom*(《古代以色列智慧研究》), New York：KTAV, 1976。收入有影响力的学术论文。

Theodicy in the Old Testament(《旧约中的神义论》). Philadelphia：Fortress, 1983。收录有关世界正义和神的智慧的论文,有些最初不是用英文写就的。

Murphy, Roland E. *The Forms of Old Testament Literature*(《旧约文学形式》). Forms of Old Testament Literature 13. Grand Rapids：Eerdmans, 1981。对所有智慧文学作品的形式批评。

第二章　古代近东地区的智慧文学

[23]从《圣经》中显明的事实来看,在公元前第二个千年晚期到第一千年间,以色列是地中海地区的一个小国家。它被许多小的联邦和人民包围着,其中许多享有近似的语言和文化背景。在第十到第八世纪间,北部是亚兰城市的联邦。与此同时,几个大的帝国围绕着以色列国:埃及(覆盖了整个这段历史时期)、新亚述帝国(前 8 至前 7 世纪)、新巴比伦帝国(前 7 世纪晚期和前 6 世纪早期)、波斯(前 539－前 333 年)、塞琉古王国和托勒密王国(前 333－前 164 年)。这些王国有各自的文字和习俗。通过贸易、外交和军事侵占,他们同样也同以色列国发生着关联。因此,《圣经》的写作显示出其他地区文学的影响就不足为奇了。

《圣经》并不是一部私人写作的作品集,相反,它是一部文学作品集,这些作品在以色列人的政治和宗教生活中都扮演了重要的角色。它既是一段特殊的历史和文化时期的记录,也是作者们个人天才的展示。因此,圣经文学就不可避免地是国际化的。[24]圣经文学的类型在近东地区几乎随处可见。在最近的两个世纪间,许多以色列邻国的文学作品被发掘出土或者被偶然拾得而重见天日。在美索不达米亚和叙利亚地区,成百上千的泥板被发掘出来;在巴基斯坦地区,出土了书写过的残片和遗迹;在埃及,一些草纸和字板被发掘出土。很多传世的文本得以在出土文献的知识谱系内被重新解释。这些文本令人无可置疑地看到,以色列的作者们在选择一种世界性的文学形式和文学类型进行写作。历代志、赞美诗、哀歌、英雄史诗、律法、宗教条例、先知书、爱情诗歌、箴言、智训、神学论争、表示怀疑的文学——所有这些类型在《圣经》中都有所体现。圣经中关于出借与交换的法律条文是一个很好的例子,例如出 21:1—23、利 17—26、申 12—26。与此同时,以色列的法律条文曾经一度被认为是无与伦比的,但是现在我们有其他重要的楔形文字法律结集与之相比较:吾珥南模(Ur Namm)和里皮特·伊施塔尔(Lipit Ishtar)的苏美尔法;古巴比伦的埃什努那(Eshnunna)和汉谟拉比法典;来自亚述的中亚述律法;赫梯法典;以及一小组晚期巴比伦法典。他们代表了一种共同的法律传统,这种传统忽略了地域之间的差别,基本上适用于整个美索不达米亚、叙利亚和巴勒斯坦地区。编订法律结集的独特做法,是这一共同传统的一部分。一个关于这种共同性的一个特别的例子是出 21:28—36 那里关于伤害公牛的条例:在埃什努那 53—55 和汉谟拉比 250—52 那里也处理了同样的问题。把这三个例子进行对比可以发现,并不像我们过去所想象的那样,《圣经》中对于人的生命赋予了独特的价值,相反,对于生命的尊重是古代律法传统的一部分。① 另一个例子是创 2—11 的创世—洪水故事,同样

---

① 参见一份简明的调查报告,J. J. M. Roberts, "The Bible and the Literature of Antiquity: The Ancient Near East,"("圣经与古代文学:古代近东地区"收录于 *Harper's Bible Commentary* (San Francisco: Harper, 1988), 33—41。

也可以在阿卡德史诗《亚塔哈西斯》(*Atrahasis*)和《吉尔伽美什》(*Gilgamesh*)中发现。① 甚至先知书这种曾经一度被认为是以色列独一无二的文学体裁,现在看来也有更加古老的起源。

在文学之间进行比较是一件非常复杂的工作。如果缺乏严格的学术训练或者方法,所谓的平行研究可能被肆意滥用。在对《圣经》与古代文学进行比较的时候,有两个原则必须牢记在心。第一个原则是,比较的宗旨并不是为了证明圣经比其他的文学类型更优越,或者证明圣经是真实的,事实上,比较研究的目标是帮助我们更好地理解圣经文本本身。伤害公牛的条例本身为我们提供了一个好例子。埃什努那和汉谟拉比法典让我们看到这个例子在古代普通法中随处可见,[25]而不仅仅存在于以色列的律法之中。人们可以在其他的文学中同样看到美和真实,而这并不必然导致否认《圣经》的伟大。

对《圣经》与古代文学进行比较时的第二个原则是,对文学类型和整体的比较,远远比纠缠于个别的字句和古怪的细节更有意义。文学类型在各个时期的文学中都是非常重要的。对我们所阅读的文本的事先了解,有利于我们对于这部文本在文学史上的定位有一个基本概念,从而可以让我们分辨出在文本中哪些是新的材料,哪些是传统的材料。换言之,作者是在传统之中进行写作的,如同读者在传统之中进行阅读一样,否则文学就成了一件不可理解的事物。理解一段特殊材料(如一首抒情诗、一段用于宗教仪式中的哀歌、一个关于创世—洪水的故事等等)的文学类型,有利于理解这首诗、这段哀歌或这个故事本身所处

---

① 本问题的摘要,参见 R. Clifford, *Creation Accounts in the Ancient Near East and in the Bible*, CBQMS 26 (Washington: Catholic Biblical Association, 1994), 74—82, 144—50。

的传统。① 圣经智慧文学就包含了多种反复出现的文学类型：
父亲对于儿子的教谕、箴言、谜语、机智的言语等等。一些类型，
例如针对神的公义的辩论，是仅仅出现于某一卷书之中的，在这
个例子中就是《约伯记》。

因此，理解圣经文学，对理解其他非以色列的智慧文学是有
帮助的。首先，我们可以对相近似的美索不达米亚、埃及和迦南
文学进行研究。其次，在转译过程中的一些有代表性的例子将
会被加以特别的重视，从而显示出作品的质量以及它们吸引读
者的过程。

美索不达米亚

在研究现存的智慧文学之前，我们应该注意到关于古代作
者创作的智慧文学的一个重要的假设——其等级制度的本质。
自从这种假设与我们现代日常生活中关于智慧的看法背道而
驰，对于这一假设的解释就成为必需。这种考量对于理解那些
指导性的篇章是有其必要的。古代的作者们相信智慧属于神
明。所有的神明都是有可能被称之为是"智慧"的，但有一个神
明比较特殊：那就是 Ea（即苏美尔语言中的 Enki），他是神明之
中最聪明的，以至于可以担任其他神明的顾问。他被假设成创
造人类来服务于众神明，并且关心人类的生存。但是其他的天

---

① "体裁"的概念，或"类型"、"形式"，一直是有争议的。直到 18 世纪，它才开始得
到一种严谨的讨论，但现在其使用仍然是叙事性的。一个大问题是如何避免的
诠释循环：如何选择一种体裁的具体例证，除非有人已经知道我们应该怎样对
"体裁"下定义。参见 Genre（"体裁"）in Alex Preminger and T. V. F. Brogan,
eds., *The New Princeton Encyclopedia of Poetry and Poetics* (Princeton:
Princeton University, 1993), 456—58。

上的甚至地下的生灵也同样分享着神明的智慧。在美索不达米亚神话《七圣》(*apkattu*)中,在洪水之前向人类传送知识和文化的那位,根据一些宗教文本的记载,最终他通过四位圣人在后洪水时代取得成功。[26]这位后洪水时代的圣人叫做乌曼奴(*ummānu*)。在一些文本中即"学者",并且这一头衔在我们讨论《箴言》第8章的时候将会再次涉及。在一个文本中,四位圣人是与一位人类的君王相联系在一起,但他最终被描述为一个普通人。这一神话解释了智慧文学是如何写作的——仪式、科学、巫术、美文(belles lettres)——都是智慧的作品。所有神明和大上的生灵的头最终都成了 Enki 或者 Ea 的代表;从他开始,智慧之线开始从七圣和乌曼奴那里传递到人间的学者;人类的贡献像这条绵延的线一样也在进步与生长。在这条智慧之链的底端,是由有学问的圣人们建立的巴比伦学校(Babylonian school)。① 智慧既然是属于神明的,那么它一定要经历一个过程才能传承到其他人那里。在美索不达米亚地区的这条传播的链条上,文士们是离 Ea 最近的。智慧通过社群中的一些权威们的传递到达人类,这些权威包括国王、教师和父母。我们说"智慧是神或者神明给予的",并不意味着这种给予是没有任何中介的。只不过重要的是只要明确智慧是从上到下被给予的,那么这种给予的中介就显得不那么重要罢了。在迦南,这个过程也是近似的,当然其中会有一些地方性的差异。

兰伯特(W. G. Lambert)在其权威著作《巴比伦智慧文学》一书中发现,"尽管智慧文学对于古代美索不达米亚地区来说是

---

① 这素描取自 C. Wilcke, "Gottliche und menschliche Weisheit im Alten Orient" in *Weisheit: Archuologie der literarischen Kommunikation III*, A. Assman, ed. (Munich: Fink, 1991), 259—70。

外来的，它已经被应用在一组主题与希伯来智慧书相关的文献之中，并且是被作为一种摘要的形式保留下来的"。① 研究古代美索不达米亚的学生往往在圣经之外拓展了"智慧文学"的外延。因为在《来自旧约环境中的文本》系列丛书中关于苏美尔文智慧文学的一本书中，罗默（Willem H. Ph. Römer）就将一些《圣经》中并不存在的文学类型——比如神话和谜语（诸如一位父亲严厉斥责他的儿子在校表现的"校园讽刺文学"，以及在学校环境中的辩论），包含在苏美尔智慧文学的类型之中。在随后的一个时代中，有大量的苏美尔智慧文学并没有引起阿卡德文士们的兴趣。至少，他们没有复制所有的文本，而只是摘录了其中的几种类型。兰伯特看到"一种奇怪的现象，即箴言并没有成为传世文学的一部分"。② 感知和劝诫文学的情况稍微好一些。有抄本的包括《苏鲁巴克教谕》和《智慧的劝告》（大约有 160 篇道德训导词），后者也是一份流行的文本。

　　尤其有趣的是两种美索不达米亚的文学类型——教谕和箴言。对于这两种文学类型，以色列的文士们一定是清楚的。[27]最古老、也最广为人知的是《苏鲁巴克教谕》，这是苏鲁巴克写给自己的儿子祖苏特拉关于行为规则和智慧的劝告。③ 祖苏特拉在苏美尔文学中的地位，相当于圣经文学中的挪亚。按照惯例，儿子是古老的教谕的接受对象：

> 在那些日子，那些远去的日子，
> 在那些夜晚，那些幽深的夜晚，

---

① W. G. Lambert, *BWL* (Oxford: Clarendon, 1960), 1.

② *BWL*, 275.

③ 部分译文见于 *ANET*, 594—95。全文翻译见 *TUAT*, 3.1。此处的译文来自于罗默（Römer），他识读了古巴比伦苏美尔文字。

在那些年份,那些逝去的年份——

当时苏美尔的平原上,有一位

拥有智慧,满有机智的言语,并且知道那些合宜的
言语,

那里,居住的是苏鲁巴克

他拥有智慧,满有机智的言语,并且知道那些合宜的
言语。

苏鲁巴克劝诫他的儿子,

苏鲁巴克,乌布图图(Uburtutu)的儿子,

劝告祖苏特拉,他的儿子:

"我儿啊,我劝诫你,愿你听我的劝诫。

祖苏特拉,有一言我要向你诉说,愿你留心听!

不要忽视我的劝诫,

我所说出的话,你不要更改,

父亲的话语强如精金,愿你在它们面前低头。"

接下来的劝诫长度大约都是 1—3 行。在《苏鲁巴克教谕》的古代巴比伦的版本中,一共有 281 行,被分为三个部分(第 1—76,77—146,147—281 行),每一段的开头都巧妙地使用与总的导论部分相似的语言;每一段都以一句套话作为结尾,即"这就是苏鲁巴克写给他儿子的教谕"之类。不同的修订版(两部第三世纪的和一部古代巴比伦的版本)稍有不同。劝诫各不相同。有一些是简单的农耕指导,如"不要将井挖掘在田中间,那样水会危害到你";也有一些是机智的洞察:"宫殿像一条巨大的河流,其内幕如同冲撞中的公牛,其收入永远不够,其支出永无穷尽";还有一些真诚的格言:"我儿啊,你不要凶杀,也不要用斧自剖!"巧妙设置的导论部分,则在教谕的过程中两次重复,从而把不同

的教谕加在苏鲁巴克这位原始的英雄和他的儿子祖苏特拉，这位同样具有传奇色彩的治水英雄的名义之下。用导论中所采用的那种语言（"在那些日子，那些远去的日子……"）来描述那些古老的日子是非常传统的做法；从中能够反映出苏美尔人对于宇宙起源的一种认识。在美索不达米亚世界观中，古老的前洪水时代的事物比今天的更加美好；[28]那个时候的智慧和生命也远比今天更伟大。智慧被理解为是分等级的；神明们的智慧是无与伦比的，通过英雄和国王，智慧被传递下来，然后再通过他们传递给其他人。

　　不幸的是，《苏鲁巴克教谕》中有许多是晦涩不明的。我们对于苏美尔语言的掌握本来就不完整，记录这些文字的原版通常又破碎不堪，因此，许多重要的暗示没有被我们发现。接下来的说法是很有代表性的，值得我们深思，不论是就其自身而言还是作为与《圣经》相比较时的一些观点。我们有必要追问，这些建议是仅仅在某种特定的情况下适用呢，还是可以作为一种隐喻（用其他事物来指代某个事物）来解读？你能否察觉到其中的智慧和幽默？你能区分出警告、训诫、洞察和格言（箴言）吗？

> 不要在广场上建造房屋，因为那里有人群。
> 不要为人作保，以免被人把持。
> 远离争斗的地方，/以免成为暴力的见证人。
> 窃贼像狮子，但当他被抓住后就成了奴隶！
> 不要用暴力诅咒，以免诅咒临到自身！
> 不要强奸别人的女儿，她会为此告到法庭。
> 不要赶走强壮的人；不要毁坏城墙；/不要赶走宗教导师（agurus-worker），不要让他离开城市！
> 诽谤者像用纺锤一样旋转眼珠；/不要站在他的眼睛

前：他一次又一次地改变法官的心。

至于别人的面包，说"我会把它给你"很容易（near），[1]
但真正给你却像天堂一样遥远。/（即便是你说）我会记得
并敦促这个人所说（所允诺）的："我会把它给你"，/他也不
会给你：面包已经被他吃掉了。

在丰收的时候，那些宝贵的日子里，/像一个奴隶女孩
一般去收集，像一位妇人一样去吃喝，/我儿啊，[2]像一个奴
隶女孩一样去吃喝，像一位妇人一样去吃喝——那才是真
实的。

命运像潮湿的河岸；/它让一个人的脚滑跌。

兄长实际是（像）父亲，姐姐实际是（像）母亲！/你要留
意你的兄长，你要为你母亲的缘故向你的姐姐低头。

大多数句子是为了某个特定的原因，劝告信息接收的对象
去实行或者不实行某个特定行动（18,19,22—23,51,63,64—
65,132—134,173—175）。也有一些可以被看作是建议（66—
67,98—101,171—172），这些建议不像埃及的教谕那样特殊而
具体。一些句子是非常直白的，像"农民使用的历书"一样（18,
19）。[29]但大多数都是间接的、隐喻式的。几乎所有的劝告都
有命令和原因，例如，"不要强奸别人的女儿，她会为此告到法
庭"。这是一个非常清楚的例子，很难说其教谕的根本原因是出
于道德考虑，而不是出于一种纯粹的个人利益——犯罪之后，麻
烦往往随之而来。

《智慧的劝告》是从大约160篇道德训导词中收集而来，根

---

① "近"似乎对应于英文"贸然言之"。

② 罗默指出，这个意象意味着不仅只有一个女儿。

据兰伯特测定的日期，大约是在卡塞特（Kassite）时代（约公元前 1500－1200 年），① 其特征是"我儿"。在古代近东地区，"儿子"是典型的教谕的接收者，尽管"我儿"这种规则的表达方式仅仅出现在《圣经》和美索不达米亚文学中。这里有一系列的主题（其中一些格律不同）：避免滥交、不恰当的发言；避免争斗和化解仇敌（31－55?）；对穷人发善心；爱上一个奴隶女孩的危险；同妓女结婚的危险；对于代理人的信任要求；谦恭的演讲的重要性；宗教的职责和好处。

> 21不要停下来去与一个轻率的人谈话，
> 也不要请教一个无所事事的[ ]。②
> 你用好意愿愿意帮助对方思想，
> 你将因此减少自己的成就，放弃你自己的学业。
> 你会损害你自己明智的思想。
>
> 26控制你的语言，留意你说出的话。
> 一个男子的荣誉在乎嘴唇所发出的极大的价值。
> 你要憎恶傲慢，厌弃凌辱。
> 毁谤和谎言，一句也不可说出口。
> 轻浮的人是毫无价值的。

第 21 和 26 行所显示出来避免与轻浮人说话的原因，是因为它们会降低一个人说话的威信，从而在社群中伤害一个人的地位。兰伯特翻译道："那里有一个男人的财富——把你的嘴唇变得极

---

① 译文来自于 BM328－31。部分译文和评论来自 Lambert, BWL, 96－107。

② 佚文，原文如此。——译注

其珍贵。"受到惩罚之人的代价在最后一行中得到了表述,"搬弄是非者(兰伯特的翻译)是毫无价值的"。基于同样的理由,箴言同样提示人们远避恶友(22:24—25;23:17;14:1)。

第31—55行对卷入纠纷提出了警告,并且以如何对待敌人的建议作结:

> 不要用恶行报复那些与你争辩的人,
> 要用善行去回报那些用恶行对你的人。
> [30]公义地对待你的敌人,
> 用喜乐的心面对你的对手。
> 即便是那些对你幸灾乐祸的人,也应该对他有雅量。
> 你的心中要没有恶行,
> 恶行在神明面前是不可接受的,
> 恶行[ ]和马杜克①是格格不入的。

这段话的语境是争竞的危险,争竞可以使人陷入危难。避免争竞的手段,包括与仇敌和好与放弃报复。筹划向其他人发动恶行是不可被马杜克神明所接受的。这种"劝告",像箴言一样,会提及神或者神明的名字。在《箴言》24:17—18,特别是25:21—22那里有相似的关于反对苛刻的复仇的劝告:"你的仇敌若饿了,就给他饭吃;若渴了,就给他水喝;因为你这样行就是把炭火堆在他的头上;耶和华也必赏赐你。"在巴比伦的《劝告集》中,发起对于他人的恶行,即便是那个人真的侵犯了这位筹划者,都是冒犯神明的。《箴言》的文本同样严格禁止了苛刻的复仇,并且给出了原因——苛刻的复仇的权利在神而不在人。

---

① 马杜克,古巴比伦人所崇拜的主要神明。——译注

最后一个例子,关注的是一位合宜的婚姻伴侣,同样,这也是《箴言》所关怀的议题。

> 不要与娼妇结婚,娼妇们的丈夫是军团,①
> 也不要和庙妓相处,他已将自己献给女神,
> 也不要和妓女结合,她们曾和无数的人亲密。
> 在你遭患难的日子,她不会忠守于你,
> 当你卷入争执之中,她会嗤笑你。
> 她既不会尊敬也不会顺服你的心意。
> 即便她跑进了你的房屋,你也要摆脱掉她,
> 她的耳朵会随时顺从其他人的脚步。

这些劝告中所蕴含的一个理想的婚姻对象的标准就是忠诚,这里所列举的所有这些结婚的备选对象,没有一个人具备对她的丈夫无限忠诚的能力。"尊敬"和"顺服"都是寻找一个挚爱的配偶的重要方面。《箴言》和埃及的教谕,都对与"外邦的"或曰被禁止的女子结合提出了警告,因为她将毁坏婚姻。然而,与《智慧的劝告》不同的是,《箴言》并未对与任何特殊阶层的婚姻明令禁止。

另一个美索不达米亚文学类型是《箴言集》;有证据表明,至少有 24 种以上的苏美尔箴言集。[31]这些箴言集中还包括其他一些材料,例如寓言、机智的言语、幽默和笑话。箴言集(不是特指某一部书)的意义,也许在于教导苏美尔的语言及其修辞术,并且在某种程度上,教导青年的学生一种实践中的智慧,让他们去学习和效仿。大多数言论都是产生于古巴比伦时代(约

① legion,《圣经》译作"群"。——译注

公元前 1800—前 1600 年)。对于现代的读者来说,阅读苏美尔的箴言显然有极大的难度,一方面是因为苏美尔文目前还没有得到完全的解读,另一方面则是因为我们已经远离当时的文化背景。

我们在这里列出的是从《箴言集七》和《箴言集一》中选出的一些苏美尔的箴言。这些箴言向读者宣告了其关切的要点和修辞技巧。[①] 笔者对于这些箴言的解读将体现在如下的篇章之中,当然其中的很多解读还带有尝试的性质。

> 7.14 一位美发师总是穿着未清洗过的衣服。
>
> 7.15 我喝寡淡的酒水,我愿意坐在受人尊敬的地方。
>
> 7.33 他快跑着屠杀他的猪,他快跑着用尽了他的木头。
>
> 7.49 我东奔西跑,并不疲惫,我东奔西跑,从不睡觉。
>
> 7.77 "哎哟!"他说。结果船沉没了。他又说:"快点啊!"结果船舵坏了。那人说:"哎哟! 哦,我的神啊!"结果,船靠近了目的地。
>
> 7.98 酒水美好,远征险恶。
>
> 1.105 持续饮酒的人,势必持续喝水。
>
> 1.160 与妻子结婚是丈夫(的事),(但)生小孩子是神(的事)。

"箴言"这个命名,显然对于涵盖这样一些内容来说太狭窄了些。这个命名的范围,从一篇带有道德意图的小品文,直到谜一般的言论;其中一些显示出讥讽式的幽默,而另一些则要求读者去对

---

① i, vol. 1, pp. 24—30, 33. 译自德文。

它们进行解读。

　　下面笔者来谈谈对这些箴言的解读，读者可将此与自己的解读进行比照。7.14 和 7.15 的说法是带有喜剧成分的对比：一位不注重自身装扮的美发师，以及一位喝着穷人才喝的酒水，却持有宏伟野心的穷人；7.33 描绘的是偏爱超乎生活必需的奢侈品或者浪费宝贵的资源的愚蠢行为；7.49 或许是一个谜语：谁是做这些事情的那个人？7.77 是一个小故事，说的是依靠神明的力量远比依靠自己的力量好得多；7.98 是一句幽默的陈述，讲的是人们总是喜欢安逸胜于付出努力（"远征"即可以指军事行为，也可以指商业行为）；1.160 是一句格言，讲的是人的有限性和对神的力量的依靠。

　　[32]我们在这里分析的这些警句和格言，可以让我们对于美索不达米亚地区的说教和格言式的文学类型有一个总体的印象。其他的使用阿卡德语言写作的文本，与圣经智慧文学也是相关的，但他们往往都是与特定的某一卷圣经相关，并且我们将会在讨论到那些作品的章节中进行详细的阐述。这包括《我要赞美智慧之神》(*Ludlul bēl nēmeqi*)、《一个人和他的神，苦难之中的祈祷》（来自乌加里特①）、《巴比伦的神义论》以及《一部悲观厌世的对话》。

美索不达米亚的社会状况

　　除了提供一种"智慧"的文学类型以与《圣经》中的智慧文学

---

①　据《美国传统词典》乌加里特城系地中海边上叙利亚西部的一个古城。从公元前 1450 年到前 1195 年是一个繁荣的贸易中心，但很快毁于一次地震。对挖掘遗迹（开始于 1929 年）出土重要的楔形文字碑文。

进行对比之外,美索不达米亚文本还给予了我们关于这些作品得以成书的当时文学世界的一些情况。[①] 这些信息远比《圣经》所能够提供的那些有限的关于作者和社会地位的信息更为重要。例如,我们不知道,是谁写作了《圣经》中的智慧书,我们也不知道,是什么机构授权使得智慧书可以得到复制和传播,以及谁在阅读它们。究竟有没有"智慧学校"? 这些智慧书到底是谁写的? 是乡间长者,还是法庭文士? 关于这些问题,美索不达米亚的文学给了我们答案:美索不达米亚的文学几乎存在于古代文士世界的各个角落。有意味的是,对于文士,如果不涉及他们专门的工作,仅有一个阿卡德的词汇来描述他们,那就是 *tupšarru*。文士们写作智慧文学,并且有意看到它们流传开来。智慧文学,从概念上来说,就包含了被复制以及被保存在图书馆中的这些含义。智慧文学从一种底本开始被不断复制,这可以解释为什么智慧文学在传统中出现了有限底本基础上的无限复本这一情况。文士们具有三重角色——官吏、诗人和学者。作为官吏,他们记录下来府库的收支;作为诗人,他们创作文学作品,例如赞美诗、史诗、编年史、碑铭以及其他作品;作为学者,他们记录下来各种各样的预兆并且说预言。对于文学的生产,最为重要的是皇家的法庭。这是因为与朝廷相比,神庙的政治和经济重要性都要稍逊一筹。国王为文士提供资助,保证他们从事书籍写作,并把这种任务看作是自己维护政治经济秩序稳定的责任的一部分。

与其他社会的情况不同,美索不达米亚的文士并不把自己

---

① 以下对于美索不达米亚文本的注释,很大程度上得益于 A. Leo Oppenhoim, "The Position of the Intellectual in Mesopotamian Society" ("美索不达米亚社会中知识分子的地位")*Daedelus* 104 (1975): 37—45。

的工作和神庙或者其他的宗教机构联系在一起,他们也不在一种标准化或者"经典"文学文本的束缚之下工作。他们在王室组织的体系下工作,[33]或者,在公元前第一世纪高度增长的经济财富背景中,他们能够独立工作,鬻卖他们的"学术"(预兆或者预言),为那些有钱的个人服务。

埃 及

可以与《圣经》中的智慧书形成比照的文学,最早在公元前的第三个千年的中期就已经问世,尽管彼时尚没有用"智慧文学"描述它们。埃及学者们通常在"智慧"的框架内划分出三种不同的类型:教谕、哀歌(或控诉)以及政治宣传。在这三者中间,无疑教谕和哀歌与圣经的关系是最为密切的。

教谕对于它们所处的历史和社会语境提供了很多信息。[①]在整个古代埃及的历史上,教谕都是一种很有生命力的活的文体,现存之少有 17 个不同时期的例子。最古老的是王子哈尔杰德夫(Hardjedef)的教谕,约在公元前 2450－前 2300 年间成文(*AEL*,卷 ,58－59 页),使用的是经过简化的古埃及象形文字,这是当时的一种俗语。另外一个例子是《阿蒙内莫普教谕》,大约公元前 1100 年成书,一般认为,它对《箴言》的 22:17－24:22 产生了直接的影响。

埃及的教谕的目标是,保证青年人学会过一种幸福、富足的生活,从难以承受的困难和代价过高的错误之中解放出来。它们提供的是具体的、实际的生活建议,而不是一个人应该作为规

---

① 以下看法很大程度上来自 H. Brunner, *Die Weisheitsbucher der Agypter* (Zurich: Artemis, 1991), 11－98。

范遵守的抽象的理论。一个可以说明这种方法的恰当的例子是："不要向法官撒谎，因为讲真话将使得法官在下次审判时更加仁慈；长远地看，撒谎没有什么好处。"这些劝告中的实用主义和以个人利益为中心的色彩是不值得被效仿的，然而，如同已经被证明的那样，埃及的教谕就是世俗的。但在另一面上，它们又是彻底的宗教的产物。如同其他的古代人民一样，埃及人相信，神明们给予了这个世界以秩序，他们称这种秩序为马特（Ma'at）。① 马特可以被对应为不同的翻译——真理、秩序和正义。马特在自然中的体现（如四季、发芽结实）并不比在人类世界中的体现（国家和社会秩序、法律、与家人、同事、邻居有合宜的关系、与国王的关系等等）为少。在埃及神话中，马特是雷（Re）的女儿，是太阳和正义之神。[34]她的形象被描述为屈膝下蹲，在她的膝盖或者头部总有一支羽毛。马特不是通过默示，而是以"宣读"的方式宣告这个世界的秩序，并且通过格言或者训词的方式传递教谕。这些教谕的作用就是，帮助读者在不同的人生阶段完成马特的要求。一些学者把马特看作是《箴言》中那种人格化了的智慧的原形。这种解读是合乎逻辑的，但《箴言》中的智慧在寻找爱她的人的时候所显出的那种精力和人格这一点上，与马特这位抽象的女神有着天壤之别。最后，教谕的目标，是对个人进行指导，而不是针对整个社会；读者原样接受了这个世界，并且试图按照这个世界的节奏来生活。因此，这些教谕所宣称的，并不是旨在改变这个世界，而是帮助个体能够适应这个世界去生存。

---

① 有关马特（Ma'at）和圣经的讨论，参见 M. V. Fox, "World Order and Ma'at: A Crooked Parallel"（"马特与世界秩序：一个扭曲了的平行"），*Journal of the Ancient Near Eastern Society* 23 (1995): 57—48。

　　这些教谕的某些内容可以通过当时埃及社会的语境来理解。年轻人的事业处在私人助理（famulus）的系统之中，至少在最初的时候是这样；一个人进入了高级官员（通常是皇家血统）的家族，在家族中，官员们训练他们成为自己的继任者。这一体系不仅仅存在于埃及；《创世记》中的约瑟，以及亚基塔（Ahiqar）都是这样的"私人助理"或者侍臣。年轻人侍奉一位居要职的名流，并且与他建立起了稳固的关系，像约瑟与法老的关系（创41:40）那样。由于在历史的进程中，正式的阶层必须受制于皇家法庭，因此，在学徒的世界中，对于自己的主人的忠诚是至关重要的。这一私人秘书的体系可以解释某些教谕中对于信息的精确传递的强调，避免（家族内部的）争执，以及预防家族中妇女的纠缠。

　　在描述人类的时候，这些教谕通常以"心"作为情感特别是才智的居所。一个"心肠冷酷"的人，常常是缺乏正面的情感，不知悲悯的。对于人类情形的描绘是戏剧性的：人类的特征被描述为两极分化——分为聪明人和愚拙人，有激情的人和沉默寡言的人。愚人不会遵守他们的"父亲"或者长者的建议，从而不会按照马特的意思行事。而聪明人的聪明来自于教育、自然，以及他们自己对于人和事情的机智的判定。"听"（有"留意"的意思）在劝告中是一个极其重要的字眼。埃及社会是一个开放的社会，允许穷人和有雄心的年轻人参与权力的要职。因此，来自于远方各省和一些贫穷的家族中的人们不了解其中的一些规则，他们需要指南性的书籍来获得成功。

　　[35]教谕的形成，经历了埃及历史上的三个千年，并且反映了社会的变迁。这种文体在第三个千年中随着埃及王国的开始而出现，当时，管理疆土的需求规定了国王的仆人们必须放下他们的乡土习俗，外去旅行，并且应对那些超出他们经验范围的种

种情况。上古王国(公元前 2650－前 2135 年)的教谕仍然是以国王为中心的,但是随着王权的削减和前中古时期(First Inter-mediate Period,公元前 2135－前 2040 年)社会的失序,这些教谕已经开始从皇家的事务转向私人议题。在中古王国时期(公元前 2040－前 1650 年),随着一个稳定的君主政体的恢复,教谕再一次强调了对于王权的忠诚。新王国的作者们来自于社会的各个阶层,因为这个时候社会公众事务已经由广泛意义上的民众阶层来操控。在第十八王朝时期(约公元前 1550－前 1305 年)的《阿尼的教谕》(*Instructions of Any*)中,对于个人的关切以及对于内部和平的要求再次被提出来,并且这样的诉求支配着教谕这种文体一直到希腊和罗马的时代。社会变迁的一个典型的标志,就是人们解释"成功"的方式。在古王国时期,朝臣们作为有心的读者,成功意味着在法庭上获得胜利。当读者变成不被约束在某一特殊阶层里的一群人,训词就会变得更加个人化和普遍化——怎样避免在人生经历中遭受苦难、冲突和失望。

我们现在转向埃及教谕的几个实例。我们将由导论开始,再进入到《阿蒙内莫普教谕》的一个片断,这里使用的是李希特因(Lichtheim)的翻译。

> 用你的耳朵,去听这些话,
> 用你的心去理解它们;
> 把它们牢记在心中的有福了;
> 轻忽它们的有祸了!
> 让它们珍藏于你腹中的宝匣;
> 让它们拴在你的心上。
> 当言语像旋风一样来临,
> 它们将会是你舌头的停泊之地。

[36]如果你从内心中用它们编织你的生活，

你就会找到成功；

你会发现我的话语是生活的宝库；

你的生命将会在地上得饱足(III. 9—IV. 2)。①

在某种程度上，这些篇章很像《箴言》1－9 章那里的智慧的演讲。在那些演讲中，演讲者以一种典型的方式劝导年轻人听并且记下礁石的言语，作为他们获得智慧的第一步。随着时间的流逝，当年轻人照着他们执行的时候，这些言语就转换成了智慧和行为的座右铭。

接下来是一个关于温和的人类处理"过热的"争吵以及过分精明的个人利益的例子，这个例子选自《普塔霍特普教谕》[(*Ptahhotep*)，第六王朝，约公元前 2500－前 2150 年]。

如果你在生活中碰到了争吵，

一个贫穷的人，与你并不平等，

不要攻击他，因他比你软弱，

让他一个人，他会自觉羞愧。

不要回答他来试图使你的心免于愁苦，

不要朝你的对手发泄，

伤害一个贫穷人的人是卑鄙的，

有人会试图去得到你想要的，

你要通过长官的训斥来责打他。②

---

① *AEL*, vol. 2, p. 149. Cf. *ANET*, 421—22.

② *AEL*, vol. 1, p. 64.

从《阿蒙内莫普教谕》中,我们看到一种关于贪婪的警告,这影响到了《箴言》的 23:4—5 节。

> 不要把你的心放在财富上,
> 没有会被错过的天命和运气;
> 不要让你的心偏行己路,
> 每个人都有自己的定时。
> 不要操劳去寻求财富的增长,
> 你所拥有的,让它们满足你。
> 如果你通过偷窃拥有了财富,
> 它们不会陪你过夜。
> 接下来的日子里它们不会在你的房间,
> 你看到摆放它们的位置,却寻不着它们;
> 地球张开它的嘴,对准它们,把它们吞咽,
> 让它们沉入原始的虚无(dat)。
> 它们制造了一个和它们一般大小的洞,
> 并且沉入阴间;
> 它们使自己长上鹅一般的翅膀,
> 朝着天空飞去。①

[37]《阿蒙内莫普教谕》警告了把眼目放在钱财上的人,因为天数和命运这些足可以把我们一切所得的都撕裂的东西,并不在我们自己的掌控之中;偷窃的财物消失到原始的虚无(dat)之中,让自己长上翅膀飞向太空。《箴言》23:4—5 通过把贪婪的意图本身想象为眼目的虚无,进一步发展了飞逝的鸟儿和财富

---

① *AEL*, vol. 2, p. 152.

这样的意象："不要劳碌求富，休仗自己的聪明。你岂要定睛在虚无的钱财上吗？因钱财必长翅膀，如鹰向天飞去。"这些例子已经足够说明《箴言》中对于想象和才智的使用对于埃及材料的借鉴了。

埃及的社会状况

埃及人"智慧文学"的社会地位如何？人们在一种叫做"生活之家"的学院中写作，学习、教导以及抄写文本。这种学院一般在圣殿的附近，并且在宗教仪式中扮演了某种功能。教谕由学童抄写出来，从而学习埃及的经文；他们这些常常包含有错误的抄本成了教谕的主要手抄本源头。然而，这从不意味着教谕本身就是学堂的教材。教谕的收信人是"儿子"，但是这个词要比英文的"儿子"一词有着更为宽泛的意思：它表达的是任何与一个青年人的亲密的关系——某人的儿子，学生，或者继承人。它们的文本通常包含了高度的情感，因为一个"父亲"的声望，在很大程度上建立在"儿子"的成功的基础之上。这些教谕在第一个千年中就得到了分类，在那时一些程式化的表达就已经非常普遍。

恰好在第三个千年的终结之时，另外一种写作的体裁出现了。与其说这种体裁是一种文学类型，不如说它是一种普遍的风格：悲观厌世、愤世嫉俗地对于传统思维方式进行攻击。《伊普沃的告诫》(*The Admonitions of Ipuwer*, ANET, 407 — 10; AEL, Vol. 1, pp. 169 — 84)在对大地的问题(一个传统的文学主题)进行了严厉的述说，以一种对话的形式责备了创造者—神明。《雄辩的农夫》(ANET, 407 — 10; AEL, vol. 1, pp. 169 — 84)是一个农夫在九篇演讲中与一位高级长官的对质。《哈伯的歌》

(*ANET*,467;*AEL*,vol. 1,pp. 194－97)力劝读者享受今天,因为谁知道明天会怎样。《对于贸易的嘲讽》(*ANET*,432－34;*AEL*,vol. 1,pp. 184－92)批评了非文士的工作,以此来褒扬文士工作的专业性。《一个人与巴[38](Ba)的辩论》(即生死攸关的力量;*ANET*,405－7;*AEL*,vol. 1,pp. 163－169)生动地描绘了生命中的苦恼。这些作品显示出埃及的文士可以像美索不达米亚的文士一样自由地批评传统。一个人不应该把存疑的作品想当然地看作是孤立或者边缘群体的作品。它们有可能恰恰诞生于文士行业的中心。在《圣经》中的《约伯记》和《传道书》中出现的那种质问和讽刺的精神,在埃及也可以找到与之类似的对等文本。

迦　南

在地理位置上,埃及和美索不达米亚都远离以色列人的家乡——地中海中部地区,并且在文化上也有着重大的差异。那么,是否存在一种植根于以色列本土和文化的智慧文学? 地中海东部地区的人民分享着共同的文学传统。有一个北方的例子,这是来自于第二个千年晚期的按照字母顺序排列的楔形文字文本,出土于乌加里特城(今叙利亚境内)。不幸的是,在这一位置几乎没有发现智慧文学的文本,大部分作品都是出自巴比伦人之手:《苏比・阿维隆(Shube Awilum)的忠告》(*BM*,332－35)、格言集锦、以及一首信服马杜克的赞美诗(与巴比伦赞美诗《我要称颂智慧之主》极其相似)。所有的这些文本的原文都是原始阿卡德语,显示出乌加里特的迦南文士阅读并且认可美索不达米亚的智慧文学。

最为重要的非圣经"迦南"智慧文本是《亚基塔》(*Ahiqar*),

它把对于朝臣亚基塔的堕落及其随后的恢复的叙述,通过上百首格言、谜语、寓言、教谕,以及以数字标明的分等级的警句的总集的方式联系在一起。作为一位"圣人"(*ummānu*),一位学者,以及新亚述帝国(公元前 681－前 669 年)艾萨哈顿(Esarhaddon)王的高级官员,亚基塔处处受到考验。他在自己的侄子拿单(Nadin)的手下落难,并且后来官复原职的故事很有可能是基于历史事实,就如同约瑟、以斯帖和但以理的故事那样,尽管这一故事现在已经应用在为朝臣而辩护的小说情节之中。这一叙事框架是在公元前 7 世纪以亚兰文写作;很有可能是首先流传于新亚述法庭上的亚兰演说者中间。这些警句有可能是陈旧的,其中一些甚至有可能起源于叙利亚的亚兰王国。值得注意的是,朝臣亚基塔,这位经历了很多事情,也承受了很多痛苦的人,被誉为是这些警句,训词和智慧诗歌的作者。实践的智慧与个人经历以及承受考验时的机警就这样联系在了一起;[39]亚基塔承受住了"磨练",这是一个被剥夺和蒙羞的过程,上帝就是这样的过程中让他得到拯救。

　　故事的框架是这样开始的:① "[以下是]亚基塔,一个聪明和熟练的文士,用来教导他的儿子的言语。现在[他还没有自己的后代,但是]他说:'即便如此,我仍然有一个儿子!'"对于没有后代的亚基塔来说,这个"儿子"就是他的侄子拿单,一个诬告他犯了叛国罪的人。被判处死刑后,亚基塔四处躲藏,但是在这样时间的考验中,亚基塔自告奋勇去向埃及王呈现自己的智慧。

　　以下从这些警句中的摘录,是想给读者提供一个关于其范

---

① Trans. J. M. Lindenberger, *The Old Testament Pseudepigrapha*(《旧约圣经模拟》), vol. 2 (Garden City, N. Y. : Doubleday, 1985), 479－507。楷体文字即不确定的恢复。

围和风格的大致印象：

> 7.107 君王如同广施仁慈者，
> 他的言语踞傲无比。
> 谁可以容忍得了他呢？
> 只有神与之同在的那位！①

这位仁慈的君王就是伊萨哈顿。在这一章和其他的章节中，我们还能够看得到一种在王面前的敬畏之情："7. 100 不要藐视王的言语，让它[成为]你[心灵]的安慰。""7. 101 王的言语是温和的，但是却比双刃的匕首更锋利、更敏锐。"这种关于王的观点在古代东方地区是非常典型的。在《圣经》中，常常用一位严厉的先知的批评来支配一个君王，但是仍然能够从中看出这种传统的观点。例如，在《箴言》24：21－22 那里："我儿，你要敬畏耶和华与君王，/不要与反复无常的人结交，/因为他们的灾难必忽然而起。/耶和华与君王所施行的毁灭，谁能知道呢？"16：10 那里："王的嘴中有神语，/审判之时，他的口必不差错。"

通过数字来划分等级的警句是迦南文体的一个特征；它们仅仅出现在西部闪米特文学中。一个乌加里特的例子是 *KTU*1. 4. iii. 17－21："有两种宴会是巴力② 所恨恶的，三种，在云彩之上的骑士——可耻的宴会，卑鄙的宴会，还有那些女仆行

---

① 只有一处箴言(6.82－83)，"用棒管教你的孩子，否则，你可以/救他[脱离邪恶]吗？/如果我打你，我的儿子，/你不会死；/但是如果我留下你一个人，/[你将不能生存]"。同样也可以在《圣经》中发现类似的话："不可不管教孩童，你用杖打他，他必不至于死。你要用杖打他，就可以救他的灵魂免下阴间。"(箴 23：13－14)

② 巴力(Baal)，古代迦南人信奉的生育之神祇。

为放荡的宴会。"《亚基塔》92:"有两种事物是美好的,/有三种是蒙沙玛什①悦纳的:/一个喝酒并且分享它的人,/一个掌握智慧[并且观察它]的人;/以及一个听到传言并且向它说不的人。"在《圣经》中也能够发现相似的设计,在《箴言》6:16－19那里:"耶和华所恨恶的有六样,连他心所憎恶的共有七样,就是高傲的眼,撒谎的舌,流无辜人血的手,图谋恶计的心,[40]飞跑行恶的脚,吐谎言的假见证,并弟兄中布散纷争的人。"

《亚基塔》最后的片段是智慧的化身(6.94－7.95),我们可以将它同《箴言》的 8:22－31 节,以及《箴言》1－9 章中的其他经文相比较。

> 来自天堂的蒙恩的人们,
> 智慧是来自诸神的。
> 是的,诸神看她为宝贵,
> 她的国度是永存的。
> 她是被沙梅恩(Shamayn)建立的;
> 是的,那位圣主使她高升。

最近似的圣经相关经文出现在次经的《便西拉智训》24:4:"我居住在高天,/我的宝座立于云柱。"同样相关的也出现在旁经《以诺一书》32:1－2:"智慧发现没有任何地方可以作为她的居所,因她居住在云端。"

圣经智慧文学的确就是这样超越国界,它可以存在于支配以色列世界的伟大的君王那里,同样也可以存在于在地理上靠近地中海东部的诸城中。在圣经文学中,没有任何其他的文体

---

① 沙玛什(Shamash),巴比伦及亚述神话中的太阳神。

可以像智慧文学这样能够如此严格地被经外的文献所印证。其原因是易于理解的。在个人和家庭的恐惧、担心和希望之中，人们找到了那些共同的东西。

推荐书目

埃及

Brunner, Helmut. *Die Weisheitsbiucher der Ägypter*（《埃及文学》），Zürich：Artemis，1991。最全面的研究，对相关的教谕等文本提供了翻译。

Lichtheim, Miriam. *Ancient Egyptian Literature*（《古代埃及文学》），3 vols. Berkeley, Calif.：University of California，1973—80。最好的英文翻译，并提供了导读。

Late Egyptian Wisdom Literature in the International Context（《国际语境中的晚期埃及智慧文学》），Orbis Biblicus et Orientalis 52. GSttingen：Vandenhoeck & Ruprecht，1983。

Simpson，W. Kelly. *The Literature of Ancient Egypt*（《古代埃及的文学》）2nd ed. New Haven：Yale，1973。有简单评论的选本。

Wilson, John. *ANET*. Selections are in pp. 405－10，412－25，431－34.

美索不达米亚

[41] Alster, Bendt. *Proverbs of Ancient Sumer: The World's Earliest Proverb Collection*（《世界最早箴言选集》），Bethesda，Md.：CDL，1997。最好的英文翻译，处理了一些苏美尔文的箴言。

ANET，425－27，435－40，600－604，阿卡德文和苏美尔文的选本。

Foster, Benjamin R. *Before the Muses: An Anthology of Akkadian*

Literature(《缪斯之前：阿卡德文学选集》). Two vols. Bethesda，Md.：
CDL，1993。

Lambert，W. G. *Babylonian Wisdom Literature*(《巴比伦智慧文
学》)，Oxford：Clarendon，1960。

Römer，Willem H. Ph.，and Wolfram yon Soden. *Weisheitstexte I.
Texte aus der Umwelt des Alten Testaments 3*(《智慧文本》). Gutersloh：
Gerd Mohn，1990。

迦南

Bergant，Dianne. *Israel's Wisdom Literature* (《以色列的智慧文
学》)，Minneapolis：Fortress，1997。使用"创造的统一性"作为基本的观
念，研究了所有的智慧文学作品。

Lindenberger，James. "Ahiqar,"("亚基塔") in *The Old Testament
Pseudepigrapha*. Garden City，N. Y.：Doubleday，1985. Pp. 479—507。
另见于 *ANET*，427—30。

第三章　《箴言》

[42]《箴言》是一部收录文集以及附录的杂集。这些文集和附录的搜集、编订时间，大约从早期王国（约公元前1000年）到前6世纪末的放逐时期，在一些学者看来，可能还包括随后的几个世纪。《箴言》包含了多种文学类型或体裁，但是最为常见的则是格言和教谕。格言具有现实的意义；我们可以每天都使用箴言（尽管我们的使用机会有可能比我们的祖辈少一些）来帮助我们做一些决定，或让我们的演说变得更有智慧。教谕（Instructions）的情形则与此不同。在今天，"教谕"一词常常指的是器械或者汽车的说明书。这些说明书告诉我们怎样操作电脑，怎样洗涤不同的织物，然后我们就按部就班地照着所教导的去做。我们不喜欢听意见，尤其是当它来自于那些宣称我们应该变得更聪明一些的人的时候。

《箴言》这部书与我们通常阅读和理解的箴言或者教谕有所不同。我们并不需要预设一种偏见，即阅读这本书的时候，你必须喜欢它，并且期待从其精明并且通常令人惊异的观点中获得某种助益。何以如此？从根本上说，是因为《箴言》[43]并不为你提供任何信息。《箴言》并不是一部事实之书。其"智慧"不过是一种技巧、艺术——一种让你生活得更好的艺术。《箴言》关切的不是"什么",而是"怎么样"。

许多人把《箴言》看作是一种教诲,并且作为教义来持守,这毫不奇怪。一些论者关注的是圣贤的信心和教导,并且将其教导简化为一个体系。相对而言,这样的做法是非常现代并且西化的。这是在过去的几个世纪中基督教"教义化"的结果,这种教义化的后果,是使得在音乐、礼仪、艺术和文学中所展现出来的那种活生生的气息,被转化为某种公式化的表达或者陈述。然而,《箴言》向我们展示的,不是一些体系化的教条,它关注的是如何生活得更好,如何将世界作为神赐的礼物来享受。

本章的目标,不在于《箴言》中的教条教义,而是要帮助读者倾听《箴言》的教谕,思索其所提供的智慧的言语。谈论《箴言》,我们必须遵循着其修辞上的灵活运用。毫无疑问,修辞术在这种场合有积极的意义:一种文学如何影响并说服读者,以及它是如何打动他们的。

在本章接下来的篇幅里面,我们将对以下几个主题提供充分的材料:(1)本书的文学结构和写作目的;(2)其文学类型;(3)当时的社会地位;(4)《箴言》的主要假设和基本观念;以及(5)在《箴言》整体文本的背景下对于某些有代表性的经文的分析,以此作为我们解读《箴言》的例证。

文本结构与写作目的

《箴言》各个部分的结构如何?作者是有意识地按照一种艺术的方式来结构它们呢,抑或"艺术化"仅仅只是一种结果?《箴言》是如何开始,又是如何结束的? 所有的篇章都是相互关联的吗? 如果的确如此,那么为什么会是这样? 是否存在着一种文学的整体性？与此相关的，这种整体性是本书的目的之一吗？

按照古代近东的观点来看，《箴言》的篇幅和视角都是非常独特的。与古代近东文学相比，《箴言》把众多的文学类型（教谕、格言、谜语、诗歌）大规模地整合到一部著作中，是格外令人印象深刻的。和埃及教谕相比，埃及教谕看起来相对简单，通常包括导言、劝诫和训示，以及证明它们的公理。《箴言》则与此相反，它把教谕、演讲和言语集编入到大约 950 行的卷帙之中，其篇幅已经接近一本《撒母耳记》或者《马太福音》。

大多数学者赞同下面这种结构纲要：[44]

I.	标题和导论	1:1—7
II.	关于智慧的教谕以及智慧的演讲	1:8—9:18
III.	所罗门语录第一辑，有时被分散入 10—15（大多是对立的平行结构）以及 16:1—22:16（许多同义或者综合的平行结构）	10:1—22:16
IV.	"智者语录"教谕，部分是按照埃及智慧文学《阿蒙内索普教谕》的模式	22:17—24:22
V.	"智者语录"附录	24:23—34
VI.	所罗门语录第二辑	25—29
VII.	亚古珥语录以及其他箴言，大多数是以数字的形式呈现的（"……有三样，……共有四样"）	30:1—33
VIII.	利慕伊勒王的言语，是她母亲教训他的真言	31:1—9
IX.	论贤妻	31:10—31

在如此复杂的编排结构背后,究竟是否存在着一种统一的原则? 我们可以在导论部分(1:1—7)找到答案,这向我们提供了三个重要的意涵:作者(以及本书的"权威性")、其目的以及其假想的听众。

> 以色列王大卫儿子所罗门的箴言:
> 要使人晓得智慧和训诲,
> 分辨通达的言语,
> 使人处事领受智慧、
> 仁义、公平、正直的训诲,
> 使愚人灵明,
> 使少年人有知识和谋略,
> 使智慧人听见,增长学问,
> 使聪明人得着智谋,
> 使人明白箴言和譬喻,
> 懂得智慧人的言词和谜语。
> 给年青人的忠告
> 敬畏耶和华是知识的开端,
> 愚妄人藐视智慧和训诲。

像埃及的教谕一样,《箴言》以一个精心编排的标题以及对于作者、写作目的和对于读者的好处开篇。第一个词指名了本书的体裁,希伯来文的 *mishlê*,传统上把这个词翻译[45]为"箴言",但是实际上这个词指更多种的文学类型,而不仅仅是箴言。例如,本书还包括了教谕、格言、诗歌和谜语。第二个单词指出了作者,所罗门,以色列的王(前 961—前 922 年),这本书整本书都被认为是他创作的。圣经的书卷(如同埃及书卷一样)很少标明作者,但是有一种例外,那就是智慧文学。所有的圣经智慧文学,除了《约伯记》之外,都被认为是所罗门创作的(箴言、传道书、雅歌),或者把所罗门看作一位英雄模范(便西拉智训、所罗门智训)。埃及的教谕同样认为作者是君王或者其他一些居高位的人物。这种关于智慧书的权威性不同于编年体的历史著作或者文学性的诗歌,这种权威性与一位君王有关,是神明们赋予这位君王以管理国家的技能,或者是来自于某位"年长者"的成熟和经验。至于把作者归为所罗门,我们不能用现代意义上的历史的眼光去解释(尽管所罗门的确有可能写作并且编辑这些箴言),但是我们更应该理解为一种对于作品的权威性的陈述(王拥有从神而来的智慧),其情形正如律法之于摩西,或者诗篇之于大卫。

本书意在对积累下来的大同小异的"智慧"本身进行描述,而并非试图为它们分门别类。本书关心的议题包括学习(vv. 2—3)、理解智慧文学(vv. 2, 6)、教育(v. 4),并且其高潮是对于第二节那里出现的"智慧和训诲"这一短语的重复和强调,并且这种重复和强调带有对于上主的敬畏。我们可以从中清楚地辨识出一种双重的结构:其一,2a 节把智慧作为一种普遍的美德来引介,这在第 3—5 节那里得到了发展;其二,2b 则把智慧描述为一种分辨通达言语的能力,而这种描述在第 6 节那里得到了发展。第 7 节是整个导论部分的高潮,尽管一些《圣经》的译本也许在排版上把这一节从导论部分独立了出来。因此,本书的写作目的,是让听到的人更加有智慧,即是说,在生活上取得成功而避免惹是生非,那就意味着要过一种"敬畏上主的生活"——敬畏耶和华。变得聪明的第二方面含义,如同在双重结构中所体现出来的那样,则是知道如何去阅读和理解智慧文学。

和古代东方地区的智慧文学的一般情况相类似,《箴言》也

完全是宗教性质的。神明们是世界秩序的创造者,而这些秩序
正是智慧文学所关照的。一些学者提出,可能存在着一个早期
的"世俗的"阶层的智慧文学,它们被晚期崇拜耶和华的阶层进
行了补充,但这种说法并没有得到普遍的接受。

导论部分的第三个要点是关于本书的受众。第 4 节那里
说,[46]本书的受众是"愚人"和"少年、男孩"(na'ar)。第一个
词汇是非常传统的、多义的说法,它是对于希伯来文 pĕtî 的翻
译(在《箴言》中出现了 14 次);在本书中,它有一系列宽泛的意
思:没有经验的、未受过教育的、需要教谕的、很容易受到诱惑
的、聪慧的对立面。由于《箴言》通常不区分智慧和伦理的范畴,
因此"天真"常常含有负面的含义,是"愚蠢"(1:32;8:5)或者"缺
乏智慧"(9:4;16)的近义词。第二个词,"年轻,年轻人"看起来
把潜在的读者限制到一个社会断层中:年轻的男性。《箴言》的
读者之一毫无疑问是年轻的男性,因此一些教谕回答的是关于
贤妻的提问或者怎样"建立"家室,这在那个社会中当然是年轻
的男性的工作。然而,年轻的男性却也并非是本书的唯一的潜
在读者。第 5 节的经文里面就明确地提出了另外一种人——智
慧人和有技巧的或曰聪明的人。这个群体已经不再是年轻人,
因为他们已经积累了一定的生活经验。《箴言》有可能被各种各
样的人阅读或者听到;它面向的是全体以色列人,年轻的和老
的、受过教育的和没有受过教育的、男性和女性。的确,其中的
一些场景是单单为年轻男性设计的,但是各种性别和年龄的人
们在阅读它们的时候,都会把自身置身于其间。

体　裁

本书得以流传的另外一个途径,就是通过其文学体裁,或曰

文学样式。作者并不是在一个真空中自言自语,而是在一系列
可以识别的话语所组成的参照系里言说,例如小说、戏剧、短故
事、新闻报道、体育专栏。读者必须在某种程度上知道他们想要
看到的,因为他们需要一个参照系,在这个参照系中,人们可以
理解该说(写)一些什么东西。作者必须在传统之下进行写作;
否则他们的读者会对他们在讲什么一无所知。作者们可以迎合
传统,改变传统甚至颠覆传统,但是在作者和读者之间,这里还
存在着一种协定,或者说是一系列的期待,那就是体裁。[①]

　　最为吸引我们注意的两个类别是教谕和格言。教谕在埃及
已经得到了很好的应用;赫尔默·布鲁那(Helmut Brunner)已
经收集了 17 种编订,从第三千禧年中期的古王国时期,一直到
第一千禧年的晚期。《箴言》22:17－24:22 借鉴了《阿蒙内莫普
教谕》,而后者成书于公元前 1000 年。[47]在美索不达米亚地
区,最有名的教谕书是《苏鲁巴克教谕》,由苏美尔人在大约第三
千禧年中期编订完成,并由接下来的版本进行翻译和补充。[②]
公元前 16－前 12 世纪卡塞特王朝(Kassite)的文士们并没有抄
写什么苏美尔的智慧文学,因此可以说《苏鲁巴克教谕》从未被
传入迦南。

教谕

　　《箴言》1－9 以及 22:17－24:22 的材料就是教谕,和我们
在埃及和美索不达米亚所掌握到的情形差不多。这对我们概要
把握这种古代文学体裁的特征是有用的:主要是参考更加丰富

① 见 chap. 2, n. 3。

② Helmut Brtmner, *Die Weisheitsbiicher der Agypter*(《埃及智慧文学》)(2nd
ed. ; Munich: Artemis, 1991)。十个教谕已被翻译成英文,见于 *AEL*,另有几
个见于 *ANET*。

和与之相关的埃及的例子。其他的文学类型,例如智慧作为一个女人的演讲(1:20—33;第8章),数字的诗歌(6:6—19;30:11—31),以及对于贤妻的称赞(31:10—31),在这里我们不过多讨论。首先,教谕的主要目标,是保证听到的人在他们的生活中不遇到不必要的麻烦。[①] 在每个人的面前这里都有一条路,但是只有一条正确的路:那就是生命之路。教谕并不会对它的读者提供一种关于生活的抽象的理念,但是却会提到许多独特的例子。带来成功的是这些例子中所描绘的行为,而不是某种内在的光环。秩序是一种社会现实,也是一种自然现实。在埃及的教谕中,这种秩序被称作马特。她是女神,你可以抗拒她,但凡是这样做的人都被认为早晚会遭受惩罚。教谕不是告诉人怎样去改变这个生存的社会,而是告诉一个年轻人怎样去适应它。在埃及,一个年轻人提升自己的方式通常是进入私人秘书(famulus)系统,进入一个家室做一位私人秘书。在这样的环境中,对于一个人的要求就是谨慎、忠诚和克制,尤其是在家族的女性面前的时候。当我们谈到某些箴言和教谕的例子的时候我们还会回到对于这种体裁的这些评论。

这种体裁出现在《箴言》中的时候,圣经的作者们为它注入了他们自己的强调,例如类型之间的明显的对比;他们减少了训词的数量,并且减少了细节。从另外一个角度来说,《箴言》强调的是性格,而不是行为本身。

格言

《箴言》中另外一种重要的体裁就是格言(或者箴言)。我们在第二章中已经讨论了美索不达米亚文集中的格言的例子。讨

---

① 见第二章中有关教谕的讨论。

论这种文体的一个很好的出发点,是关于箴言的一个被普遍接受的定义:对于一个对于显见的当下真理的简明的陈述。"简明的"意味着思想上的饱和性和巧妙的表达方式,具体的说,[48]就是俏皮话、省略、对于反讽和吊诡的引入。"显见的"提醒我们一条箴言必须是"可证明的",即是说,可以被应用于某种情景之中;一条箴言只有被应用在这个个案之中的时候才是真实的。最后一个要素,"当下的",或流行用法,意思是说它在《箴言》中的格言的整体中就不是真实的了。尽管这一点有可能引起争议,《箴言》看起来更像是被文士们写作的著作,而不是从人们日常说的格言中搜集整理出来的。与这种整理不同,例如《牛津英语箴言辞典》所认为的那样,大量《箴言》集都并不是对于民间格言的搜集整理。毋宁说,它们是文士们的作品,或者是那个被称作是"所罗门的箴言"的文学总体的一个组成部分。

社会状况

谁写作了《箴言》? 是专业的文士们从民众的口中收集到了格言并把它们进行润色并编订起来的吗?《箴言》被使用在以色列学校教育的课程中吗? 谁是《箴言》最初的读者?

不幸的是,关于写作《箴言》并且阅读它们的巴勒斯坦社会,我们所掌握的资料极其稀少。我们可以确知的是,皇家宫廷是写作和文学生产的支配机构。国王雇佣了文士来处理与其他国家的通信,监管档案并且保存记录,并且为圣殿写作礼拜用的诗歌等文学作品,编订历史以及"智慧文学"。由于资料非常少,所以我们不得不推测某些问题的答案。

有关《箴言》一书起源的学术理论可被化约为两点:(1)箴言和教谕最初起源于乡村的部落社会、祭司家庭,所反映的是部落的智慧；或者(2)它们起源于上层阶级的学校，或者皇家宫廷。一言以蔽之，《箴言》究竟起源于文士还是部落？① 根据部落理论，《箴言》的材料，特别是其中的座右铭，作为口头的格言，其起源仅仅是民间、农民、工匠、奴隶、家庭主妇（尽管它们有可能被文士们搜集整理到）。这一理论的支持者，指出家族在古代以色列中的支配性地位，以及家族领袖们在社会中的权威。这种权威性同样体现在座右铭的日常主题和缺乏足够的证据的另一种理论所假定的源头——古代以色列的文士学校中。另一种理论则认为，这些材料起源于文士，并且有可能被用作学校的课本。

[49]不过不幸的是，这两种理论的任何一种都存在着事实上的重大缺陷。起源于文士学校这一理论来自同埃及的类比，但是埃及的学校是年轻的学生通过抄写（而不是创作）学习智慧的教谕，从而学会写字的地方。它并不是在学术或者智力团体意义上的学校。埃及教谕的作者是皇家的官员，似乎是写给自己的儿子的，通过他才传播到更广泛的大众。至于另外一种理论，一个乡村或者（广义的）家族的起源，事实上，这种说法的例证也是缺乏力量的。在乡村的环境中，一个人不可能讨论诸如丰收或者一个好名字的重要性这样的《箴言》主题。这些主题对于很多集团来说是很一般性的，并且可以在隐喻的意义上获得解释。一个人完全可以谈论"卷心菜和国王"，而不一定非得是一位厨师或弄臣。

我们的观点是：以色列学校或者家族的解释，并不是《箴言》中所使用的材料的起源。某些部分的文士起源是无法否认的。

---

① 对此问题的一个很好的分析，见于 M. V. Fox, "The Social Location of the Book of Proverbs," ("《箴言》的社会状况")收录于 Fox et al., *Texts, Temples, and Traditions: A Tribute to Menahern Haran* (Winona Lake, Ind.: Eisenbrauns, 1996), 227—39。

《箴言》本身所提供的唯一一个确定的事实(25:1),向我们透露
了"希西家(前 715－687 年)的人"整理了所罗门的箴言。倘若
我们把这种整理看作整部《箴言》的一个普遍的现象,福克斯
(Fox)把《箴言》的多元性和统一性归因于整理者的判断:"受过
教育的文士,至少其中一部分是王室的人,起到了一种中介的作
用,他们是过滤各种各样的原则、格言和语汇、民歌以及其他东
西的过滤器。《箴言》搜集的最核心的部分,就是他们筛选之后
的结果,从本质上说完全是同类的:到最后,我们阅读的智慧,只
是他们的智慧、他们的思想,并且毫不奇怪的是它们是如此的一
致。"① 文士著作说的更进一步的事实,是这些格言的突出的艺
术才能。这些教谕从埃及范例中获益如此良多,是不可能归因
于部落的领袖们的。 由此我们可以得出结论,《箴言》是一部所
收集到的格言(其中的一些本属于民间)和教谕的选集。收集人
最有可能是皇家的文士,他们已经获得了为圣殿或者朝廷创造
文学的任务。

主要观点和概念

[50]《箴言》中有一系列的观点和概念,对于一个当代西方
的读者来说,并不都是人所熟知。我们最好不要把它们称作"教
训"或者"教条",因为对于《箴言》来说,在我看来,其主要的目的
并不是传达教训。《箴言》的众多观点之一,可以用塞缪尔·约
翰逊(Samuel Johnson)在《漫谈者》(*Rambler*)中的一句名言来

---

① Fox, "The Social Location," 239.

概括:"人们通常需要提醒,而不是告知。"①《箴言》常常是在一次又一次地提醒它的读者,回过头去看看他们在第一次阅读的时候是不是遗漏了什么东西,去用一种新的方式去观照一个陈旧的事实。让我们再一次引用约翰逊的话,这一次是他对 18 世纪著名警句作家亚历山大·蒲柏(Alexander Pope)的评论:"新东西变得熟悉了,熟悉的东西被更新了。"② 箴言邀请人们进入到这样一个过程中间:训练他们感知一个至今为止仍然隐藏在现实背后的维度。这一过程在格言中的体现最为明显。接下来,我们将会看到一些实例,来看一下这些格言是怎样帮助读者辨明并且再认识这一切的。

　　《箴言》首先假设了由上帝创造的世界的客观存在,并且这个世界具有一定的秩序和内在的推动力。人类不可避免地要在这个世界之中生存,但是他们并不知道在这样一个世界里应该如何生存。有很多东西是他们不知道的,是被隐藏起来的。那些必要而隐秘的知识,并不是数据或者信息,而是一种秩序,是神使这个世界得以运行的法则。要想生活得很好,获取"成功",一个人必须认识到这个隐匿的维度。然而,关于这个没有被显现出来的世界的知识并不是那么容易就可以获得的。人被不断地试图忽视它们的存在,与此同时又被一些相似的东西所诱使。因此,《箴言》所提供给我们的,并不是一些知识或者信息,而是一种观看世界现实的方式,一种管理我们自身的方式,以及一种与把我们放置在这个世界之中的秩序或者智慧发生关联的方式。注意,《箴言》有时候称呼上帝为行动者(agent),有些时候

① Samuel Johnson, *Rambler*, no. 2, cited in W. J. Bate, Samuel Johnson (New York: Harcourt Brace Jovanovich, 1977), 291.

② Samuel Johnson, essay on Alexander Pope(论亚历山大·蒲柏), in *Lives of the English Poets*。

甚至使用被动式来表达事物运行的方式,例如"不先商议,所谋无效;谋士众多,所谋乃成"(15:22)。

《箴言》中的智慧有三重维度:智慧的维度("一种观看现实的方式")、伦理的维度("一种管理我们自身的方式")和宗教的维度("一种引导我们与上帝的'秩序'发生关系的方式")。10:1—22:16 这部伟大的文集中最初的三个格言,就显示出这三重维度的混合:

> 智慧之子使父亲欢乐;
> 愚昧之子叫母亲担忧。
> 不义之财毫无益处,
> 惟有公义能救人脱离死亡。
> 耶和华不使义人受饥饿,
> 恶人所欲的,他必推开。

第一节的经文是"智慧的",它与认知有关;它以两行正相反的论述形成一种平行结构,或者区分出两种智慧的类型:聪明人和愚昧[51]人。第二节经文,从其关切点来说,是伦理的。它论述的是通过不公正的方式获取的财物,不义之财与通过公平和正义的方式取得的财物是截然对立的。第三节单独提出第二节中的义人与不义的人之对比,并且明确地提出了耶和华,以色列的神的名字,作为神所赋予的世界之秩序的保证者。正如阿隆索-舒克尔(Alonso-Schökel)所注意到的,① 格言集在一开始就有意识地把这样三个领域维系了起来:知识、行动和虔诚。《箴言》在

---

① *Proverbios Nuera biblia Española* (Madrid: Ediciones Cristiandad. 1984), p. 256 以及其他地方。

表达上把在其他地方容易分开的东西放在了一起——知识、行动和与上帝(或"宇宙的终极结构")有关的东西。

这些区分对于理解《箴言》中的教谕来说是非常重要的。这些教谕,不管它们的名字如何,并不能够透露最重要的信息。相反,正如我们在处理第二章的时候将要看到的那样,它们从根本上是要邀请读者和智慧发生关联(1:20—33;第 2、3、4、8 和 9章);或者揭示那些容易混淆是非的事物(1:8—19;第 5、6、7、9章)。这些教谕谆谆教导人们对于智慧的接受,以及对虚假的东西的警戒。一个核心的比喻就是一种可以信赖的关系。当然喻体在不同的语境中有所不同,比如与智慧本身,与一位教师,与一位父亲,与双亲或与妻子等等。

爱知者与行动者的心理

对于人类的心理自由,《箴言》作出了一个大胆的假设。但是这种自由需要受到来自于人类行为的社会意义(关于家庭、社群和上帝)的制衡。如果说生活是行动,那么人则是通过行动的器官——关于感知、决定、表达和情感的器官——来定义的。《箴言》使用了一些感性的意象——眼睛、耳朵、嘴(舌头,嘴唇)、心脏、手、脚。《箴言》有这样的信念:一个人有能力组织他/她的生活,从而使之与关于"何谓美善,如何达到美善"的知识相协调。对于愚昧者的无知,并不仅仅是他们知识上的缺乏,而是一种对于知识的主动拒绝,因着自己的怯懦、骄傲或者懒惰而厌恶它。无知有一种伦理学上的维度,对于人类来说:知识是一种道德上的义务。智慧者在道德上也是美善的;而愚昧者则是缺乏道德的。[52]这种把智慧和伦理结合起来论述的语言,看起来是《箴言》这部书的一个独创性的贡献。

就一个人作为一个自由的、积极的道德主体这一点而言,

《箴言》4:20—27 为我们提供了一个很好的范例。译文中的楷
体字是关于感知、决定或者行动的一些器官。通过转喻（原因代
表结果），器官代表了行动本身，例如，眼睛代表了视野，脚代表
了走路（即行动）。①

> 我儿，②要留心听我的言词，
> 侧耳听我的话语。
> 都不可离你的眼目，
> 要存记在你心中。
> 因为得着它的，就得了生命，
> 又得了医全体的良药。
> 你要保守你心，胜过保守一切（或作"你要切切保守
> 你心"），
> 因为一生的果效，是由心发出。
> 你要除掉邪僻的口，
> 弃绝乖谬的嘴。
> 你的眼目要向前正看，
> 你的眼睛（原文作"皮"）当向前直观。
> 要修平你脚下的路，
> 坚定你一切的道。

---

① 转喻是"一个形象，靠因果或概念性的关系，使得其中一个字在物质的基础上代
替另一个"，例如，容器之于盛载之物，行动者之于行动，产品之于拥有的物件，
原因之于效果等（Alex Preminger and T. V. F. Brogan, *The New Princeton
Encyclopedia of Poetry and Poetics* (Princeton: Princeton University, 1993,
783)。
② "儿子"可以指真正的儿子或学生。"儿童"不是一个令人满意的英文翻译，因为
它暗示着一个无法对生活作决定的人。"门徒"是一个更好的翻译，但同样也并
非十全十美。

不可偏向左右，

要使你的脚离开邪恶。

在《箴言》中，学习、决定和行动的过程包括了由观看、感受、在心中存留意象、做决定、通过语言（嘴、唇）表达心声和表演（眼、脚）而来的一系列的感知。如同在埃及的教谕中一样，心是用来存储和处理信息的，最好被翻译成"心智"（mind）。在这里，人类被理解为积极地去把任何一种感觉扩张到其极限：人类"延伸"自己的耳朵，让它像触角一样，不让任何东西逃脱自己的眼帘，用自己的心去保存话语，让嘴唇不说错误的言语，让自己的眼睛和眼皮永不偏离目标，保护一个人的脚免于绊跌和歧路。其假设是信徒是有极端的自由的，可以自由安排，不受任何的约束。《箴言》对于这样一种心理自由的假设的一个必然推论，就是对于懒惰人的蔑视，他们因拒绝行动而受到谴责。一个例子出现在 26:14:"门在枢纽转动，懒惰人在床上也是如此。"

《箴言》中最为重要的器官是嘴（或者"舌"和"唇"）。[53]讲演是最为重要的能力，语言是大量箴言的主体。通过讲演，而不是其他的行为，一个人才得以更完全地认识自己。通过讲演，教师传递教导（教授或者训练）、知识和智慧。[①] 演讲必须是真实可信的；谎言则会受到猛烈的指责（17:4;19:22;30:6），特别是在法庭上作伪证（6:19;12:17;14:5,25;19:5,9,28;21:28）。第1—9章关于妇女的智慧和妇女的愚昧的一个关键的区别，在很大程度上是取决于她们的语言的。在希伯来文和英文中都通用的一个比喻就是，智慧的语言是正直的（8:6—11），而愚昧的语

---

① 对《箴言》的智慧用词更详尽的研究，见 M. Fox, "Words for Wisdom,"（"智慧之道"）*Zeitschrift fur Althebraistik* 6 (1993): 149—65。

言则是歪曲的(5:3;9:17),或者油嘴滑舌的(2:16;6:24;7:5)。

然而,对于个人自由的强调,或者把智慧和美德等同,或把无知和恶念等同起来,这些并不是《箴言》的全部。《箴言》最为关注的是人生的给定性(givenness),并且用路的比喻来表达这一给定性。① 一个人的自由选择会把人带到一条不断变化的、独立于行动者之外道路上,通过一个人的选择,可以决定你将走在"义路"(如 2:20;4:18)还是"败坏的路"(如 4:14,19;12:26;15:9)上。这两条路摆在你的面前。你的行为将会把你导向其中的一条或者另一条。每一条路,都有其固有的动态的特征,走向灭亡还是生存,对于上帝(或者宇宙秩序)来说,取决于人类行为的"完成"。这两条路的观念并不是静态的,人们因着自己的行为可以走上或者走下其中的任何一条道路。人的自由选择可以使人走上一条路,但是这条路有自己的归宿。这样,《箴言》就把一个人的自由及其社会后果平衡了起来。如同我们在1:8—19节的开篇场景中所看到的那样,《箴言》对这两条路是这样描述的,一个人加入了某条路上的人类社群并与之分享相同的命运。

《箴言》中最为极端的对这两条路的描述出现在 4:10—19:

> 我儿,你要听受我的言语,
> 就必延年益寿。

---

① 对于"办法",见 N. Habel, "The Symbolism of Wisdom in Proverbs 1—9,"("箴言1—9章中智慧的象征")*Interpretation* 26 (1972): 151—57, and Pt. C. Van Leeuwen, "Liminality and Worldview in Proverbs 1—9," *Semeia* 50 (1990): 111—44. 对于把走路比作生活中的自我行为,见 F. J. Helfmeyer, "Hdlakh," 收录于 G. J. Botterweck and H. Pdnggren, *Theological Dictionary of the Old Testament*, vol. 3 (Grand Rapids: Eerdmans, 1978), 388—403。

我已指教你走智慧的道，

引导你行正直的路。

你行走，脚步必不至狭窄；

你奔跑，也不至跌倒。

要持定训诲，不可放松，

必当谨守，因为她是你的生命。

[54]不可行恶人的路，

不要走坏人的道。

要躲避，不可经过，

要转身而去。

这等人若不行恶，不得睡觉；

不使人跌倒，睡卧不安。

因为他们以奸恶吃饼，

以强暴喝酒。

但义人的路好像黎明的光，

越照越明，直到日午。

恶人的道好像幽暗，

自己不知因什么跌倒。

第18—19节为路的比喻加入了光和暗的意象。光—暗对比是后文的一次预演，如同《死海古卷》和《约翰福音》中"黑暗之子"和"光明之子"。

用以描述行为及其后果的对偶性格类型

《箴言》中另一中心观念是对仗的性格类型的使用。最鲜明的对仗性格类型是智慧的人和愚昧的人，义人和恶人，懒惰人和勤劳人，富人和穷人。这些性格中的每一对都有自己独特的特点;上帝作为行动者所施行的赏赐或者惩罚,并没有特别地表现于智慧的人和愚昧的人身上,而是强烈地体现在义人和恶人那里。而富人和穷人,正如很多最新的成果所揭示的那样,是以一种独特的方式发生关系的:"诚信往往被描述为发财致富的原因,但智慧的人也注意到仅仅靠勤奋本身是无法带来财富的;换言之,贫穷并不一定只躺在那些懒惰人的门口。"① 这在很大程度上提醒了我们,这些比喻并不是要去激发那些愚昧人、恶人和懒惰人改变他们的做事方式,而是要激发那些有美德的人。这些性格的类型都是与行动联系在一起的,动词在其中的优先性已经向我们展示出了这一点。而关于"路"的观念,在类型之外的整部作品中也扮演着重要的角色。

除了这些性格类型之外,人或者群体也重复出现在本卷书中——父亲-母亲-奴隶-儿子,朋友-邻舍,君王,以及女性的角色。父亲-母亲-奴隶-儿子组成了家庭,这是《箴言》中的一个重要体系,这不仅仅是因为《箴言》1-9章那里关于建造并维持一个家庭的比喻,而且也是因为在生活中,家族是至关重要的。当然,这里的家族是通过男性的视角来观看的。

将智慧描述为一个强烈人格化的女性

[55]《箴言》将智慧人格化,这一点也不奇怪,因为在《圣经》中人格化是非常普遍的,例如"求你发出你的亮光和真实,好引导我"(诗 43:3);"慈爱和诚实彼此相遇;公义和平安彼此相亲。"(诗 85:10)奇特之处在于,这本书如此坚持地聚焦于智慧

---

① Jutta Hausmann, *Studien zum Menschenbild der iilteren Weisheit*(Spr 10ft.)Forschungen zum Alten Testament 7(Ttibingen: Mohr [Siebeck],1995),342.

本身,以此与其他非圣经的智慧文学把焦点放在智慧的行为这一点区别了开来;并且这种人格化是如此的强烈和持久。① 智慧做了很长的演讲,并且她有一个活生生的对立面:愚昧。智慧并没有什么高谈阔论的教导,她只是要求敬畏耶和华的人们来顺服她。她的话语就是她自身。

《箴言》中对于智慧的人格化是如此奇特,以至于吸引了很多学者从其他文化中去探索这种修辞的源头。有学者猜测,这是起源于一个原始的迦南智慧女神,她代表了学校的建制。另有人猜测,这是脱胎于埃及的智慧女神马特(Ma'at)。第三种观点认为,她是一个"对比现象",仅仅作为一种文学创造,以愚昧的妇女的对立面出现在文学作品中。支持第一种观点的证据少之又少;第二种猜测看起来也缺乏说服力,因为 Ma'at 并没有被赋予太多的人格化的色彩;例如,关于她自己的名字,她就没有做过任何的演说。第三种可能性,即智慧是被《箴言》的作者为了与"错误的妇女"相对照而创作出来的,按照这样的观点,是一种最具有可能性的理论。理由是,妇女的愚昧在此前的文学中可以找到来源。有一个现存的故事是这样讲的:具有诱惑力的女人们给了一个年轻的英雄以生命,并且最终又夺去了他的生命:《吉尔迦美什》中的女神伊施塔尔,乌加里特阿克哈特(Aqhat)故事中的阿纳特(Anat),以及在很多变异的形式中,如《奥德赛》中的卡吕普索(Calypso)和塞壬(Circe)。如果这些勾引男人的女性形象(与传统的警告"远离外女"一起)构成《箴言》中那些诱惑人的女性的原型的话,那么,《箴言》中的妇女的智慧

---

① 此词出现 42 次在《箴言》中,如果我们数算它的别名将会有更多。这种关切适用于其他圣经智慧书籍:《约伯记》18 次,《传道书》28 次,《便西拉智训》60 次(希腊"智慧"),《所罗门智训》30 次。

极有可能是作为一种对照被作者创造出来的。然而,要记住妇女智慧或愚昧的来源并非首要的问题,重要的是妇女在这本书中所扮演的功能。①

在《箴言》1－9章那里,妇女的功能到底是什么? 作为女性的智慧在这里有两个演讲(1:20－33和8章),并且在9:1－6,11那里,她邀请路人参加她的筵席。另有一位女性并没有发表独立的演讲,只是在教师的教导中作为警戒的对象被提及,见于2:16－19以及5、6和7章。在第9章两位妇女匹配的肖像中,是全书中的唯一一次。[56]除了智慧,在1－9章那里还有其他的言说者:1:8－19和6:20－35的双亲;4:1－9的父亲;第2章;4:10－19,20－27;第5章;6:1－19;第7章的教师。这些女性的演说是向谁做出的? 根据导论(1:1－7),听众中既包括了"愚人和少年人"(1:4－5)也包括了"智慧人"(1:5)。这种双重的听众增加了丰富性。一个读者是涉世未深的少年,他即将离开父母,寻找一个妻子并建立自己的家庭。更多的读者不属于此类,但仍然可以轻易地把自己设想在这一境遇中。这样,作为女性智慧的读者,我们就进入到一个语境里面:她把我们所有人都放置在一个生命中的关键的时刻点上,即是说,我们正在建造我们的人生,建立家庭,寻找伴侣。《箴言》选取的是少年成人这一特殊时刻,以此作为一个类比。

重要隐喻:寻找妻子,建立家庭

两个女性(特别是智慧女性)的形象、关于寻找妻子的这一

---

① 了解女性智慧是文学建构的证据,见 R. Clifford, "Woman Wisdom in the Book of Proverbs," ("箴言中的女性智慧")in G. Braulik et al., *Biblische Theologie und gesellschaftlicher Wandel Lohfink volume* (Freiburg: Herder, 1993), 61－72。

主要的比喻以及相应的与之合宜的关系、建立家庭并且维系这一家庭,为我们提供了理解 1—9 章的线索。第 5、6、7 章在某种程度上警告已经结婚的男人不要犯奸淫,这既是因为这样做要付出极大的个人和社会代价,也是由于他可爱的妻子。比喻说来,对于一个即将接受智慧的人,这些警告都是反对足以破坏这层关系的一切形式的诱惑。智慧作为一个有吸引力的女性,邀请人们与她一同进入到一个长期的、有些类似于婚姻的关系里面去,这一关系建立在她信实、仁慈和与耶和华的关系的基础之上的。她邀请一个想要成为智慧的伴侣的人,享受这些上帝所赐予的仁慈。智慧的人格化使得她成为一个鲜活的角色,更加生动地与读者面对面。

相关文本的分析

当我们检审了《箴言》的体裁、结构和观点之后,让我们看看这本书自己说了些什么。本章接下来的内容,就是要提供一些关于教谕和格言的范例,它们本身首先是有趣味的,并且可以作为我们理解《箴言》中类似文本的范例。[57]我将以 1—9 章中有代表性的教谕入手,然后讨论 10—22 和 25—29 章中的格言,我引用的是 22:17—24:22,最后我将以 31 章中论贤妻的诗歌作为结论。

教谕

我们从 1—9 章中选出三个篇章:(1)1:8—19 的双亲的开场白;(2)1:20—33 和第 8 章那里的女性的智慧的演说;(3)第 2 章中教师的演说;以及(4)对于愚昧的妇女的警戒。

1) 开场白：离开父母和家

开场白建立了这样一个智慧教导或曰演讲的语境：一个年轻人要离开自己的父母和家，去建立自己的家庭。它建立起一个系统的比喻：① 一个没有经验（单纯）的少年，要做出根本性的选择，并且试图摆脱传统价值观的束缚。通过这一场景引入了比喻，并且在后面的文本中还将不断出现。1—9 章至少有两个层次：在一个层次上，一个年轻人受到了来自双亲、父亲和老师的警告，警告其远离不合适的同伴，以及滥交和奸淫都将毁坏他的婚姻和家庭。他被劝告去寻找一个正确的妻子，如果他已经结婚了，则被劝告要对他已有的妻子忠心。这一个层次带有突出的近东文学的特征。在另一个层次上，这一场景从一个特定的环境转向了一个更广阔的语境。任何人都可以把他/她放置到一个获得成熟的环境中，发现智慧是自我构建起来的，但是却的确"在那边"，学习从虚幻中辨清真实，学习建立家庭和妻子。这两个层次在全书中都是相互存在的。

这一开场白以父亲的声音开启。以下是我自己的翻译，其中有变化的希伯来字词以斜体的形式标出。第 16 节并不是很重要，因此被我省略掉了，因为它并不见于一些最好的希腊文抄本，有可能是从《以赛亚书》59:7 那里抄过来的。

> 8 我儿，要听你父亲的训诲，
> 不可离弃你母亲的法则，
> 9 因为这要作你头上的华冠，

---

① 了解系统的隐喻概念，如作为战争的争论或者作为金钱的时间，见 George La-koff and Mark Johnson, *Metaphors We Live By*（《我们赖以生存的比喻》）(Chicago：University of Chicago, 1980)。

你项上的金链。

10我儿,恶人若引诱你,

你不可随从。

11他们若说:"你与我们同走,

我们要为血设下埋伏,

[58]躺卧等候没有意识的无罪之人。

12我们好像阴间,把他们活活吞下;

他们如同下坑的人,

被我们囫囵吞了。

13我们必得各样宝物,

将所掳来的,装满房屋。

14你与我们大家同分,

我们共用一个囊袋。"

15我儿,不要与他们同走一道,

禁止你脚走他们的路,

17好像飞鸟,

网罗设在眼前仍没有意识。

18这些人设下埋伏,是为自流己血,

躺卧等候,是为自害己命。

19凡贪恋财利的,所行之路都是如此。

这贪恋之心乃夺去得财者之命。

其中一些项目需要稍作分析。结构非常简单:父亲引用邪恶的同伴的话(第11—14节)并且对它们的生活给出了自己的劝告(15—19节)。这里重复出现了几个词汇或者短语:第11、17节中的"没有意识的";第11、15节中的"走";第11、18节中的"设下埋伏"和"躺卧等候"。关于两条道路的比喻在这里也得到了应用;双亲的警告并不是针对某一特定的罪,而是不要选择某一人生或者群体的道路,他们的儿子本有可能受到邀请走上这条道路。双亲通过揭示邪恶的暴力最终将自败己身,从而揭露了虚伪的邀请(正如智慧教师和智慧本身将要在后面做的那样)。他们为没有意识的无罪之人设下的陷阱(第 11 节),最终将自取灭亡(第 18 节)。一个关于报应的法则,在背后行使着作用。第 17 节已经被作了多种解读,但接下来的这种解读看起来是最可靠的。由于希伯来文中"扔高"一词从不用于设置网罗以捕获猎物,"把网扔高"一定是意味着把它抬起来以便展示出来。此句经文的意思是,没有猎人把网抬起来故意让猎物看见,而是把它隐藏起来。所以,报应的法则也要隐蔽起来不给那些犯罪的人看到。这种被动的动词被称作是神的被动,这是以一种虔诚的、间接的方式来强调神的权威。

在一个层面上,双亲劝告他们的儿子避免暴力,从而远离犯罪。在另一个层面上,我们理解到我们面前的生命之路有两条。一个人将被按照自己的行为进入到其中一条路上,并加入在这条路上的其他人之中。每一条路都有独立的后果。最后一行中的悖论是明显的:[59]非正当的手段所获的利,必将杀害获利者(参见 10:2 和 11:4)。

2) 女性智慧的演说

在《箴言》中智慧的两个演说(1:20—33;第 8 章)在人格化的生动程度和激情等方面都有所不同,但是这并不容易得到解释。乍一阅读的时候,它们看起来似乎是重复而且抽象的。

第一个演说(1:20—33)①　　智慧演说的对象是那些没有经验的或者"单纯"的年轻人,它的"隐含受众",也代表了那些想要"变得有智慧、听训诲"的读者(1:2—7)。她是对所有的人说话,但是特别是其中的那些没有经验的人,他们还不够聪明,易于拒绝智慧的教导。下文所提供的这种翻译,在第22—23节那里的经文和很多译本有差别。早在公元前2世纪的希腊文译本之前,这种翻译就是被拒绝接受的。简而言之,这里动词所具有的"回转"这层含义,在很多时候容易被理解成为相反的意思,如"拒绝"、"留意"等等。此外,在经文中还被加入了一句孤立的对句("亵慢人喜欢亵慢,愚顽人恨恶知识")。而这里是没有这一句话的。

> 20智慧在街市上呼喊,
> 在宽阔处发声,
> 21在热闹街头喊叫,
> 在城门口、在城中发出言语,
> 22说:"你们愚昧人喜爱愚昧,
> 要到几时呢?
> 23你们会因我的责备回转吗?
> 我要将我的灵浇灌你们,
> 将我的话指示你们。

---

① 最近的几项研究对于本章的翻译和结构极其重视:Roland Murphy, "Wisdom's Song: Proverbs 1:20—33," ("智慧之歌:箴1:20—33")*CBQ* 48 (1986):456—60; Maurice Gilbert, "Le discours menacant de Sagesse en Proverbes 1,20—33," ("箴1:20—33中的圣贤话语)in D. Garrone and F. Israel, eds., *Storiae Tradizioni di Israele Soggin* (Brescia:Paideia, 1991), 99—119。

这里的语气是刺耳的、充满指责的。我们很快就会知道原因：这个年轻人在历史上曾经拒绝过智慧的教导（第 24—31 节）。从第二个人（第 24—27 节）第三个人（第 28—31 节）的转换这种文体在希伯来文中是非常常见的，而并不是两个不同作者的证据。不论这里的口气怎么样，智慧始终并没有用任何超过听众本身的错误行为所招致的后果以外的惩罚来威胁听众。当不可避免的恶果来临的时候，她会发笑（第 26—27 节），并且完全不在那里（第 28 节）。

她总结了自己的发言，并且以一种爱的邀请来结束，从而与前面的刺耳的指责形成了鲜明的对比。

> 无知人的拒绝，必杀己身；
> 愚蠢人的自满，必害己命。
> [60]但那听从我的人，必安然居住；
> 享受安逸，远离灾害的危胁。（作者自译）

第二个演说（第 8 章）　　这里智慧的伟大演说，改变了她第一个演说中的"以威胁为主，最后加入一行应许"的格式，取而代之的是"以长篇的应许和邀请为主，最后加入一行威胁（第 36 节）"。所有的都是应许，仅仅在最后一句经文中包含了威胁。她站在同样的位置上，在城里的最高处，那里负载着政府和商肆，对所有的人说话，而不仅仅针对那些没有经验、还不够聪明的年轻人。全诗可分为四个段落：

> I. 1. vv. 1—5；2. vv. 6—10
> II. 1. vv. 12—26；2. vv, 17—21
> III. 1. vv. 22—26；2. vv. 27—31

IV. vv. 32—36

5 说：愚蒙人哪，你们要会悟灵明；
愚昧人哪，你们当心里明白。
6 你们当听，因我要说极美的话，
我张嘴要论正直的事。
7 我的口要发出真理，
我的嘴憎恶邪恶。
8 我口中的言语都是公义，
并无弯曲乖僻。
9 有聪明的以为明显，
得知识的以为正直。
10 你们当受我的教训，不受白银，
宁得知识，胜过黄金。

智慧并没有给出建议，并且所强调的暧昧不清。她要求自己的听众倚靠并且相信她；她要和她的听众们之间建立一种关联。在第 12—21 节她允诺给信任她的人以领导的艺术和传统意义上的智慧——尊荣、财富和生命。

　　在解读的历史中，这首诗中最为引人注目的部分是第三段，第 22—31 节，在这里，智慧自述了她在耶和华创造天地过程中的自己的角色。

在耶和华造化的起头，
在太初创造万物之先，就有了我。
从亘古，从太初，
未有世界以前，我已被立。

没有深渊，

没有大水的泉源，我已生出。

[61]大山未曾奠定，

小山未有之先，我已生出。

耶和华还没有创造大地和田野，

并世上的土质，我已生出。

他立高天，我在那里；

他在渊面的周围划出圆圈。

上使穹苍坚硬，

下使渊源稳固，

为沧海定出界限，使水不越过他的命令，

立定大地的根基。

那时，我在他那里为工师，

日日为他所喜爱，

常常在他面前踊跃，

踊跃在他为人预备可住之地，

也喜悦住在世人之间。

这一段经文奠定了智慧的权威。为什么一个人要信赖智慧？理由是：在创造其他的事物以前，智慧已经被造，她是最高的荣耀的标志。这一个段落包含两个部分：第一部分强调，智慧相比其他一切受造之物的优先性；第二段强调的是耶和华在创造万物的时候，智慧是和他同在的。'āmôn 这个词被翻译成"工师"或者"工头"是有争议的。在古代，这个词既被解释为"亲爱的、小孩"，也被解释为"工人、安排者"，对于后一种解释来说，最后的起源是在阿卡德文的 *ummānu*，即"圣人、技师"。这个阿卡德词汇是在一种神话学的意义上使用的，用来描绘那些在美索不达米亚传说中的大洪水之后生活的古圣先贤；他们带来了人类的文化和专业的知识。第 8 章把这个词用在智慧身上，她作为天国中的一个存在，把有益的知识带给人类。在这一章中，智慧被描述为一个正在寻找门徒的女圣人的形象。重要的是，智慧在这里建立了她的权威：她之所以可以被她的听众所信任的原因，在于她和耶和华上帝之间的关系。事实上，她所希望的与自己的门徒所达成的那种关系，也是以她和耶和华上帝之间的关系为模范的。

> 日日为他所喜爱，
>
> 常常在他面前踊跃，
>
> 踊跃在他为人预备可住之地，
>
> 也喜悦住在世人之间。（着重为作者所加）

诗的结尾（第 32—36 节）是对于在智慧的门口等候的[62]她所爱的门徒的一种呼吁。在这里使用了爱的语言，这是在写下了智慧对于门徒的期望之后。

第 8 章是《箴言》中最著名的章节。便西拉在大约公元前 190 年的《便西拉智训》第 24 章中，模拟了这里第 35 行的结构，并且在 24：9 那里完全重复了 8：22：“在太初创造万物之先，就有了我。”在《便西拉智训》中，智慧离开了天家，去耶路撒冷寻找一个新的居所，她要在那里去发现“在至高神的约中，在摩西的律法中所要求我们的”（第 23 节）。在《便西拉智训》中可以发现犹太的传统，把智慧和托拉紧密联系在了一起。在新约中，《约翰福音》的第一章也隐约提到了《箴言》的 8：22：“太初有道，道与神同在，道就是神”（1：1）。约翰把《创世记》第一章这里的“道”（“神说：要有……”）和《箴言》第 8 章这里的智慧联系在了一起。

3) 智慧的教谕（第 2 章）

第二章是一首共 22 行的诗。这与希伯来文字母表中的辅音字母的数量是一样的。在大多数的离合诗中间，字母表中相连续的两个字母在一句诗的开头是连续出现的，如 31：10－31，但是这种形式在这里得到了改变：希伯来文的第一个字母 *'āleph* 在第一部分的许多关键行里都出现了（vv. 1，4，5，9），而中间的一个字母 *lāmed* 则在第二部分的一些关键的行中多次出现（vv. 12，16，20）。这一首诗邀请读者进入到一种生活方式：全心全意努力跟随智慧（第 1－4 节），耶和华就会把智慧给你，包括耶和华的同在以及在你所行的路上保护你（第 5－8 节）。智慧也会亲近你（第 8－11 节），保护你脱离恶人（第 12－16 节）和一类特殊的女人（第 16－19），这样，你将走在正义的路上，享受到应许的恩赐（第 20－22 节）。这首诗邀请听众进入到一个悖论中：把你的全部力量用在追寻智慧上，上帝就会把力量赐给你。

这首诗也向我们介绍了"外国女子"，这个词在第 5、6、7、9 章那里都有出现。这种外国女子（或称"错误的女人"）来自埃及的教导。例如，在《阿尼的教谕》（成书于公元前 1550－前 1300 年）中就这样说："当心陌生的妇女，/一个人在她的城里所不认识的：当她走过的时候不要凝视，/不要用肉体亲近她……她已做好准备勾引你，/一个致命的必死的罪已迫在眉睫。"这里的这一形象是隐喻式的；她的淫词荡语可以诱使你走向死亡，而这恰恰是耶和华和智慧给予你的生命的对立面。

这首诗邀请你和智慧建立起一种关系，而不是仅仅劝告你去做某些智慧的举动。寻找智慧[63]这件行动本身可以把一个人带到上帝的面前，他给予一个人智慧，并且保护一个人免受真正的危险，尤其是诱人的淫词荡语。让我们记住从 *'āleph* 和

lāmed 开头的单词的使用，及其艺术性的结构，以 *āleph* 和
lāmed 开头的词是斜体的：

第一部分(第 1—11 节)

(第 1 节)*'im*＝如果你接受我的话语……(第 3 节)*'im*＝如
果你呼求以理解……(第 4 节)*'im*＝如果你寻找它如同寻找银
子……(第 5 节)*'āz*＝这样你就会理解……(第 9 节)*'āz*＝这样
你就会理解……

第二部分(12—22 节)

(第 12 节)*lāmed*＝去救你脱离恶道……(16 节)*lāmed*＝去
救你脱离外女……(20 节)*lāmed*＝这样你可以走在义路上……

你可以看出，诗歌的语言是如何引出读者对于智慧美德的
渴慕的。诗歌形成了人格。

4) 对于愚昧妇人的警告：第 5 章；第 6 章第 20—35 节；第 7 章

这里的三个劝诫或警告，主要是针对年轻的已婚妇人说的。
第 7 章并没有特别说出年轻人是已经结婚的，但事实上的确如
此。这里所警告的是奸淫，它严重破坏了婚姻关系。《箴言》的
导言部分在隐喻的层面上曾经使用过这个词，这使得这一非常
特殊的情况可以被所有的读者所接纳。要与智慧同在，提防那
些具有欺骗性的冒充物。

在这些警告中，出现了三种人格：智慧、年轻人以及“外国
的”或“错误的”女性。错误的女性给年轻人提供刺激，但是她所
提供的是虚假的，因为她的言语将导致死亡。没有必要把三处
警告的文本一一加以分析，因为它们都是对于维持婚姻的信任
的直接了当的劝告。对于大部分内容来说，所给出的动机都是
实践中的。美德可以让一个人远离麻烦，生活快乐；简而言之，
就是给予“生命”。

现在让我们对第 1—9 章的主要内容作一番总结。第一,智慧是可以被捕捉的,但是她本身也是一种恩赐。这一巨大的悖论在很大程度上产生于第 10—31 章的独白中的悖论。由于上帝的正义始终以一种隐藏的方式支配这个世界,仅仅通过字面的方式去认识生命是不够的。第二,智慧被人格化为一个女性,并且在一个有其他女性在场的某种情境中发言。这一情境包含了情爱和语言的方面;即是说,听众被邀请与智慧建立一种长期的关系,并且被警告不能与另外一个女性建立关系;与此同时,听众要去看出女性的词汇中的真正的含义。[64]因此,这就势必要求读者的理解,其中讽刺的存在也必须加以考虑。最后,寻找配偶也被视为是建立家室的一种努力,一个人要找到一个正确的时机,离开父母的家庭去建立自己的家庭。

最后我们必须提出一个问题,这一问题可以使我们过渡到下一个段落。那就是:作为女性的智慧向我们所提供的生命究竟是什么?在《圣经》中其他章节中(如创 2—3;诗 27:4;84:4),生命并不仅仅意味着一种生理现象,还包括一种与他人的关系:因此,生活,就意味着与智慧一起生活,在她的房间中参加她的宴会。根据 9:4,这是与"单纯"和无知一起生活的对立面。与智慧一起生活,意味着思考智慧在第 10—22 章和第 25—29 章那里所说的那些格言,我们现在就要转向对于那些部分的讨论。

格言

大部分格言出现在 10:1—22:16 和 25—29 章。这两部格言集(共 512 条格言)自称是"所罗门的箴言"(10:1 和 25:1)。其中很多的意义是隐晦不明的。与现代的箴言不同,这些格言警句需要人们深入思考。例如要求人们深思"与智慧一起生活、住在智慧的房子中"这样的表述究竟是什么意思。正如人们必须反思一条格言一样，一个人也必须反思生命中的重大事件。对于那些智慧言语的思考，教会一个人思考自己的生命。这是一个学习洞察的学校。接下来我们看几条格言的例子。现代译本在对于语言的敏感性、悖论以及在对格言总体智慧的把握上差异甚大。此外，除了新修订标准本（NRSV）译本，我推荐的另外两个英文译本分别是新美国圣经（NAB）和犹太出版协会版（Tanakh）。接下来我引用的翻译仍然是我自己的，为的是突出其中的语言游戏和智慧。

1）聪明之子使父亲欢乐；/愚昧之子令母亲头疼（10:1）。

"聪明"意味着并不是十分智慧，但是具备足够过一个良善的生活的技艺，这就带来了对于自己以及整个家庭的祝福。儿童的智慧和愚昧对于儿童和父母都有影响，并且进一步说，这是向世界展示他们的父母的能力。这一对偶的箴言对照了三种事物：父亲和母亲，聪明和愚昧，欢乐和忧伤。

[65]这一句经文相对于全书的整体结构而言还具有提纲挈领的意义。这里的三种人"儿子"、"父亲"和"母亲"指回了开场白1:8中的教谕："我儿，要听你父亲的训诲，不可离弃你母亲的指教。"儿子（即门徒）是第1—9章中父母劝告的对象。建立或者维持一个家庭是这些章节的共同主题。如同此前书中已经有很多的句子所描述的那样，这处经文指的是家庭关系中的幸福与不幸——在父亲和儿子中间（15:20；17:21,25；19:13,26；23:22—25），在丈夫和妻子中间。正像一本书中的红线，这些家庭格言提示了读者关于家庭的比喻。如同我们所指出的那样，这处经文，连同接下来的两句，向读者介绍了智慧的范围——智慧本身的（第1节），伦理的（第2节）和宗教的（第3节）。

2) 遮掩人过的,寻求人爱,/屡次挑错的,离间亲友(17:9)。

这条格言说出了这样一个悖论:一个人因为隐藏而得到,因为泄露而失丧。为了寻找爱情或者友谊,人们不得不隐藏("遮掩")别人的缺点,学会克制和原谅。为了完成对偶,下半句则告诉我们怎样失掉一个朋友——只需要泄露一些小道消息。

3) 谨守口与舌的,就保守自己免受灾难(21:23)。

在很多格言中,语言游戏是很重要的。这里的语言游戏是建立在动词 šāmar 的双重意义的基础上的,其中一个是"守卫、控制",另外一个是"守卫、保护"。而在这里,还有建立于 nepeš 宽泛的含义的基础上的另外一个语言游戏。从字面上说,它是有关于喉部的、湿性的、身体的呼吸中心;从转喻的角度说,它是"生命、自我和灵魂"。如果你守卫(即控制)你的舌头,就是守卫(即保护)你的"喉咙",你的中心,你的生命。守卫了你的"喉部"(即生命),就是守卫了你喉部的声音(即语言)。

4) 贫穷人必须说"请",/而富人却粗鲁加以回应(18:23)。

这条格言是一种观察,这是格言的一种次级类型。它描绘的是我们一种生活经验,表面上没有任何的评论,尽管通常[66]带有一种内在的判断。《箴言》中很多这种关于穷人和富人的陈述,都是观察的一种形式(10:15;13:7,8,23;14:20;19:4,7;22:7;28:15)。① 这里的经文具体地描述了穷人的一种状态,他们的贫穷以及通过讨好别人来证明自己的存在。对照来看,那些

---

① 有大量的学术著作讨论《箴言》中的穷人和富人。见 R. N. Whybray, *Wealth and Poverty in the Book of Proverbs* (《〈箴言〉中的财富与贫穷》)*JSOTSup* 99 (Sheffield: *JSOT*, 1990)。

有钱人，就可以随心所愿地说话。

5）荆棘刺入醉汉的手中，/箴言在愚昧人的口中（26：9）。

这句箴言是《箴言》中典型的幽默，常常具有讽刺的意味。一句箴言并不仅仅是停留在纸面上的信息，它必须在特定情境中得到灵活的运用。因此，一句格言必须有现实的意义。愚人可能引用它，但是他们却缺乏实践中的技能和智慧去正确地应用它。这样，箴言在他们那里就像荆棘一样，一个人可能在另一个人身上找到它，但却不知道它是如何到那里去的。

书中的大多数幽默都是懒惰的代价。《箴言》对游手好闲者进行了无情的嘲弄，主要是因为这一类人总不可能进入到行动的状态中去。《箴言》的理想是，一个自我激励的人，用心，用口，用手，用脚，去保证自己走在正义的路上。游手好闲者的自白是多么的荒谬，"道上有猛狮，街上有壮狮！"（26：13）引用这句话是为了蔑视他们。另外一幅值得记忆的图画是26：14："门在枢纽转动，懒惰人在床上也是如此。"懒惰的人永远不会从床上起来，就像门永远不会离开枢纽一般。

这些例子仅仅提供了挑战《箴言》中诸多智慧的一条线索。对于不读希伯来文的读者来说，最好能够综合多看几种译本。

一段被改编的埃及教谕：22：17—24：22：智慧的人的言语

自从1924年埃及《阿蒙内莫普教谕》出版以来，学者们就意识到《箴言》中的这一段是由此而来的，它的写作时间大约是公元前1200年。我们在"体裁"的章节中已经讨论过这种教谕的体裁，所以我们直接进入到一个独立的有趣的文本之中，23：1—3：

> 1 你若与官长坐席,
>
> 要留意在你面前的是谁。
>
> 2 你若是贪食的,
>
> 就当拿刀放在喉咙上。
>
> 3 不可贪恋他的美食,
>
> 因为是哄人的食物。(作者自译)

[67]对于那些善于逢迎的年轻人来说,丰盛的饮食明显是他们放纵食欲、酒欲和更高的社会地位的好机会。古老的埃及《普塔霍特普教谕》要求人们自我克制:"当你是客人,/坐在比你更高的人面前/吃那些他给予你的,就是那些在你面前的。/不要看他面前的食物,但是总要仅仅看摆放在你面前的。"① 第23章:"不要吃摆放在一个官员面前的/不要在他的面前填满你的口;/当要求你吃的时候要假装咀嚼,/用你的唾液让自己心满意足。/看着摆在你面前的碗,/让它满足你的需求。官员在他的办公室中是伟大的,/正如井在人们提水的时候总是满的。"(13—20)《箴言》的经文则超越了这种埃及的教谕加进去的餐桌礼节,为要暴露世俗手段的愚蠢:"摆放在你面前"这个短语,既指食物也指主人在你面前,并且包含了这样一层含义:好好考虑一下你面前的食物和主人,不要把刀放在食物上去满足你的肚腹,而是要把它放在你的口中来阻挡饥饿。最后,你得到的既不是食物,也不是好感。

关于贤妻的赞辞:31:10—31

---

① No. 7, 我对于 Brunner 的翻译, *Die Weisheitsbucher der Ägypter*, 114 (其楷体部分)。

这首描绘贤妻的诗歌是一首22行的离合诗(参见第2章),其中,每一行都是以希伯来字母表中的一个字母开头的。这里描述了妻子的灵活;她进入了一个强大的、出产丰盛的家族,这一切都给了她的丈夫各种各样的财富、社会名声、子女——简言之,这个形式上的"生活"就是《箴言》中描述的生活。这首诗可以在多重的意义上被理解:或作为一种对于女性的赞辞来纠正书本上对于所谓的妇女的形象的负面理解,或作为对于埃及纪念碑中出现的女性赞辞的模仿。在当下的语境中,对于这首诗最有可能的解读是,作为一种例证,来描述一个男人倘若和一个作为女性的智慧结合之后的情况。第9章向我们展示了作为女性的智慧邀请少年参加宴会,从而与她同在并接受她的智慧。我们是否相信,去深思第9章中的这些格言,就是这里所说的与智慧一起生活、从而让箴言重新改变我们的生活的意思?结尾的一首诗歌,向我们展示了一位成为智慧的朋友和门徒的少年人:他获得了长寿、健康、尊名、儿女和家庭中的幸福。他,还有我们,现在唱对智慧的赞美,她与我们同在,并给予了我们一切的恩赐:

> 28 她的儿女起来称她有福,
>   她的丈夫也称赞她,
> 29 说:"才德的女子很多,
>   [68]惟独你超过一切!"
> 30 艳丽是虚假的,美容是虚浮的,
>   惟敬畏耶和华的妇女必得称赞。
> 31 愿她享受操作所得的;
>   愿她的工作,在城门口荣耀她。

推荐书目

注经书

Cohen, A. *Proverbs*（《箴言》）. Revised by A. J. Rosenberg. London: Soncino, 1985。对于犹太解释的有用的总结。

Delitzsch, Franz. *Proverbs*（《箴言》）, Grand Rapids: Eerdmans, 1993. Reprint of 1873 original。对于马索拉文本的仔细的、保守的分析，无可取代。

Mckane, W. *Proverbs: A New Approach*（《箴言：一种新的进路》）. Old Testament Library. 2ⁿᵈ ed. Philadelphia: West) stet, 1977。极佳的语言学和历史学分析。

Toy, Crawford C. *Proverbs*（《箴言》）. International Critical Commentary. New York: Scribners, 1899。对于语言学的细节进行了技术性的、细致的分析。

Van Leeuwen, Raymond C. "The Book of Proverbs,"（"箴言其书"）in *The New Interpreter's Bible*. Vol. 5: Nashville: Abingdon Press, 1997. pp. 17－264。一部认真的作品。同时重视形式和意义，文学和神学。

Whybray, R. N. *Proverbs*（《箴言》）. New Century Bible Commentary. Grand Rapids: Eerdmans, 1994。提供了选择性的意见，明智。

研究

Boström, L. *The God of the Sages: The Portrayal of God in the Book of Proverbs*（《〈箴言〉书中的上帝形象》）. Coniectanea Biblica, OT Series 29; Stockholm, 1990。

Bryce, Glendon E. *A Legacy of Wisdom*（《智慧的遗产》）. The Egyptian Contribution to the Wisdom of Israel. Lewisburg: Bucknell, 1979。

Camp，Claudia V. *Wisdom and the Feminine in the Book of Proverbs*（《智慧与〈箴言〉中的女性表述》）. Sheffield：Almond Press，1985。全面和视角独特的读本。

McCreesh，Thomas P. *Biblical Sound and Sense. Poetic Sound Patterns in Proverbs 1029*（《1029 箴言中的诗歌语言模式》）。Journal for the Study of the Old Testament Supplement Series 128. Sheffield：Sheffield Academic Press，1991。

Perry，T. A. *Wisdom Literature and the Structure of Proverbs*（《智慧文学与〈箴言〉的结构》）。University Park：Pennsylvania State University Press，1993。对个人箴言四部分结构的研究。

第四章 《约伯记》

[69]智慧文学是个人化、反思性的,并具有训导性。智慧文学所关心的是个人事务,而不是国家问题。智慧文学的主题是对于一些问题或难题的个人思考,并将之与其他人一起分享。在《箴言》中,占据支配性地位的是个人化和训导性的内容。而在《约伯记》这里,最为主要的部分则是反思性的一面。《约伯记》以一种非常古老而又典型的方式提出了我们今天所谓的"恶的问题",并且它不是以一种抽象的方式提出这一问题,而是把这一问题和一个具体的人的故事联系在了一起。就拒绝从一个实例中提炼出抽象的概念这一点而言,《约伯记》并非独一无二:《圣经》中与哀哭有关的诗篇在谈论有关清白和罪恶的问题的时候,也是和清白或者有罪的人联系在一起讨论的。《约伯记》讨论了发生在一个具体的人物形象——约伯——身上的神的不智与不义。

与古代近东文学的比较

在古代近东,是否存在着一些可资比较的"反思性"的,并且也是以问题为导向的文学作品,作为我们阅读《约伯记》时的参照? 正如我们在《古代近东的智慧文学》那一章[70]中所指出的那样,从"智慧"的主题来透视古人的视角以及古代文学体裁是非常有必要的。我们必须通过"一般"来了解"个别"。

在埃及文学中,存在着一些"反思性"的文学作品,例如《一个男人与他的灵魂(Ba)之间的争论》。在这部作品中,这个男人与他的灵魂进行了讨论:为什么它不顾生命中的苦楚还要继续生存下去? 他的灵魂试图通过希望作为理由来劝说男人继续生存下去。① 另外一些埃及作品,记载了社会的失序和正直之人的失望,但是这些作品从来没有像《约伯记》那样来描述一个人的尊容或者强烈渲染主人公的清白。

美索不达米亚文学似乎更有希望做到这一点。在对《约伯记》进行比较研究的时候,有三部作品是经常被提到的:"苏美尔的约伯"(即《一个人与他的神》)、《我要赞美智慧之神》(通常被引为阿卡德文的开头几个单词,*Ludlul bēl nēmeqi*),以及《巴比伦的神义论》。那位"苏美尔的约伯",② 曾经是一位聪明的、富有的人,后来变成穷人和受害者。他抱怨自己的悲惨遭遇,但是坚持祷告不懈,于是他个人的神最终使他的悲伤变为喜乐。我们要特别注意三点:(1)这里的神是这位苏美尔人"个人的神",是善良的天使,它看顾的是一个个体的人,或者家庭中居首位的人。这是一个人神性的父亲,在他面前,一个人可以敞开自己的灵魂,这灵魂代表了神明所要求的一个人的兴趣,因为神明们太重要了而难以引起他们的兴趣;(2)苏美尔的约伯并没有与神

---

① 从中王国之后,ba 就是一种埃及死人的存在形式,一种生命力的原则。

② *ANET*, 589—91, 及 *TUAT*, vol. 3, pp. 102—9。虽然手稿是在第二个千年,原始文本很可能在第三个千年才形成。

争论,相反却有足够的信心,坚持哀哭祷告;(3)这位苏美尔人的话,("你[神]再一次加给我痛苦"[第 30 行];"母腹中从未生出过无罪的儿童"[第 103 行]),显示出这样一种流行的信条:神预定了世界和其中的文明,也预定了其中的恶和暴力;me's(神为世界所定的规则)所包含的内容,不仅仅是"真理"和"正义",与此同时也包括"失意"和"哀哭"。

《我要赞美智慧之神》① 与《约伯记》的关系并没有人们描述的那样密切。最近出版的一些有关碑刻Ⅰ的文本指出,这件作品是一首赞美诗,通过其中深厚的虔敬便可以知道,该诗是在赞美马杜克神——他曾经抛弃,但又重新拯救了祈祷者。这件作品显示出马杜克这一巨大的角色进入个人内心中时的张力。其解决方案是,用心而不是用头脑,也不是用智慧、信念,更不是用理性、祷告或者敬拜。对于受苦问题的追问并不是一件重要的事情。②

但从另外一个角度来说,《巴比伦的神义论》则与我们要讨论的文本非常相关。③ 这部作品是一个由 27 个诗节(每人 11个[71]诗节)组成的对话。对话的一方是一个受苦的人,另一方是一位圣人,前者向后者寻求安慰和智慧。大约有 19 个诗节是可以辨认的,它们的首尾都保存得相当完好。许多抄本显示出

---

① 包括更完整的文本的翻译,包括 BM, vol. 1, pp. 308—21, and TUAT, vol. 3, pp. 110—35. 一份破损的阿卡德文本,与 Ludlul 的主题相关,在乌加里特被发现。应该追溯到公元前 1200 年前。见 BM, vol. 1, pp. 326—27, and TU-AT, vol. 3, pp. 140—43.

② W. L. Moran, "Notes on the Hymn to Marduk in Ludlul bel nemeqi,"("对《我要赞美智慧之神》中的献给马杜克的赞美诗的注释)Journal of the American Oriental Society 103 (1983):253—60, 及其在 1992 年 8 月在华盛顿的天主教圣经协会会议上所作的摘要。

③ 文本和翻译见于 Lambert, BWL, 63—91. 翻译见于 BM, vol. 2, pp. 806—14; TUAT, vol. 3., pp. 143—58.

文本是在很宽泛的时间上得到解读的。根据兰伯特,这件作品可追溯到大约公元前 1000 年,而根据索登(W. von Soden),则是公元前 800－前 750 年。与其他古代文本不同,《巴比伦的神义论》似乎影响到了《约伯记》。在第一诗节中,受苦者用颂扬的口吻赞美圣人("他是谁,他的智慧可以与您相对抗?")并且抱怨自己是最幼小的儿子,并且父母双亡。圣人冷冰冰地回答说(第二诗节):你说话太愚蠢,每个人都死了;寻找一个保护者,并且赞美你的神吧。受苦的人寻求安慰以及情感上的支持(第三诗节):"请听我说片刻的话,来听我的宣告。"圣人的反应是指责了他的无知,并且仍旧告诉他要寻求神(第四诗节)。在第 5－7诗节中,受苦的人抱怨人类和动物领域内的不公,并且宣称:"(我的)神定意(给我)贫穷而不是富足。"(第七诗节)圣人严厉地责备了他:"哦,有知识的义人,你的逻辑太悖逆了。你已经抛弃了公义,你已经激起了神的怒气……神的手段,正如同内心中的天堂一样不可企及。"受苦的人终于在愤怒中爆发了:"我要无视(我的)神的规则,[我要]践踏他的礼仪。"从现在开始,接下来的诗节就破碎不清了,甚至是无法辨认的:受苦者对于正义的否定,与圣人鲁莽的谴责交织在一起。第 26 节是一个转折点:圣人开始肯定受苦者的话是真实的:"Enlil … Ea … Mami给了人类扭曲的语言,赋予了他们永远的谎言和谬误……他们带他进入到一个可怕的终结,他们熄灭他如同熄灭一根柴火。"圣人在这里肯定了神明把恶放在了人间。最终在赢得了圣人的同情之后,受苦者知道了他自己是一个谦卑的乞求者,于是用祷告来结束:"愿那抛弃我的神施展援助,愿那丢下我的女神施展怜悯。"

在《神义论》中的圣人提出了关于人类受苦问题的传统的思考,但是,古代近东地区对于这个问题的思考却远远比这里更宏大。威廉·莫兰(William Moran)对此进行了总结。

> 在古巴比伦时期,[关于受苦的宗教解释]会在这样的意义上寻求表达:或是对于困惑的单纯忏悔,而忽视掉一个人究竟做了些什么;或是接受一个人的罪,以及必需的后果。正如在《破碎的人》(*fragilitas humana*)中向所有的人所显示的[72]那样。稍后,一个人会有明确的意识和重新检省的生命,根据已知的规则、错误,后者是神给予人去了解那些他们所不能知道的规则的。这样,一个人就可以藐视人类作为各种情感的奴隶,一个受造之物也可以过一个荣耀的生活,只是死去的时候会经历悲伤。或者,一个人可以使情感的问题转换成为心智的问题,并且可以通过由心发出的理性来解决它。不再是凭借智慧、信念,也不再靠反思、辩论,这是一首充满矛盾和吊诡的赞美诗——惟其荒谬,我才相信(*Credo quia aburdum*)。态度和表达可以变化,但是神学却并不改变。①

《一个人与他的神》(苏美尔的约伯)接受了人类充满罪恶的观点,并且强调了人的脆弱。《神义论》中的圣人指出了人类不可能完全了解神的心意。《我要赞美智慧之神》则使得一个情感的问题转换成为一个心智的问题:相信神(马杜克),它的道路永远是不可理解的,它击打人只为提升人。

对于《约伯记》而言,在这三部文学作品中,《巴比伦的神义论》毫无疑问是最为重要的一部。这部作品可以怎样帮助我们

---

① W. L. Moran, "Rib Adda: Job at Byblos?" 收录于 *Biblical and Related Studies Presented to Samuel Iwry* (Winona Lake: Eisenbrauns, 1985), 176—77。

来理解《约伯记》呢？首先，它以一种个人的方式来提出个人的问题——受苦的人正是这位说话者！他失去了常人所拥有的一切支援：他是一个孤儿，最年幼的一个儿子并且很可能没有得到任何的继承权（第一诗节），贫穷又缺乏快乐（第三诗节），并且意识到社会是不公正的、缺乏条理的。他并不是一个冷漠的旁观者。第二，这位受苦的人所寻求的并不仅仅是安慰，而且还包括友谊，以及来自于圣人的抚慰。他始终用一些受人尊敬的头衔来强调自己的身份（当然，其中有一些是可笑的）。在圣人对他寻求神的安慰的建议和他自己不情愿给别人安慰之间有一种反讽性的张力。有意味的是，只有当圣人承认受苦者的观察是真实的以后，受苦者才结束了自己的抱怨并且接受这一切。第三，受苦者拒绝放弃这样一种感受：他的命运是苦难的，社会充满了腐败。甚至可以说，真正受到改变的是圣人，他在第 26 诗节那里承认了受苦者是正确的：神明给予了人类扭曲的语言，并且这就是人类受各种苦难的原因。第四，从一种正式的观点来看，这场对话是一出戏剧，一场发生在两个男人之间的谈话。它有开场、中间部分（很可惜没有保存下来）以及结局。在结局中，戏剧冲突得到了化解。

因此，《神义论》使得我们可以得到一种关于《约伯记》体裁的印象：一场戏剧性的对话，发生在一个受苦者和圣贤般的朋友之间。其主题是有关神的公义，而这一主题是由其中一个对话者的亲身遭遇所触发的。在受苦者和圣贤之间的个人关系[73]是极其重要的。演说的语言形式是恭敬的，并且在最好的古代中东修辞学传统看来是自我反对的，但是（最终从圣贤一方看来）又是不得不令人接受的。

尽管分享了共同的体裁，这两部作品对此仍然保持了不同的见解，并且毕竟这是两部不同的作品。最重要的区别，正如莫兰所指出来的那样:"一种明确的、毫不含糊的关于义人的声明在《约伯记》以前是不存在的。"① 在《约伯记》之前的古代近东文学中,遭遇苦难中的人一种本能的喊叫便是"我做错了什么?"《圣经》中关于一神、全知、全能的宣信,使得这种关于恶和义人受苦的问题的探索要比这些邻近的民族和文化更有压力、更富有挑战性。除了以色列的神,还有谁可以为时间所发生的一切负最终的责任? 第二个不同点在于,《约伯记》中的上帝是一位活跃的、活的上帝。上帝导演了第 1—2 章中的整出戏剧,并且在第 42 章那里对它进行了总结。第三点不同是形式上的:《约伯记》的文本更加丰富,因为共有三位(如果加上以利户就是四位)圣贤参与对话,这使得《约伯记》的文本更长,风格更多样,结构更自由。

创作日期和社会状况

辨清《约伯记》的文学体裁之后,我们现在来讨论这部作品的社会地位。《约伯记》的作者是谁? 什么时间完成了这部作品? 这部书所提供或者潜在的"旨趣"和议题是什么? 对于当代的读者来说,这些都是可以引起足够兴趣的重要问题。不幸的是,我们今天没有人可以对这些问题作出确定的回答。

与《圣经》中的其他卷(以及古代近东文学作品)一样,《约伯记》的作者是匿名的。我们不知道其写作时间,学者们对此估计的时间大约是公元前 7—前 4 世纪之间。书中没有包含任何历史事件的线索;其语言也很难和希伯来文历史上的任何一种的风格相对应;其观念也是如此古老以至于难以界定其时间。有

---

① 同前揭,177 n. 16。

细微的迹象表明这似乎是放逐时期以前的作品,那是因为在其中没有任何关于放逐时期的创痛的记叙,否则这个民族一定会自然地表露出这一点。《约伯记》中的英雄是一个以东人,由于在放逐以后,以东人被认为是以色列的敌人,因此如果本书成书于放逐以后这一点就是很奇怪的了。因此,有细微的可能性支持本书是公元前 7 世纪的作品。

暂且不论其不确定的作者和时间背景,关于这本书,除了文本之外我们几乎一无所知。[74]关于智慧文学的作者,本身就是一个矛盾的问题——它们究竟起源于文士还是部落——能够支持这些问题的资料既少又不直接。尤其是与《箴言》有关的个案,学者们希望证明其作者是一位有学养的文士或者一位熟悉古代近东文学的书记员。他看起来似乎在众多文本中熟悉《巴比伦的神义论》。他的思考中的一些细节将体现在我们接下来的分析之中。

学术进路

我们这里的目标是坚持读者直接面对这部作品本身,就是说,要求读者首先用一种文学式进路来阅读作品,而不是用观念史的方法纠缠于诸如受苦或者神的公义这一类神学的主题。把文本作为一个文学整体来阅读这一决定,要求我们处理《约伯记》中的几个矛盾的主题。它们是:(1)《约伯记》中散文体的导言(第 1、2 章)和尾声(42:7—17),与诗体的正文(3:1—42:6)的关联;(2)第 28 章智慧之诗的起源和功能;(3)第 32—37 章第四位朋友以利户的发言的起源和功能;(4)第 22—27 章中的演讲最初的顺序和属性,目前我们看到的传世文本有些混乱。关于(1),本书把第 1—42 章看成是一个独立的文学作品。尽管有许多学者假设导言和尾声部分是后来补入的,从而把全书割裂成为不同的两部分:"耐心的约伯"和"不耐心的约伯",但这样的分割是缺乏依据的。① 事实上,散文的部分和诗的部分是交叉参照的。关于(2),尽管对第 28 章的起源存在着不容忽视的争论,但是这一章在叙事中扮演了重要的角色是不容忽视的。关于(3)以利户的发言,许多人认为他是一个补充,是对于本书最早的解释,但是我认为,这是原书叙事的一部分。至于(4),最后一点争论,关于第三对谈话的正确次序,则是一个非常技术化的问题,可以在我们接下来的阐述中加以说明。

也许,对于正确解读《约伯记》来说,最为重要的假设就是本书是一部叙事作品,一出具有开头、中间、结尾的戏剧,有人物形象和戏剧冲突。尽管现代的读者往往愿意直奔主题,立刻集中到本书的宏大观念诸如神的正义和受苦的意义上,但《约伯记》的作者小心而又肯定地[75]讲述了一个完整复杂的故事:一个受苦的人,他的三个圣贤般的朋友、上帝。作者热爱语词,这从他所记述的复杂的辩论中就可以看出来,与此同时他并不着急下结论。不像读者那样怀着一种近似的爱心,且缺乏耐心,《约伯记》仅仅提供了一个我们讨论现代问题的背景,它为我们提供了一个讨论的场所,但是它本身并不是引起这些讨论的原因。

关于《约伯记》

无论《约伯记》的"论点"是什么,它是通过叙述来完成的。这就要求读者对于故事本身——开头、中间和结局——详加重

---

① 一句名言,见于雅 5:10,"约伯的隐忍(hypomone)",更好的翻译是在试炼中的"坚持",并可以应用于整部书,而不仅仅是在序幕和尾声。

视。我们的第一个任务就是描述本书的情节。

导言部分(第1—2章)

第1—2章介绍的是人物,拉开了戏剧的第一幕。在这里,读者遇到了主人公:约伯、约伯的全家、上帝、撒旦和约伯的三个朋友。撒旦是希伯来文 *haśśātān* 的文学翻译,这并不是后来《圣经》中出现的那个作恶者撒旦,而仅仅是天庭的一个成员(参见王上 22:19—23,赛 6)。显然,他的任务是试探人类的行为,并且回来把话带给上帝。第一个段落 1:1—5,其目的是描述约伯的形象,这里约伯被描述为一个在上帝眼中的义人、顺服上帝;以下这些记载可以印证约伯的正直:约伯儿女们的祝福,上帝赐予约伯的财富,他和平的家庭生活,以及他关注家里的成员哪怕是潜在的恶念。从对于约伯形象的描述("他的儿子按着日子……";"约伯打发人去叫……"),转到时间叙事("有一天",1:6,13;2:1;"于是",大约在 1:20;2:7,9)。一种进入到这出戏剧的好的办法,是把其开篇的两个场景并列对照来看:

有关约伯是一个义人的介绍

I.

1. 天庭里的会议(1:6—12)
   约伯敬畏神是否是有原因的?
   允许试探约伯一切所有的。

2. 破坏约伯的儿女和财产(1:13—19)

II.

1. 天庭里的会议(2:1—6)
   人们尽了一切努力去拯救他们的生命。
   允许试探约伯。

2. 对约伯本人的折磨(2:7—8)

3. 约伯的顺服(1:20—22)　　3. 约伯的顺服(2:9—10)
约伯的三个朋友的到来和哀哭(2:11—13)

[76]开篇的经文描绘了一幅田园诗般的图画:一位虔诚的老人享有各种上帝的祝福,并且是顺服上帝的一个典范。但是上帝耶和华,① 约伯崇拜("敬畏")的这位神,却在天上暗中行使着自己的权力,对于这一切约伯是一无所知的。戏剧的开头并不是以约伯为中心,而是以耶和华为中心,具体地说,是始于撒旦的问题:"约伯敬畏上帝岂是无故呢?"换言之,在撒旦眼中,约伯对于上帝值得夸耀的忠心,仅仅是一个交易,一种"等价交换"的安排,而并非对于上帝的真正的忠诚。耶和华接受了撒旦的挑战,允许撒旦试探约伯,其方法是毁坏掉约伯的一切动物、仆人和儿女。毫无疑问,约伯顺服了:"我赤身出于母胎,也必赤身归回。赏赐的是耶和华,收取的也是耶和华;耶和华的名是应当称颂的。"

接下来的 10 节(2:1—10)可以与 1:6—22 平行对照阅读,我们可以通过表格看出这一点。在希伯来的修辞学里面,平行法(Parallelism)具有极大的意义,因为古代的读者和公共的演说家毫无疑问可以在他们的记忆中记住段落的内容,由此去比对经文甚至是很长的段落。我们对于小规模的平行法(如两行经文)是足够熟悉的,但是同样还存在着很多大规模的平行法,例如女性智慧的形象以及《箴言》1—9 那里的愚拙的妇人,《出

---

① 关于希伯来人对上帝的称呼"YHWH"这四个字母,在英语文本中有两种翻译方式,即 Yahweh(这一译名在中文世界中有"雅威"、"雅赫维"、"亚卫"等多种译法)和 Jehovah(耶和华)。本书原文为 Yahweh 而不是 Jehovah,但考虑中国读者的习惯以及同中文和合本《圣经》的一致性,本书仍统一译为"耶和华"。——译注

埃及记》中有关摩西蒙召的平行叙事(2:23—6:1及6:2—7:7)，以及"第二以赛亚"的有关演说。但是在这里的赌注更高——并不是约伯的财产，而是约伯这个人本身！其余的人则是被卷入其中(约伯的妻子)。约伯服从了这一切，同时纠正了他的妻子的说法，这样，约伯在叙事者这里得到了与其妻子不同的评价。约伯的三个朋友得知他的不幸，聚集来到这位受到伤害的英雄面前，在一种庄严、寂静的场景中度过了陪伴他的七天。

导言部分中有一些细节值得我们耐心的解读。第一，约伯是"乌斯"地(Uz)的人，书中虽然没有明确地说出来它的精确位置，但是肯定是在"东方"，这个地方很适宜诞生一位传奇的英雄。约伯在挪亚与但以理的谱系中(参见结14:14,20)，这些人都是古代传奇故事中的主角。这里真正重要的是约伯传奇性的义举，而不是他是外国人这层身份本身。第二，上帝细节化的性格(通过他与撒旦的对话所表露出来的)，对《圣经》来说是非常奇特的，这与《圣经》中从不正面描述上帝的性格形成了鲜明的对照。上帝对于约伯侍奉自己这一点具有一种热情的骄傲(约伯的"敬畏"上帝，用我们的话说有些类似于尊敬、崇拜上帝)。读者不难看出，上帝真正关心的，首先不是约伯的财产或者安全，而是试探的结果。[77]因此，直到38:1的暴风中的显现以前，上帝一直保持沉默。这样，导言这里的上帝与那位在旋风中向约伯说话的上帝之间，是否具有某种关联？在上帝与撒旦的博弈中，莫非上帝真正感兴趣的，是他后来的宣告，即重申世界是以上帝为中心而不是以人为中心？第三，读者们知道约伯和他的朋友们所不知道的事情，那就是上帝在试探约伯，以及第二个形象——撒旦正在折磨他。读者们所掌握的情况建立了一种弥漫于全书的戏剧效果；而约伯和他的朋友们的话对于他们自己来说意味着一种事情，而对于读者来说则具有另外一种意味。约伯控诉上帝成了自己的敌人,但引起我们兴趣的是,在天上有一个形象正在扮演着一个中立的仲裁者,在他们中间做出判断。读者们当然清楚,上帝不是约伯的敌人(上帝真正感兴趣的是另外一些事情),而这位"另一个形象",即对于约伯极尽贬损之能事的撒旦,才是约伯真正的敌人。

在第三章,约伯愤怒中的爆发彻底打破了此前长达七天的宁静。他雄辩和结构复杂的诗结束了平整规则的散文体式的导言。"弃掉上帝,死了吧!"这是约伯妻子的建议,但是约伯拒绝了这样做。约伯的咒诅起到了一种催化剂的作用,按照哈伯(H. Habel)的说法,① 产生了一种复杂的戏剧化效果,其问题直到 42:1—6 那里之前都没有得到真正的解决。他的咒诅,例如 27:2—5 的起誓,以及在 31:35—37 那里对于上帝的挑战,激起了约伯的朋友们强烈的反应。他们很多的触动和反应,并不是因为约伯的演说内容,而仅仅是出于他演讲开头的时候的诅咒和抱怨。

在其演说的结构中,约伯诅咒自己的降生(第 3—10 节)并且哀哭"为何?"(第 11—26 节)。他渴望创世之前的黑暗和死寂。他抱怨上帝用一种敌对的意图来围住他(3:23),他使用的是撒旦的语言,撒旦就曾经抱怨上帝用篱笆围住约伯的家(1:10)来保护他。在这一叙事情节中,约伯对于创造倒戈,拒绝接受和顺服它,这一切将成为上帝在第 38—42 章的演说中的素材。然而现在,不管他有多少悲惨的损失,他宁愿自己死去,那就是说,到阴间的黑暗中。

---

① H. Habel, *The Book of Job*(《约伯记》)(London:S. C. M., 1985), 102。

第一轮对话(第3—14章)

第三章开始并不仅仅是约伯的宣言,与此同时它还是约伯和他的三个朋友——提幔人以利法、书亚人比勒达和拿玛人琐法的第一轮对话。在一些时候,这些演说往往能够发展出人们非常熟悉的主题,诸如总是随着不公平而来的抱怨或者坚持向上帝祷告的价值。在另外一些时候,[78]这些演说往往是对于前面发言的回应。6:2—3 就是一个对于前面发言的回应的很好的例子:"惟愿我的烦恼(ka'as)称一称,我一切的灾害放在天平里,现今都比海沙更重,所以我的言语急躁。"这是回应了5:2,"忿怒(ka'as)害死愚妄人"。一些主题是重复了前面所提到的主题,但是关于神的公义和秩序(例如在《一个人和他的神》或者《巴比伦的神义论》中所体现出来的那些)的古老的辩论,却并没有区分出其逻辑和推论。每一段发言都是来自于圣人,用真实的智慧,通过其来自于传统的经验来发言。

空间的限制使得我们不可能对每一段演说都进行详尽的分析。暂且不论那些有问题的文本的增补问题,尽管我们没有更详细的注释,这些辩论也并不是很难以理解。我将要分析在约伯和以利法之间的第一轮对话的开场的交锋(第4—7章),然后对第8—14章那里戏剧性的发展做出注释。在约伯的所有朋友中间,第4—5章那里以利法的演说是最长的。他所辩论的内容并无甚新意(尽管按照某些标准来看,4:12—21 那里的异象是非常独特的):4:1—6,一位圣人应该有耐心(并不像你,约伯,在第三章那里所作的那样,试图让自己脱离灾祸,并且哀哭);4:7—11,不要着急,世界会向着弱者一方转换;4:12—21,我得到一个个人的异象,关于人们是多么有限,多么容易破碎;5:1—7,警

告愚昧人，他们没有意识到人类为愁烦而生的；5：8—16，去寻求
那位能够拯救你的上帝；5：17—27，上帝会借着一些非常的方式
来"规训"或者管教你，但是最终会带你走出危机。但是这些内
容梗概并不是这篇演说的全部。这场演说，是两个人之间的交
易；其动词使得第二个人单独向约伯演说的时候得到了进一步
的夸张；也激发了以利法自认为有权威的个人经验。

在第 6—7 章他的第一个演说中，约伯作了回应。① 第 6 章
仅仅是回应了以利法，而第 7 章那里约伯提出了新的论辩。6：2—
7 回应的是 5：2—7：以利法关于约伯的苦难来源于他烦恼忿
怒的心灵（ka'as）以及人类在总体上是走向苦难的趋势的陈说。
约伯的回应是，他的苦难并非来自了"全能者的箭"；上帝就是他
烦恼忿怒的起因。6：8—13 回应的是 4：2—6：约伯的希望，并不
来自于他过去如何顺服上帝，如何帮助穷人，而是来自于他对于
上帝必将结束他的苦难的信念。然而，约伯真实的意图，在这里
是为了批评以利法不配做一个真实的朋友。这三个人，看起来
像朋友，但是并不能够为约伯提供真实的帮助；他们只会教训
人，但没有学会聆听。[79]约伯对于他的朋友们的沮丧和忿怒，
回应了《巴比伦的神义论》的情感基调和其他东方文学中的抱
怨，这些作品把失去朋友看作是一种非常可怕的悲哀。第 7 章
是关于人生苦难的一个独立的陈述。三个段落（第 1—8 节，第
9—16 节，第 17—21 节）中的任何一个，都以人生的公理开头，
而以一种自嘲来结束。而如果这些章节是普通的哀歌，那么他
们一定会以某种有希望的恳求来结束。通过这三个板块，全诗
描述了一个"受苦的宇宙论"，用哈伯的用语来说，地球就是受压
迫的人类所在的地方（第 1 节），阴间就是他们最终要去的地方

---

① 我的表述借鉴了哈伯的分析。

（第9—10节），天堂就是受苦的人的家乡（第17—18节）。第17—21节则是对《诗篇》8:4—7节在解经学意义上的修正版："人算什么,你竟顾念他？世人算什么,你竟眷顾他？……你派他管理你手所造的,使万物,就是一切的羊牛、田野的兽、空中的鸟、海里的鱼,凡经行海道的,都服在他的脚下。"《约伯记》使用了这首诗篇（识别性的希伯来词汇标注为楷体）："人算什么,你竟看他为大,将他放在心上,每早晨鉴察他,时刻试验他。"（7:17—18）[1] 神的关注引发了人的敬畏,而诗篇作者的羡慕引发了约伯的怒气和讥讽：一位敌对的上帝正在鉴察他。约伯的世界崩溃了。他寻求意义和爱,但是一个也没有找到。

对第一轮对话（第8—14章）作个结论,我可以但是只能简短地注意到,这些保留下来的演说是如何拓展了叙事情节,并且对重要的律法的隐喻作了评论,这在8:3那里已经做了铺垫,但是要等到第9章那里才得以展开。

比勒达在8:3那里用一种律法的语言来结构他的议题,这唤起了约伯的一种新的属灵的自我辩解："神岂能偏离公平？全能者岂能偏离公义？"这种提问的形式,将要引发约伯在9:2—4的回应："我真知道是这样。但人在神面前怎能成为义呢？若愿意与他争辩,千中之一也不能回答。他心里有智慧,且大有能力。谁向神刚硬而得亨通呢？"

在第9—10章那里,约伯冗长的回答,并没有完全和其他章节脱离联系。这种一致性来自于其思想的进展。被比勒达所提到的律法所触发,约伯在这里首先提出了律法的资源在上帝面前是徒劳的（9:2—13）,尽管如此,仍考量了各种奇异的虚无（9:

---

[1] Michael Fishbane 把这一修正称为"aggadic exegesis," *Biblical Interpretation in Ancient Israel* (Oxford: Clarendon, 1985), 285。

14—24),探索了一些可能性(9:25—35),想象自己在控告神
(10:1—17),然后才宣布它是徒劳的(10:18—22)。但是,约伯
已经开始考虑控告上帝的可能性了!

[80]在第 11 章,琐法用一种圣贤式的论辩回应了约伯,但
是乍一看来,似乎并没有触及约伯的关键问题。如同哈伯颇有
创见地指出的那样,①朋友们用三种方式来回应了约伯:(1)通
过引用对手的陈述(如 8:4);(2)通过把某一关键主题孤立起
来,仅仅回应这一主题;(3)最为常见的是,通过反讽、影射、联想
和俏皮话。仔细读你就可以发现,琐法在这一章中几乎使用了
全部这三种手法。

第 12—14 章包含了约伯最长的一个演说,以及第一轮对话
的结论。其第二个部分(13:6—28)是合法的,最后一部分(第
14 章)则总括了第一轮对话并提出结论。第二部分建立起了约
伯早先关于合法性的控诉,此前他曾放弃这一点,认为这种考量
是徒劳的。但此时,他的朋友们对于他自认为无罪的批驳使得
他重新回到了这一观点。他要求直面上帝,与他面对面地交谈
("面"在这里重复了多次),直到上帝当面和他讲话,听他的辩
白。在这里,约伯以对于人性在上帝面前的匮乏的反思来结束
了他的辩白,尽管并没有完全放弃这样的一种希望:"你呼叫,我
便回答。"(14:15)随着这一章的结束,读者们知道,这出戏剧并
没有完结。约伯和他的朋友们仍然没有达成共识,并且这样争
论下去似乎是无望的。上帝,仍然是敌人,而约伯,则正在经历
着控诉的功课。

在阐明第二出戏剧之前,我们必须暂时停下来,思考一下约
伯关于合法性的隐喻。在上世纪最后几十年间,学者们已经注

---

① Habel, *Book of Job*, 205.

意到在《约伯记》中频繁出现的法律术语。例如,用一些动词来声明罪过、无罪、到法庭上去等。这些术语同时还具有一种非司法性的含义。因为这三个术语在上述的语境中同时还具有这样一种单纯的含义:恶劣的行迹、无罪的行动以及争辩。这些在法律意义上的细微的差别是很容易被人忽视的。在古代世界中,法律的地位是极其重要的,并且法律是描述神明与人类世界之间的关系的各种比喻的一个共同的源头。在他的朋友的眼中,约伯是"有罪"的,否则,约伯为什么会经历可怕的折磨呢? 而为了与他的朋友的这种看法相对抗,并且为了直面上帝,约伯必须采用一种法律的语言。

这些法律术语的一些方面的含义也使得故事情节向前推进。约伯希望找到一位仲裁者(*môkîah*, 9:33),尽管他知道这样一位仲裁者很可能并不存在。在 16:18—22,他希望自己的血将要为自己所经历的不公正的待遇而哀哭,并且希冀着在天上有一位见证人来明察他的案件。这位中介将会在某一天出现在法庭上为约伯辩护:"我知道我的救赎主活着,[81]末了必站立在地上。"(19:25) 在第 29—31 章那里约伯伟大的见证中,我们看到约伯见证了自己的无罪,尽管没有任何法庭真实出现在他的面前。在第 31 章那里,约伯为自己的无罪正式起誓,并且表达了他的心愿:希望有人能够听到他的心声,那就是他希望他潜在的那位敌对者可以出现在他的面前(31:35)。对于这一点最好的戏剧性的解释,就是在第 32—37 章这里以利户突如奇来地出场了,并且扮演的正是这样一种公正的仲裁者的角色。所以,当耶和华亲自出现在约伯面前的时候,在 40:1 那里他这样来描述约伯:"与全能者争论的……与神辩驳的。"耶和华用以反诘约伯的威严的问题,正如在审讯室里面的一般。在最后,约伯撤回了他的案件("因此我厌恶我的言语,在尘土和炉灰中懊悔"),他的反应结束了自己和上帝之间的冲突。这部书的一个主旨就在于显明:立足于人的正义观念的基础来审判上帝是徒劳的。

第二轮对话(第 15—21 章)

现在,读者们应该已经清楚如何阅读这些对话;几个主题中的任何一个都可以得到发展,而每一个主题往往都是以一句公理开头。无论是约伯还是约伯的朋友们的反应,都不是点对点的,而是间接的(引用,俏皮话或者影射)。在第二轮对话中,约伯和他的朋友们的关系变得更坏了一些,不可避免地把注意力的焦点放在了约伯和上帝的关系上。第二轮对话中,演说的篇幅变短了,但是约伯的回应却是尖锐的。

以利法,这位在第 4—5 章那里首先与约伯辩难的,在第 15 章这里开始了一系列新的对话。但是这一次,他所扮演的角色似乎是一位严厉的批评者,而不再是一位带有同情心的朋友。他说,约伯,你是在废弃敬畏的心(第 4 节),并且是以一种首先获得有关神明的知识的身份来说话。然后,他再一次申诉了自己的信条:邪恶的将要受到惩罚。

在第 16—17 章这里,约伯率直地提出是上帝在击打自己,"我素来安逸,他折断我,掐住我的颈项把我摔碎"(16:12),并且"将我破裂又破裂,如同勇士向我直闯"(16:14)。那么,约伯将要转向何方? 并不是他的朋友们,因为"真有戏笑我的在我这里"(17:2)。他唯一的希望在于天上有一位他的见证者,首先是在 9:33 那里提出来的,并且认为这是不存在的(16:18—19,21):"地啊,不要遮盖我的血,不要阻挡我的哀求。/现今,在天有我的见证,在上有我的中保。……愿人得与神辩白,/如同人与朋友辩白一样。"那么,谁是这位中保呢?[82]当然不是上帝了,尽管如同有的注经书所指出的那样,一位仁慈和公义的上帝的形象远远超过那位严厉地击打约伯的上帝的形象,但是中保一定是一位处在上帝和人之间的中间人。显然约伯是在向一位(并没有明确指定的)天庭的成员在呼求,但是读者们,他们了解的显然比约伯更多,可以注意到唯一一位清楚这一切全过程的天上的成员就是撒旦了。并且,只要约伯不再持守住他的正直,撒旦就会赢得赌注!为了回应约伯令人怜悯的希望,比勒达甚至还严厉地重申了赏善罚恶这条他所理解的铁的法则。

《约伯记》第 19 章是《圣经》中关于正义的著名篇章,并且第25—27 节("我知道我的救赎者活着")被 G. F. 亨德尔①选入了不朽的圣乐《弥赛亚》中:

> 我朋友啊,可怜我,可怜我!因为神的手攻击我。
>
> 你们为什么仿佛 神逼迫我,吃我的肉还以为不足呢?
>
> "惟愿我的言语现在写上,都记录在书上;
>
> 用铁笔镌刻,用铅灌在磐石上,直存到永远。
>
> 我知道我的救赎主活着,末了必站立在地上。
>
> 我这皮肉灭绝之后,我必在肉体之外得见 神。
>
> 我自己要见他,亲眼要看他,并不像外人。我的心肠在我里面消灭了。
>
> 你们若说,我们逼迫他,要何等地重呢?惹事的根乃在乎他。
>
> 你们就当惧怕刀剑,因为忿怒惹动刀剑的刑罚,使你们

---

① 乔治·弗雷德里克·亨德尔(1685—1759),又译韩德尔,英籍德裔作曲家,代表作有清唱剧《弥赛亚》、圣诗《普世欢腾》等。——译注

知道有审判。"

不幸的是,这里的希伯来原文是不清晰的。关于这里的"救赎者",两种支配性的解释就是要么是上帝,要么就是天上的其他一位成员。后者使得到目前为止的叙事具有了最好的意味。约伯的朋友们并没有帮助他(所谓"可怜我"是一种反讽)。约伯确信自己将要去世,因为上帝已经成了他的敌人。他的一个希望,就在于在他去世以后,在天上会有一位成员站在他的立场上,并且声明他是无罪的。约伯这里已经屈服了:他是无罪的,却受到了那种做错了的人所应当承受的恐怖的惩罚,并且将要带着他的无罪经受死亡。约伯对于在死后被证明[83]是无罪的这种希望,很大程度上回到了琐法在第 8 章所提出的那种古老的传统,即作恶者的欢愉只是暂时的(8:5)。约伯在第二轮对话中最后的辩白(第 21 章),是对很多早期的材料的一种总结。

第三轮对话(第 22—27 章)

第三轮对话比第二轮的篇幅还要更短一些,这暗示着作者已经假设了读者倾听了约伯和他的朋友们之间的基本的论辩,以及他们大多数的分歧。有意思的是,第三轮对话中扩大了义人受苦和上帝的公义这两组概念的对立;更深一步指出了约伯和他的朋友们之间的鸿沟,并且使得约伯完全的孤独清楚地呈现在了读者的面前。在第 27 章那里,约伯向他的安慰者们总结了自己的谈话。

不幸的是,第三轮对话在文本上有很多残缺,这样的一个结果,就是使得一些段落已经无法确定他们正确的发言者。以下这些段落已经被广泛证实为脱离了它们在希伯来圣经经文中原初的位置:24:18—24 出现在约伯的一番话中,但是显然这种观点应该是约伯的三个朋友们的;26:1—4 这应该是约伯的话,但是却被归入了比勒达的演说(25:1—6 加上 26:5—14)之中;27:13—14 出现在约伯的言语中,但是显然这是其中一位朋友的话才更贴切。对于这些段落的整体讨论和建议的归属可以在任何大型的注经书中查找到。在这里,我假设,同大多数学者一样,24:18—24 是约伯的某位朋友的话,有可能是琐法(尽管有可能是不完整的),约伯 26:1—4 的发言,是作为他在 27:2—12 的言语的一个前言,而 27:13—23 则属于琐法,这里是继续了他在第 20 章那里所讨论的主题。然而,需要看到的是,一些学者们假设约伯在 24:18—24 的发言是在一种妥协的心情下发出的,他们接受 26:4—14 这里的经文是约伯对于比勒达的发言的蔑视和补充,并且 27:13—23 那里的经文,则是对他所期望从琐法那里听到的话语的模仿和嘲弄。① 这种解释并非是没有见地的,然而,《约伯记》的作者对于这些微妙的区别毕竟没有任何提示。

以利法的第三次也是最后一次发言(第 22 章),是对于他开篇的发言(第 4—5 章)的一个遥远的呼应,后者是当约伯在第 3 章那里咒诅自己的降生之后的一种安慰和同情。以利法控诉了约伯的一系列典型的罪行(第 6—9 节),以此来解释为什么约伯要承受这么严重的痛苦。然而,以利法说,约伯仍然有悔改的机会。约伯在第 23 章中的回应,则是坚持他自己的诉讼,表达了

---

① 见 P. W. Skehan, "Strophic Patterns in the Book of Job,"("约伯记中诗体范式")*CBQ* 25 (1961): 141. 这种可能性见于 M. Greenberg, "Job", 收录于 R. Alter and E Kermode, eds., *The Literary Guide to the Bible*《圣经文学指南》)(Cambridge, Mass.: Harvard University, 1987), 295 — 94, 以及 J. G. Janzen, *Job Interpretation* (《约伯记注释》)(Atlanta: John Knox, 1985)。

它上达于永生神的居所[84]的强烈的意愿：在那里，他要与上帝面对面陈明自己的案件。在前面，约伯表达了自己的希望，他使用了希伯来的习语："哦，我要……"（mî yittēn）在6：8—9，他希望上帝把他剪除；在14：13，他希望上帝把他隐藏在阴间，直到神的怒气发尽；在19：22，他自己他的案件被自己的救赎主记录在案，并且在约伯死后来使用它。这里，他希望他能够找到上帝的居所，这样他就可以向上帝直接陈明自己的案件。在这段发言的最后的部分（31：35—37），约伯希望上帝出现，并且来倾听约伯。措辞中连续发生的事情，使得约伯的目标逐渐清晰。在开始，当约伯还在震惊之中的时候，他需要的是苦难的终止。当与朋友们辩论之后，约伯需要的是上帝的安慰，尽管正如他在15—17节的经文中所承认的那样，这一前景使其感到恐惧。在与此密切相关的第24章，约伯解释了为什么他惧怕接近神："即便接近他的也不能识透他的行为。"（Tanakh）他接下来在一个令人痛苦的篇章中，列举了上帝对于那些最需要的人，给予的并不是最为微小的关注（24：5—17；我们接受了哈伯对于第5节上半节的翻译，即"其他人像野驴"）。

　　在25：1—6加上26：5—14那里，比勒达指出宏伟的宇宙在造物者的精心控制之下，以此来证明没有人可以在上帝面前称义。这样，约伯怎么可能在这样一位上帝的面前提出任何要求呢？约伯的最后一次发言已经有了一些细微的混乱。它开始于26：1—4，并且立即接在27：1的前面。现代读者可以清晰地感受到27：1—12的意义，这里以一个有力的誓言开始，必须在转折处做出记号："神夺去我的理，全能者使我心中愁苦。我指着永生的神起誓：我的生命尚在我里面，神所赐呼吸之气仍在我的鼻孔内。我的嘴决不说非义之言；我的舌也不说诡诈之语"（27：2—4）。这一誓言要求上帝作为担保人，保证破坏誓言的将要受到惩罚。约伯拒绝承认他的朋友们是正确的,并且坚持自己的无罪(第5—6节)。在27:7,约伯对他的敌人(单数)说话,他似乎是在参照上帝。这里的语境是法律性的。约伯希望声明自己的无罪,而他的"敌人"却似乎要证明他的有罪。如果上帝是胜利者,并且约伯是属于作恶一党的人(新修订标准版英文圣经:"不义的人"),那么他被遗弃的生命就将是无法忍受的(27:9—10)。约伯已经充分地经历了上帝的"手"(即权力,27:11—12)。约伯的演说,尽管非常简短,仍然显示出一种不可能发生的情景:他的誓言激起上帝作为他的诚实的担保人,但是正是这同一位上帝,可以对他实行预先的审判。另外一个关于转折点的暗示,出现在27:1—12,这里重复了第1—2章的序言:上帝就是剥夺了约伯的权利的那个人(见1:12;2:6),断言约伯不会说谎话(见1:22;2:10)也不会弃掉自己的正直(见1:8)。那么,接下来将会发生什么?

智慧之诗(第 28 章)

[85]接下来的故事中发生了一些新的东西———一个独立段落的关于智慧的诗篇。由于这一诗篇是由叙事者而不是由约伯或者他的朋友所发出的,所以第28章在文本上具有独立性。几乎所有的注释者都注意到这一独立篇章的结构和逻辑,但是在整部《约伯记》中为其寻找到一个整体的定位却是非常困难的事情。许多人相信,这是一个晚近插入的篇章,是一个虔诚的附加段落,为的是软化关于约伯直面上帝从而陈明其案件真相的这一要求。然而,如果一个人假设《约伯记》是一个故事,那么,在关键的时刻通过一个突如其来的演说来延迟或者"阻碍"这一故事的发生,将会取得很好的戏剧性效果。在相反的文本证据缺

失的前提下,人们应该假设这一演说就是本书原初的组成部分。
事实上,这一段落使得很多内容得到了完整。有意思的是,对于
故事情节的阻碍使得读者心目中产生了很多问题和期待。在约
伯这一根本不可能实现的誓言上究竟发生了什么?同样,这也
提出了关于这些对话的一个中心性的问题——人类究竟在何种
意义上才能被认为是理解了上帝的作为?——在某种意义上,
这是非论辩性的,赞美性的。

　　这首诗究竟说了些什么?从结构和主题上说,这首赞美诗
说的是智慧的难以接近。人类,有能力找到珍贵的石头的隐秘
之处(第1—6;9—11,13节);动物,可以注意到那些从未被人类
观察到的地方(第7—8,第21节);伟大的海洋(第14节),阴间
(第20节),都并不能知晓智慧的道。只有上帝知道(第23节),
只有"敬畏上帝,远离恶事"(第28节)才是接近她的唯一渠道。
在结构上,这里有三个段落:第1—11节、第12—19节和第20—
28节。关键词是"地点"(*māqôm*)、"道路"(*derek*)、"寻找"
(*ḥāqar*)和"看见"(*rā'â*)。①

　　那么,这首诗在整部《约伯记》中的作用是什么呢?首先,通
过陈明没有人知道智慧的道,它假设了读者已经预先知道,在约
伯和他的朋友们之间的这场对话,注定不能够从根本上为解决
约伯的问题提出一个令人满意的结论。这首赞美诗暗示,如果
这里一定有一个答案的话,它也将要"从别处"(帖4:14)得出,
这样就为上帝在第38—41章那里亲自的出场作了铺垫。这首
诗同样也把智慧解释为宇宙的智慧:"要为风定轻重,/又度量诸
水。/他为雨露定命令,/为雷电定道路。"(25—26)这一宇宙的
视角,相对于约伯历史的和个人的视角来说,不啻是一个转折,

---

① Habel, *Book of Job*(《约伯记》),588—401。

并且在后面上帝的演说中再次回应了这种宇宙视角。

约伯最后的发言(第 29—31 章)

[86]第 29—31 章是约伯最后的陈述,这里不是一篇对话,但却是一篇伟大的独白,并且直到上帝在第 38—41 章的演说之前,这都是全书中最为冗长的一段发言。在 27:1—2 那里,他发誓要讲实话,并且向上帝发誓如果他说谎话就惩罚他。这些章节是他在法庭上的见证,也是对于上帝的一种合法的挑战。在第 29 章那里,约伯把自己描述为理想的标尺,完美地完成了他在社群中的主要的角色。他使用自己的语言,同样也是可以被上帝所使用的,例如,"我脸上的光"(第 24 节),从而引出诗 4:7;44:4;89:16;参民 6:25 那里的"[上帝]脸上的光"。在最低的意义上,约伯对于自己的描述是带有挑衅性的。

但是现在,约伯带有抱怨地说(第 30 章),他自己受到了羞辱和攻击。他是被社会中最为基本的元素所攻击(第 1—14 节),并且为上帝的恐怖所攻击(第 15—19 节)。第 20—31 节则转向了上帝("你"),指控上帝否认了约伯的正义,亦即那些约伯以自己作为标尺衡量别人的行为。动词"呼求,求救"(第 20,24,28 节)与这种控诉是统一的:约伯向上帝求救,却没有得到任何的回应。约伯通过对于"(为了正义的)呼求,求救"的多次重复提出了自己的要求。公义的上帝对此还能保持沉默吗?

在第 31 章(上接 27:2—4)那里,约伯起誓来否认面对自己的一切控诉:"我如果做了这一切,愿这一切都发生在我身上!"这种负面的忏悔,有一种交错的结构:①

---

① Habel, *Book of Job*(《约伯记》),427—51。

A   约及其咒诅(第1—3节)

B   挑战：把我放在公义的天平上称一称(上帝已经数算

  [希伯来词根 *spr*]了约伯的脚步)(第4—6节)

C   [罪恶的列表](第7—34节)

B'   挑战：提出法律的文书(*sēper*)；然后约伯将要在上帝面前

  重复数算自己的脚步(第35—37节)

A'   约的见证和咒诅(第38—40节)(大地在有些时候被认为是约的见证者)

约伯声明了自己的美德，在法庭面前把自己述说成英雄的形象，而却并不将之与其动机和行为相提并论。事实上，约伯对于自己的陈述，并没有超过上帝在1:8和2:3那里对于他的表彰。然而，约伯的列举却是带有煽动性的，因为他在这里暗示了上帝是一位非理性的对于正直人的破坏者。

这一演说以一个合法的要求作结："哦，愿有一位[87]肯听我！/这里是我所画的押，愿全能者给我一个回应！/愿那敌我者写出一份状词。"(31:35 作者自译)约伯对于法律补偿的希望到此已经完满走完一个圈。他以一个案件开始(10:2)，声明自己已经做好准备来承当它(13:13—18)，并且多次表达了自己对于一位法律上的中保的渴望(9:33;16:19;19:25)。

以利户的发言(第32—37章)

以利户的四次发言(第32—33;第34、35和36章)被很多注释者认为是次要的。关于这种次要性本质的暗示,出现在 42:7,这里上帝说的是"你(以利法)和你的两个朋友",以及 42:9,这里提到对话中只有三个朋友。这些论据对于以利户文本的原始性的质疑似乎是很有说服力的,然而:(1)以利户是一个喜剧的形象,一个自称比年长者更有智慧的年轻人,一个被愤怒支配(这是愚蠢的记号,32:2—5)的聪明人,其胸怀如盛酒之囊没有出气之缝,又如新皮袋快要破裂(32:19);(2)约伯表达出了在他自己和上帝之间寻求一位中介者的心愿(9:33;16:19;19:25),并且寄希望于上帝可以显现,但是以利户的出现,是对于约伯这种祷告的一个滑稽的回应;(3)在结局之处以利户的出场,恰恰说明了只有约伯和他的三个朋友才是这出戏剧的真实演员;以利户只是一位闯入者;(4)以利户的出现,为耶和华后来的出场作了准备,并且他的话题,特别是上帝的公义、设计,以及宇宙的智慧为读者接受在后面耶和华的发言中的相关话题作了铺垫。如果说,以利户的出现只是一位后来的作者为了解决约伯的问题而插入的话,那么,难道这位后来的作者会把以利户描述为一个滑稽的角色吗?事实上,以利户的"阻止"行为看起来对于现代读者是多余的,但是不要忘记古人对于修辞的严密性的热爱。

以利户的辩论并不是难以把握的。他的论辩将会体现为吵闹和枝蔓的,除非读者对于其结构意义有所了解。第 32 章介绍了以利户,展现出了以利户在内涵(他自称为圣人)和外表(自高自大和对于愚蠢的行为的热衷)之间的矛盾。第 33 章特别指出了约伯抱怨上帝没有回应他。以利户告诉他,上帝通过多种方式和人说话(关键词"深坑"出现了三次)——通过梦(第 15—18 节),通过受苦(第 19—22 节),以及通过医治(第 23—28 节)。不同于其他三位[88]朋友的是,以利户援引了约伯;例如 33:1—

11 加上 31－33 就援引了约伯在 13:17－28 的发言。以利户的第二次演说(第 34 章),援引了约伯在第 5－6 节那里的感情来藐视他的性格(第 7－9 节)。在第 10－15 节那里,以利户为上帝的性格辩护(上帝从来不做错事!),为上帝统治的公义性作辩护(上帝刑罚恶人,提升正义的贫乏人),并且不会屈从于人的查究(第 16－30 节),并且最终来要求约伯悔改。第 35 章攻击了约伯没有资格自认为义。约伯怎么能够向上帝要酬劳呢?上帝难道会受到约伯的行为的操控吗? 此外,约伯大部分的呼求是不真诚的,毫无疑问的是,上帝是不会垂听它们的(第 9－13 节)。约伯没有权利在上帝面前抱怨这一切(第 14－16 节)。

以利户第四个即最后的一次发言,包含了三个组成部分。每一部分都是以对于约伯的讲演开头(36:2－4;36:16－21;37:14－22),并由此转向对于上帝公义和智慧的形象的描述(36:5－15;36:22－25;37:23－24)。以利户专注于暴风雨,认为那是上帝的权力和智慧的最为伟大的符号(36:26－37:13)。以利户用一系列向约伯提出的嘲讽的问题来结束,无意中预表了后面耶和华的发言,例如"你岂能与上帝同铺穹苍吗?"(37:18)但是,直到他最后的辩诘中,以利户的讽刺才达到完满和极端的表达:"论到全能者,我们不能测度;/他大有能力,/有公平和大义,必不苦待人。/所以人敬畏他。/凡自以为心中有智慧的人,他都不顾念。"①

---

① 我把 *ya'ăne* 读作"他将作出回应",*MT yĕ 'anneh* 作"他将受痛苦",见 Habel, *Book of Job*。因为(1)以利户曾对神使他受苦做了积极的看法('*onî*)在 38:6 和 15;(2)"他不会回应"对应到 25 节的开头,"我们无法找到他"。24 节使用类似的希伯来文动词,"恐惧"(*yĕrē'û*)和"看到"(*yir'eh*)。

耶和华的发言(第 38－42 章)

　　第 38 章的开篇行,"那时,耶和华从旋风中回答约伯说"为约伯在一种英雄式的演说和所起的誓中提出的想要见到上帝的要求(第 27 章,以及第 29－31 章)作了准备。并且,反讽的是,这却是通过以利户的"出场"和最后的陈述所实现的。但是,这句话却一直激起人们的兴趣。人类有限的本体如何能够理解上帝呢? 或者,如果上帝显现,人如何还能够存活足够长的时间并且和上帝相对话? 无论如何,对于本书的读者来说,他们都已经等候了足够长的时间,要看看接下来将要发生什么,他们听完了约伯的朋友们的辩论,直到约伯的朋友们的辩论开始反复重复;他们也忍受了约伯,尽管约伯是如此的[89]孤独;他们还听完了以利户滔滔不绝的夸口。这样,到了这里,上帝的出现,无论与当时的宗教相比是多么的不合规矩,也在本书中成了一个确定的逻辑。毕竟,上帝到这里都是一位隐匿的角色,他在不断地被约伯的朋友们所描述,也在不断成为约伯说话的对象。

　　上帝通过两个演说回应了约伯(第 38－39 章和第 40－41 章),每一个演说都以一个约伯的简短的回应作结(40:1－5 和 42:1－6)。但是,这些演说是如何回应约伯的抱怨的? 这两个演说中间的逻辑,曾经迷惑了许多研究者,也提出了许多重新排列组合的方案;但是,没有任何一种重新组合的方案是得到公认的。引人注目的一小部分学者,相信这两个段落的演说是不讲求逻辑的;它们本身就是一种雷鸣般的轰炸,其目的是使得约伯谦卑下来敬畏神,并且告诉约伯,对于他所提出的问题,并没有任何一个可以用理性加以解释的答案。这些学者们正确地意识到了上帝在这里对于约伯的回答并不是一种推理性的论证,但是,上帝的斥责却与约伯有着截然不同的本体论层次。正如约伯与他的三个朋友之间的对话,并不仅仅是逻辑的问题,它们还囊括了一些人类社群中的情感,这样,与此相类似,上帝的演说同样也属于一定的造物主对于受造之物的沟通和关系之中。还有,这些演说毕竟是精心结构的,有其自身内在的逻辑和设计。一种最为有力的文学性阐释来自于哈伯,他接受了希伯来文本自身的立场。①

上帝回应了两个对他的控告:不智慧、不公义地统治整个世界。在第一个发言中,上帝回应的是第一个挑战:认为他作为宇宙的统治者不够智慧,或者缺乏足够的能力。开头就是,"谁用无知的言语使我的旨意('esâ)暗昧不明?"② 第二个控诉,是关于上帝不公义的统治。需要注意,这里的"义"所使用的是一种圣经上的意义:缺乏能力,或者没有能够在受苦的义人中间兴起正义。上帝在第二个演说中回应了这一控告(40:6—41:26),开头是:"你将要废弃我的义吗?"

这两个演说从大结构上来看是平行的,这将在古代的读者中间引起共鸣。这两个演说的力量,可以通过哈伯的提纲中显示出来,而无须过多细节的引用。③

---

① *Book of Job*,517—74. 神的发言,此处利用了我自己的分析,发表在 *Creation Accounts in the Ancient Near East and in the Bible*《古代近东地区和圣经中的创造论主题》》CBQMS 26 (Washington, D. C. : Catholic Biblical Association, 1994),190—97。

② 希伯来语'*ēsâ*("设计")在《约伯记》中 9 次出现。除了 58—41 章上帝的讲话中,6 次意味着"计划",通常指邪恶的计划,但是为上帝允许的(5:13;10:5;12:15;18:7;21:16;22:18)。上帝的第一次答复约伯就用了这个词,意味着武断和反复无常的规则。

③ 其余部分主要来自于我的 *Creation Accounts*,191—97;大纲来自 Habel, *Book of Job*《约伯记》,526—27。

A. 导论 38:1
关于上帝出场的一个公式

B. 主题性的挑战 38:2—3

  i. 主题甲

    "谁用无知的言语使

    我的设计暗昧不明?"

  ii. 召唤:

    "束紧你的腰"[90]

C. 阐明主题

  i. 在物质世界中 38:4—38

  ii. 在动物的王国中 38:39

D. 对于法律上敌对者 40:1—2
的挑战

E. 约伯的回答 40:3—5

A1. 导论 40:6
关于上帝出场的一个公式

B1. 主题性的挑战 40:7—14

  i. 主题乙

    "你将要废弃我的义吗?"

  ii. 召唤:

    "束紧你的腰"

C1. 阐明主题

  i. 与比希莫特(Behemoth) 40:15—24

  ii. 与利维坦(Leviathan) 40:25—41:26

E1. 约伯的回答   42:1—6

A. 第一个演说

通过强调上帝对于世界物质元素——山川、海洋以及其他——的不明智或任意的排列组合，以及他对于所创造之物（尤其是约伯本人）的漠不关心，约伯否定了上帝的智慧。上帝使用了一种法律的语言来回应约伯的质疑。究其本质而言，上帝的问题都是合法的："谁用无知的言语使我的设计暗昧不明?"(38:2) 以及随后的"当我……你在哪里?""是谁安置……?""……在哪里?"这些提问向约伯提出了一个类似的问题：是谁创造了世界? 它还模拟了《第二以赛亚》中大审判的场景："谁曾用手心量诸水，用手虎口量苍天?"(赛 40:12)"谁曾指示耶和华的灵"(赛 40:13)"谁从东方兴起一人?"(赛 41:2)"自从我设立古时的民，谁能像我宣告，并且指明，又为自己陈说呢?"(赛 44:7) 在《约伯记》中，这些提问有类似的意图，亦即提示约伯：是上帝，而不是约伯，才是神。只有上帝才能确定地回答这些问题。是约伯在第 29—31 章那里要把上帝导向法庭时，设置了这样一个法律的语境。

在约伯和比勒达的演说中，对于宇宙的描述是传统意义上的：上帝像一位艺术家一般建造了宇宙，把大海包起来，把发光体安置于天上。有些背离传统的是约伯对于这些元素的挑战。在全书中，约伯都要寻求一种与上帝面对面的相遇。在这种相遇中，上帝把约伯作为与神相对抗的原告，问了他很多只有用神性才能够得到确定回答的问题。约伯是否能够扮演上帝，让宇宙成为存在，并且维持它，控制它?

一个普通的提纲把这最后一点显示得更加清楚，超过任何单节的经文。第 38—39 章那里的上帝的第一个演说，可以通过下面这个结构加以把握：

[91]你在哪里，或者你是否知道

A.	一个无生气的物理世界？	38:4—38
	大地的建造	38:4—7
	将大海包裹住	38:8—11
	晨光在驱逐恶人的过程中的角色	38:12—15
	上帝对于死亡的门的主权	38:16—18
	光与暗的安置	38:19—21
	地上各种天气的储藏室	38:22—30
	设置星座控制大地的多元性	38:31—33
	使土地肥沃的雷雨暴风	38:34—38,
	以及	
B.	一个动物的或者鸟类的王国	38:39—39:30
	喂养狮子	38:39—40
	喂养乌鸦	38:41
	野山羊和鹿	39:1—4
	野鹿	39:5—8
	野牛	39:9—12
	鸵鸟	39:13—18
	马	39:19—25
	隼和鹰	39:26—30

这一演说是有关于"设计"或者智慧的。在 9:5—6 那里约伯已经控诉了上帝以怒气攻击山和地："他发怒，把山翻倒挪移，山并不知觉。/他使地震动，离其本位，地的柱子就摇撼。"上帝则在 38:4—7 这里问约伯：他是否实际看到了地的建造，以及上

帝是如何像一位谨慎的艺术家一样,用量尺、插槽和房角石建造这一切的,那时候如同奉献圣殿的典礼上所奏响的赞美音乐一般。在9:24那里,约伯抱怨上帝没有区分恶人和义人,世界被交在了恶人的手里。上帝的回应是晨光把恶人夜间所做的行为暴露出来,然而他没有必要去惩罚他们(38:12—15)。约伯的假设是人类是世界的中心,而上帝的回应是雨水落在人所不居住的地方(38:26—27)。约伯控诉上帝追捕他如同狮子一样(10:16);上帝则是那一位追捕狮子者(38:39—40)。即便是鸵鸟——公认的愚蠢的动物,也是上帝设计成那个样子的(39:13—18);提示着上帝的设计不仅仅是按照人类的标准或者理性的目的去制造的。上帝的设计,既包括有用处的东西,也包括奇异的东西,甚至还包括可供嬉戏的东西。上帝按照自己难以测度的旨意进行设计;甚至比希莫特和利维坦按照神的眼光看来也是好的。[92]上帝就是为着上帝而设计的,而不是为着人类的意图。并且,上帝不需要回答思维单一、并且自认为是宇宙中心的约伯。

就在约伯对这一系列的提问给出回应以前,上帝再一次强调了法律的语境:"控告全能者的,你可以与我争论吗? 与神辩驳的,你可以回答我吗?"(40:2,哈伯的翻译)① 约伯的回答同样是法律性的:"我是卑贱的! 我用什么回答你呢? 只好用手捂口。我说了一次,再不回答;说了两次,就不再说。"(40:4—5)这些话语是约伯不再说话的保证,一种对于撤销他的诉讼的确认(并不是他在宗教意义上的忏悔)。

---

① 希伯来语 *rôb* 是 *rib* 的分词形式,"提起诉讼,抱怨"。亦见于 Habel, *Book of Job*(《约伯记》),参见 40:2 以下。

B. 第二个演说

第二个演说 40:6－41:26,是对于约伯质疑过的上帝的公义的捍卫。我对于 40:8 的翻译是:"你将要驳斥我的公义吗?"在这里,如同《圣经》中的其他地方一样,"公义"不特指公正的审判这一客观现实,而是站在弱者的立场上的对于不公正的干预。它在事实中被实践,压制那些不公正的,抬升公正的。从约伯的视角来看,上帝允许了给恶人以荣华,却给义人,特别是约伯,以受苦。上帝开头提出的那个问题,只有在神那里才能得到肯定的回答:"你有神那样的膀臂吗? /你能像他发雷声吗? ……见一切骄傲的人,将他制伏。/把恶人践踏在本处。"(40:9,12) 约伯陷入了沉默,因为在这幅宇宙的图景中,他并不总是正义的。

上帝的回应是令人惊讶的。这在很大程度上是因为描述了两种巨大的动物:比希莫特(40:15－24)和利维坦(40:25－41:26)。前者被很多当代学者所确认为河马,那是一种力大凶悍的动物,但是这里似乎有些不同。它的伙伴,利维坦,毫无疑问是一种神话中的怪兽。根据乌加里特文本可以清晰看出它与海有关,并且是暴风之神巴力(Baal)的敌人。《圣经》对此也有类似的用法。在次经《以诺一书》60:7－9,利维坦和比希莫特都是受造之物,它们分别在海的深处和无边的沙漠中。① 因此,比希莫特就常常是一种象征着贫瘠的沙漠的受造之物(在乌加里特文本中,它在巴力的仇敌神明 Mot 的生活环境中)。

上帝通过指出自己对于一个约伯所不能理解的世界的关心,回应了约伯的第一个挑战,即约伯所质疑的上帝"不明智"的

---

① 与《以诺书》的相似性,通常追溯到公元前一世纪的最后 50 年,或公元一世纪的前面几年,但它们包含旧的神话。关于更加坚实的论点,反对把创造物仅仅理解为自然动物,见 M. Pope, *Job*(《约伯记》) Anchor Bible 15, 3rd ed. (Garden City, N. Y. : Doubleday, 1975), 520－25。

统治。与此同时,上帝通过彰显出上帝对于宇宙中的恶——尤其体现为比希莫特和利维坦——的主权,来回答了约伯关于上帝"不公正"的统治的挑战。上帝并没有说,他永远[93]为了人类的目的来统治恶,但是他说得是:只要他愿意,他就有能力那样去做。这样,上帝留给约伯的问题就是:你能够通过控制这些动物来证明你自己是神吗?

这两种恶兽被描述成一种自鸣得意的力量的代表。体态庞大的比希莫特(40:15－26),它是与约伯一样被造的(第15节);那就是说,它是像约伯一样的受造之物。然而,尽管比希莫特如此有能力,它可以从脸部被制服:"蒙住它的眼睛捕捉它,/用钩子穿透它的鼻子。"①(40:24)②

对于第二个形象利维坦的描述要比第一个更长。从《圣经》和乌加特文献中我们知道,利维坦是一个古老的妖怪,他最终将被巴力或者耶和华所杀死或驯服。如同比希莫特一样,上帝是通过嘴来控制它的(41:1－2)。

> 10 没有那么凶猛的人敢惹它。这样,谁能在我面前站立得住呢?
>
> 11 谁先给我什么,使我偿还呢?天下万物都是我的。
>
> 12 论到鳄鱼的肢体和其大力,并美好的骨骼,我不能缄默不言。

---

① 此处中文翻译采用《圣经·现代中文译本》。——译注

② 前面的希伯来经文过长,而40:24a过短,导致许多学者形成两种不同的修订:在24a节开头那里加入 *mi hû'*("谁在那里"),或把最后两个词附加在25b至24a。在后一种解决方案中,他们把 *'el pihû* 解释为 *'ēl*("上帝")。在任何情况下,希伯来文都正确理解了有关上帝的主题。

接下来跟着的全是宏伟的赞美的经节,这显示出利维坦的被造没有其他的目的,而纯粹是要展示一种未经驯服的力量和能力。

那么,在《约伯记》中,提到这两种野兽的目的究竟为何? 在40:12,上帝通过这样的一条命令来否认了公义(而这是约伯声称这个世界所缺乏的):"见一切骄傲的人,将他制伏。把恶人践踏在本处。"这两种猛兽作为一种例证,显示了一种人类的知识所不能理解和控制的可怕的力量,然而,它们被限制在上帝所创造的世界中的某个特定的地方。它们没有任何的用途,既不能够被人类驯化,也不能为人类作任何的事情。但是,它们却在神的控制之下(40:15,24;41:2—4),上帝不顾它们潜在的恶而允许它们的存在,其理由这里并没有陈述。琼·利文森(Jon Levenson)正确地谈论了一种常见的观点,即认为比希莫特和利维坦仅仅是上帝自己所制造的宠物,他说:"尽管《约伯记》的第40—41章明确指出了比希莫特是上帝的创造之物,但是在描述利维坦更长的经文中却并没有明确指出这一点。相反,我们所看到的只是上帝最终制服并且控制了这一海中的巨兽。"① 在本书的文学结构中,这里的两种巨兽回应的是第1—2章那里的撒旦,在那里,上帝允许撒旦来"煽动"自己。为什么在天上的法庭中允许存在着一位[94]人类的敌人? 对这个特殊的恶的问题,这里没有给出任何的答案。除了敌对者的傲慢之外,在这里我们至少可以看到,它们的这种权力是在上帝的控制之下的。如同对于野兽行使主权一样,上帝也在控制着这位敌对者:"凡他(约伯)所有的都在你手中,只是不可伸手加害于他!"(1:12)

---

① J. D. Levenson, *Creation and the Persistence of Evil: The Jewish Drama of Divine Omnipotence*(《创造与恶的坚持:神之全能的犹太戏剧》)(San Francisco: Harper & Row, 1988), 49。

"他在你手中,只要存留他的性命。"(2:6)然而,至于恶者是否
会报复于人类,这里却没有任何的担保。

在《约伯记》中,宇宙是被上帝所创造的,完全先验于智慧和
正义。宇宙不能够被人类的理性所解释和认识(第 28 章)或者
被传统的智慧所总结和把握,这恰恰体现在约伯的三个朋友的
语言对于把握上帝真理是无能为力的一样(42:7-8)。上帝为
了自己的目的而创造;神的目的是不可知的,人类并不能做出自
己是宇宙的中心的假设。在古代近东文学的其他神话中,神明
们往往是通过对于恶的征服来开始创造世界的,而这种恶往往
被描述为一种人格化的怪物。然而,在《约伯记》中,直到结束的
时候,怪物仍然是没有被征服的,不仅如此,上帝还用了一首壮
丽的诗篇来赞扬他们! 事实上,它们当然是处在上帝的管制之
下的,但是它们仍然得以一种有可能对于人类形成威胁和恐惧
的方式生存。

约伯从个人出发的先入之见,使得他的视野受到了限制,认
为人类和他自己才应该是整个宇宙的中心。这种人类中心主义
的视角受到了上帝的斥责。默舍·格林伯格(Moshe Green-
berg)这样反思这种约伯式的视角:

> 这种关于创造物的描述(伯 38—41)较比《创世记》第
> 一章的描述,以及《诗篇》104 篇对于自然的赞美是多么的
> 不同啊! 在这里,人类对于上帝来说是次要的——只是一
> 种微不足道的衬托。在《创世记》第一章(及其在诗篇第 8
> 篇中的回响)充满了一种目的论的过程:即人类的创造是上
> 帝创造的目标和冠冕。所有的一切的创造都是为了人类的
> 目的;大地和生灵都是以人为尺度而受造的。在《诗篇》104
> 篇描绘的自然中向我们展示了一种神性的和谐:人类在其

中是一个完整的部分。但是《约伯记》中的上帝,却向我们
展示出上帝的每一次创造都是以其自身为目的而创造的,
即一种来证明上帝的能力和恩典的独立价值。在某种程度
上代表了人类的约伯,此时完全站在这幅图画之外,他被从
中心的位置转移到了遥远的边缘地带。①

约伯对于上帝第二个演说的回应,体现在《圣经》这样一个
动人的篇章中(42:2—6,作者自译):

> 我知道你万事都能作,你的旨意不能拦阻。
> (你说:)"谁用无知的言语使我的设计隐藏呢?"
> [95]事实上,我所说的是我不明白的;
> 这些事太奇妙是我不知道的。
> (你说:)"听! 我要说话;我要问你,你回答我!"
> 我从前风闻有你,
> 现在亲眼看见你。
> 因此我撤回我的案件,
> 放弃我的尘土和灰尘。

括号中的词,是假设约伯援引的上帝的话(正如上帝也援引
约伯的话一样)。第6节我的翻译不同于传统的版本,比如新修
订标准版(NRSV)是这样翻译的:"therefore I despise myself,
and repent in dust and ashes"。② 但事实上在第6节中的希伯
来文动词配合介词使用时的意思是"改变某人关于…的主意"。

---

① Greenberg,"Job"(《约伯记》)298。
② 可参考中文和合本译文:"因此我厌恶自己,在尘土和炉灰中懊悔。"——译注

在这里,约伯已经决定要撤回他对于上帝的法律指控,并且放弃他的"尘土和炉灰",这些是传统上一个在悲伤和抱怨之中的人的装束。为什么呢? 因为他现在已经"亲眼"看见了上帝,而这是他从与他的朋友们辩论之始就提出的目标。

尾声(第42章:7—17节)

散文体的尾声又把读者带回到前言部分(第1—2章)。我们看到,上帝对约伯的三个朋友发怒,因为"你们议论我不如我的仆人约伯说的是"(第7节)。约伯为他们求情,正如在第一章那里,约伯为他的孩子们求情并赢得了对于他们的赦宥一样。接下来的事情很快就被讲出来了。上帝给了约伯比他原先所拥有的两倍的补偿。他的大家庭来安慰他,他自己的牲畜和儿女也都恢复了。他继续活了140年,在平静中去世。

人们是怎样解读这个尾声的呢? 那些从一开始阅读《约伯记》就带有这样的问题的读者,即把散文部分和诗歌部分融合在一起,会把前言和尾声共同看作是《约伯记》故事的组成部分。这些假设了《约伯记》一致性的读者,可以很快在前言和尾声中找到《约伯记》的整个线索。

关于约伯这个人,《约伯记》的尾声(以及前言)告诉了我们什么? 第一,尽管看起来有些奇特,它告诉我们约伯对于上帝的抗议甚至是控诉,在某种程度上是讲了关于上帝的"诚实话"(42:7)。约伯撤回了他的案件,但是耶和华却赞扬了他,正如在1:8和2:3那里赞扬约伯一样,并且祝福约伯超过了其他的人。① 第

---

① 我们可以加上,正如他的公正对待比希莫特那样。这两种庞然大物之间有一定的平行关系,他们都存在于上帝的宇宙之中。

二,前言和尾声暗示了(正如上帝的发言所显示出的那样)宇宙完全是属于上帝的;它是以神为中心的(theocentric),而不是以人为中心的(anthropocentric)。[96]约伯的痛苦产生于这样一个赌注,即他的痛苦到底是来源于上帝还是来源于撒旦,对此他自己是一无所知的。上帝终于在他的言语中肯定了同样的一个约伯。这样,耶和华仍然是约伯的上帝,并且仍然用上帝自己的方式来肯定约伯的正直。

推荐书目

注经书

Dhorme, Edouard. *A Commentary on the Book of Job*(《约伯记评论》). Trans. H. Knight. NewYork:Nelson,1967 (French original 1926)。优秀的历史论文,特别是神学方面的意义。

Habel,Norman. *The Book of Job*(《约伯记其书》). Old Testament Library. Philadelphia:Westminster,1985。对于《约伯记》的文学阅读,也没有忽视本书的语言方面的问题。最令人满意的大型注释。

Janzen,J. Gerald. *Job*. (《约伯记》) Interpretation:Atlanta:John Knox,1985。对《约伯记》的起源和环境的神学解释。

Pope,Marvin. *Job*("约伯记"). 3rd ed. Anchor Bible 15. Garden City, N. Y.:Doubleday,1973。生动的翻译,融入许多语言学的观点。

注解性论文集

Glatzer,Nahum, ed. *The Dimensions of Job*(《约伯记的维度》). NewYork:Schocken,1969。

Perdue,Leo,and W. Clark Gilpin, eds. *The Voice from the Whirlwind: Interpreting the Book of Job*(《旋风中的声音:约伯记解读》).

Nashville：Abingdon Press，1992.

Sanders，Paul，ed. *Twentieth Century Interpretations of the Book of Job*(《约伯记：20 世纪的阐释》). Englewood Cliffs，N. J.：Prentice-Hall，1968。

Zuck，R. B.，ed. *Sitting with Job: Selected Studies on the Book of Job* (《与约伯同坐：约伯记研究选本》). Grand Rapids，Mich.：Baker，1992。

第五章 《传道书》

[97]"耶路撒冷的王,大卫的儿子,传道者的言语。"作者使用的名字是"传道者"(Qoheleth)。从语法上说,"传道者"是希伯来动词 *qāhal* 的分词形式,这个词的意思是"召集,聚集"。这里的阴性的分词似乎是指称一种身份,即执行一种公众事务的人。传道者指的就是把智慧的写作搜集和整理出来的那一类人。对于这个希伯来词汇的希腊译名的拉丁表达形式,就是Ecclesiastes。有时候这卷书还被称为"传教者"(The Preacher)。

我们进入《传道书》的路径,与《约伯记》和《所罗门智训》有些相似,即是说,读者将会被引导到整部书之中。《传道书》(也包括《约伯记》和《所罗门智训》)并不是像《箴言》和《便西拉智训》一样的格言集锦,而是要求读者把全书作为一个整体来阅读的。

体 裁

按照现代人的感觉标准来衡量,本卷书似乎有一些令人震惊的悲观主义甚至虚无主义。这在提醒我们注意,古代的智慧文学[98]的确有这样一支抑郁的、厌世的脉络。在埃及文学《一个男人与他的灵魂之间的争论》(*AEL*，vol. 1，pp. 163—169)中，就区分了人生的种种困难，考虑了种种选择，包括自杀，但在最后得出结论：或者总比死掉更好："享受每一天，忘掉忧虑!""竖琴师之歌"(Harper's Songs)(*AEL*，vol. 1，pp. 193—197;vol. 2，pp. 115—116)是在坟墓上所雕刻的关于死亡之不可避免的谈论，但是最终仍是力劝人们享受生活。《卡克希贝尔—桑伯的抱怨》(*AEL*，vol. 1，pp. 145—149)是关于来自于生活的不稳定性和人类的背信弃义而带来的苦难的冥想。其他作品也有着类似的基调和主题，例如，《尼菲提的预言》(*AEL*，vol. 1，pp. 139—145)以及《伊浦沃的告诫》(*AEL*，vol. 1，pp. 149—163)。

美索不达米亚地区所谓的"*e dubba*"或"写作坊"(tablet-house)里生产着同样的文学作品，包括讽刺文学。在美索不达米亚的一个例子，是 18 世纪的史诗《亚塔哈西斯》(*MFM*，1—38; BM，vol. 1，pp. 158—201)，这部作品把至高的神明恩利尔(Enlil)描绘成为装模作样的胆小鬼，并把诸神描述成短视、对人类莽撞冲动。《巴比伦的神义论》(*BWL*，63—91 = *BM*，vol. 2，pp. 806—814)、《对一个悲观主义者的安慰》(*BWL*，107—109)以及《与悲观主义的对话》(*BWL*，139—149; *BM*，vol. 1，pp. 815—819)都强调了苦难以及并不确定的人类生活。这些作品都显示出《传道书》这种怀疑、抑郁的基调在古代世界的文学作品中并非绝无仅有。

《传道书》与美索不达米亚一部经典作品尤其具有相似性——标准版的《吉尔迦美什》。[1] 它们有共同的主题——人类

---

[1] 《吉尔迦美什》讲的是第三个千年的一位国王的冒险故事，以苏美尔文写就，在其去世后的几十年间写就。在古巴比伦时期(约公元前 1950 年至 1530 年)，故事都被编入一个长期史诗，其中，吉尔迦美什和他的朋友 Enkidu 企图征服死亡。标准版系源自古巴比伦版扩充而来。

必死的命运,并且都在述说"日光之下"的人类生存状态,以及人类劳顿的"虚空"。《吉尔迦美什》中的"风"与《传道书》中的"气息"(*hebel*)有着类似的作用。传4:12那里的古老谚语,"三股合成的绳子不容易折断",也出现在《吉尔迦美什》中。传9:7—9也以同样的主题次序出现在《吉尔迦美什》(古巴比伦版)中的酒店老板斯杜里(Siduri)夫人的口中:

> 吉尔迦美什,你要去往何方?
> 你还没有得到你应有的生活。
> 当神明创造人类,
> 也为人类设置了死亡,
> 而生命也就这样存留了下来。
> 你,吉尔迦美什,使你饱足,
> 使你日夜欢畅。
> [99]让你每一天欢呼喜乐,
> 白日黑夜使你雀跃舞蹈!
> 让你的外衣闪耀,
> 洗你的头;在水中把你沐浴。
> 留意你手中最小的。
> 让你的妻在你的怀中畅快!
> 因为这是(人类的)任务![①]

然而,《吉尔迦美什》对于《传道书》最大的贡献,还是体现在其标准版对于《传道书》文学体裁的影响上。标准版的《吉尔迦美什》在古巴比伦版的基础上,增加了前言和尾声,这就使得它

---

① Trans. E. A. Speiser, *ANET*, 90.

从一种英雄的史诗转变成为一部君王的自传式的作品。"[他]
经历了一切,[我要]教导全体……他经历了全部赢得的智
慧……他曾旅行至远方和旷野,他劳累,最终听天由命。他把所
有的劳顿镌刻在石头的纪念碑上。"读者接下来被另外一个人
所宣讲:"看那个铜经匣,/打开它的锁,/打开它秘密的门,/拿出
石板并且阅读,/有关吉尔迦美什的故事,这个人胜过了各种各
样的苦难。"① 吉尔迦美什从一个战士上升成为一个圣人。与此
相类似,在《传道书》第1—2章那里,这位伟大的君王也告诉我
们他的各种经验都是立足于智慧的基础之上的。在第1—2章
建立起他作为一个传奇性的、经历丰富的君王的形象之后,《传
道书》自始至终都使用了第一人称"我"。在其他任何一部《圣
经》的智慧文学的作品中,作者是把所有的教导都建立在其个人
的经验和观察之上的。从体裁上说,《传道书》,像标准版的《吉
尔迦美什》一样,是一位君王的准自传。全书受到一位有学识并
且经验丰富的君王的支配。

作者、创作日期、社会状况及全书的统一性

《传道书》的作者似乎并没有兴趣来告诉我们他自己的名字
或者其他生平细节,因为他的目的在于建立起另外一个身

---

① MFM,50—51. 一般的观点,参见 W. L. Moran, "Gilgamesh,"("吉尔迦美
什") in *Encyclopedia of Religion*, ed. M. Eliade, vol. 5 (New York: Macmil-
lan, 1981), 557—60:"与此相反的赞美诗与该[古巴比伦]史诗,以庆祝吉尔伽
美什的身体力量和崇高的起源开端——新的诗行[其中,第一个四十行,序幕的
诗行]所强调的不是他的力量,而是他的一系列经验和知识,以及他的痛苦。通
过一个典故为题材的自传,国王取得了经验教训,记录给他们的后代,这些诗行
也意味着,吉尔迦美什也这样做了。基于这一来源,这首史诗,现在面向读者
('你'),打算向其进行教谕,成为智慧文学的一部分。"(559)

份——一位传奇性的君王(尽管没有明说,但实际上就是所罗门)。这位君王,由于见识广阔,所以可以教导读者以智慧。学者们对于这部书的写作时间的假设,从公元前 10 世纪(假设了作者就是所罗门)到公元前 1 世纪[100]都有。由于缺乏足够的史料支持,最好的线索莫过于这部书的语言本身了。本书的语言特征呈现出后流放时期的特色。其中出现了两个波斯的外来语(*pardēs*,2:5 的"园囿";*pitgām*,8:11 的"断定"),以及亚兰文(Aramaic)语汇(这是后放逐时期的一种商业语言),这暗示了这部书形成于波斯时期(公元前 539—前 331 年)。一个特别有用的线索是动词 *šlt*,在《传道书》中有一种法律的意义:有对于遗产、资产等的"权力、能力"。它出现在 2:19;5:18(*EV* 19),以及与此相关的一个名词"所有者、官长"出现在 7:19,8:9,还有"权力、能力"出现在 8:4,6。然而,在波斯的时期,*šlt* 失去了其法律上的含义,而单单意味着"支配、所有权"。这样,语言学上的证据显明,本书成书于波斯时期,准确时间是公元前 450—350 年,这样,就要比现代学者一致性的意见稍微提前了一点点。①

那么,这位作者的社会地位和他所处的环境是怎样的呢?关于这部书的一个主要主题,就是关于财富和经济(这一点我们接下来还会讨论),所以我们有理由推测,作者是以为上层阶级的人士,有足够的收入,花不完的财富,有足够的资产来了解甚至影响经济体系。库格尔(J. Kugel)推测,这位作者属于一个"经济操控者"的阶层,他向需要的农民发放借贷,他的钱财是一

---

① 对于语言的证据,见萧俊良,*Ecclesiastes*("传道书") Anchor Bible 18C (New York: Doubleday, 1997),特别是 20—21。J. Kugel 使用了类似的语言和经济证据,以及其他理由,达到了几乎一致的日期,"Qoheleth and Money"("传道书与金钱"),CBQ 51 (1989): 46—49。

种投资;他嫉妒工人们毫无忧虑的沉睡(5:12);"一种真正能够让他哀哭的现象并不是贫穷,而是从富人中堕落,其父亲挥霍了家中的财产的命运,或者他为自己积聚财产,但却看到别人把它们夺走。"(5:12—17)[①] 萧俊良(C. L. Seow)整理了波斯阿卡米尼德帝国(公元前 539—前 333 年,犹大是其辖地)的一些经济证据,这个时代的一个新的特征就是金钱的重要地位,取代了资产、牲畜以及用于私人交换之外的贵重金属的地位。为了增加税收、搞活消费,政府开始铸造钱币、统一货币。硬币和标准的货币早已经为人所熟知,但是其流通规模,以及在税收、财政、租赁、罚款、继承、商品买卖等方面的大规模的应用是史无前例的。金钱已经不仅仅是一种传统意义上的中介,它本身已经成为了商品。[②]《传道书》的术语已经可以看出不断增长的金钱和商业的重要性:除了常见的 *kesep*("金钱"),*ôŝer*("财富")和 *naḥ ālâ*("遗产")外,还可以发现 *yitrôn*("剩余、赢得"),*inyān*("占有、风险、商业"),*ḥēlēq*("划分、一份")。《传道书》"反映的是一种货币的或商品的经济,一种迥然不同与犹大流放前的土地文化的社会环境。[101]在公元前五世纪,商品已经民主化和私人化,不再是皇室的专利"。[③]

　　学者们曾一度假设,波斯帝国的高税收政策曾使得经济停滞,但是目前有少量证据支持与此完全相反的观点。经济是健康发展的,并且给敏锐的企业主们提供了很多机会。然而,机会和信用对于所有的人来说并不是平等的。一些小企业主需要为他们所有的付出高额的租金和税收,并且很容易丧失抵押品的

---

① Kugel,"Qoheleth and Money"("传道书与金钱"), 46.

② 萧俊良,*Ecclesiastes* ("传道书"),21—32。

③ 同上,25。

赎回权。这样,就为很多雄心勃勃的野心家们提供了机会。《传道书》中描绘了这样的一幅社会画像:由于明天是未知的,所以人们惧怕自己的未来。经济成了人生状况的一种隐喻。突然的获得和突然的失去,象征了在行为及其后果之间的一种更大的断裂;当权者武断的和不容批评的行为反映了神一般的统治的不可理喻;焦虑的计划和努力的工作,并不能够让人们得到幸福作为补偿。这样的社会状况和成书日期,有助于读者了解作者的信息。

进入本书正文之前的最后一个问题有关于本书的整体性。这本书自始至终是一位作者写作完成的呢,还是由后来"更加正统的"编辑者或者抄写者加入了新的材料在其中? 一些研究者把本书的"不连续性"描述为不同的作者或者同一位作者的不同人生阶段的经验,但是这种重构说很难引起人们的共鸣。今天,很多注释家倾向于把本书看作文学上的统一体,尽管大多数人仍然相信 12:9—14(或者 12—14)节是一种校正,这个"正统的"附加段落为的是使全书易于被人接受。

大 纲

关于《传道书》的结构并没有达成共识,但是关于本书许多具体单元的划分是一致的。这里给出了一个试图维持这些共识的最低限度的提纲。

1:2—3	框架(参考 12:8)
1:4—11	宇宙论:变化,维持和遗忘
1:12—2:26	我,君王,以及我的研究结果
3:1—22	时间都是预定的,愚弄人的心志

[102]

4:1—16	辛劳使人不适
4:17—5:6(*EV* 5:1—7)	宗教责任的建议
5:7—6:9(*EV* 5:8—6:9)	享受生活,避免贪婪
6:10—7:14	除了智慧的言语,没有人知道何为善
7:15—29	义与正义在躲避我们
8:1—17	一个专断的世界
9:1—10	所有人的同样的命运:享受今生
9:11—10:15	生活是冒险
10:16—11:6	政治和经济压力下如何生存?
11:7—12:8	老年与死亡之诗
12:8	框架(参考 1:2—3)

还应该提到其他两个重要的大纲。莱特(A. G. Wright)的大纲是建立在关键词和数字的基础上,这一点影响了现代学术:

I. 传道者对于生命和他的建议的考察(1:1—6:9)

   A. 导论(1:1—18)

   B. 其研究和建议的报告(2:1—6:9)

II. 其他建议和我们关于未来知识的不足(6:10—12:4)

   A. 导论(6:10—12)

   B. 发展两个主题(7:1—11:6)

      a. 没有人可以知道什么是善去行(7:1—8:17)

      b. 没有人知道未来(9:1—11:6)

C. 结论(11:7—12:14)①

另外一个大纲是洛芬克(N. Lohfink)给出的,他以交错法把全书划分为以下的结构:

1:2—3　　　框架

1:4—11　　　宇宙论(诗)

1:12—3:15　　　人类学

3:16—4:16　　　　对于社会的批评 Ⅰ

5:1—7　　　　　对于宗教的批评(诗)

5:8—6:10　　　　对于社会的批评 Ⅱ

6:11—9:6　　　对于流行的智慧的批评

9:7—12:7　　　伦理学(在最后,诗)

12:8　　　框架②

关于《传道书》的争论

[103]构架性的经文,"虚空的虚空"(1:2—3 和 12:8),把一切都描述成"呼吸"(*hebel*)。*Hebel* 这个词,就是把人生的某些方面,描述为虚幻的、短暂的,并且把另外一些方面描述为错误的、可憎的。如果把这一切事件都翻译成"荒谬"(取其现代存在主义哲学的意味)就有些太过宽泛了,*Hebel* 这个词其实是在不同的意义上使用的。

---

① A. G. Wright, "Ecclesiastes (Qoheleth)"("传道书") in *NJBC*, 489(有删节)。

② N. Lohfink, *Kohelet Neue Echter Bibel* (Wurzburg: Echter Verlag, 1980), 10.

1:4—11 是有关于宇宙论的一个段落,一种把"宇宙"看成人类的舞台的观点。古代的哲学家往往假设了这样的一种宇宙论:宇宙是他们伦理活动的基石。宇宙的运动(以空气和水的流动为象征物)是更新了的(4b—7 节),但其中所居住的并不是固定的人类(4a)。事实上,人类是被他自己生命的有限性、事物的轮转以及预定的一些事件而蒙蔽了(第 8—11 节)。第八节是一个过渡,从非个人化的宇宙转到人类自身。其最好的翻译并不是像新修订标准版(NRSV)那样翻译成"万事令人厌烦",而是"一切的话语① 令人疲倦,/人不能表达穷尽";即是说,人类的智力不能够测透,人类的语言也不能够表达现实的本质。在现实和人类的心志之间,存在着错位。事实上,同样的情感以及这种有关预定论和人类的知识的有限性的基调,在《传道书》后面的章节中还会不断地出现:"上帝造万物,各按其时成为美好,又将永生安置在世人心里。然而上帝从始至终的作为,人不能参透。"(3:11) 在前言中那些用宇宙论的语言描述为真实的东西,在这卷书中还会被用人类的经验再一次地加以强调。

现在,这位君王要现身(1:12—2:26),解释他是怎样以个人的身份得到刚才所说的那些有关宇宙知识。这里使用了一种在君王发言中经常使用的自我介绍的公式来开始论述:"我是传道者。我已经在耶路撒冷作以色列的王。"(1:12,作者自译) 像其他发言中的君王一样,传道者简要概述了他的成就,集中于它所建造的工程以及所获取的金银,并且把自己和他的前任进行了比较。②

---

① 希伯来语 dabar 可以理解为"道"或"事情"。

② 见萧俊良,"Ecclesiastes"("传道书"),144—45,及"Qohelet's Autobiography,"("传道者的自传") in *Fortunate the Eyes That See* (D. N. Freedman volume); ed. A. Beck et al. (Grand Rapids, Mich.; Eerdmans, 1995),257—82. 一些有关的皇家碑铭可见于 *ANET*,653—56。

然而,传道者区别于那些人对于自己的成就的自令,他强调的是
死亡会让这一切都变成虚幻;像临到一个愚昧人一样,死亡一样
会临到一个贤明的君王(2:12-17)。像传奇的君王吉尔迦美什
一样,这位君王也已经学会,无论取得了多大的成绩,死亡永远
是每一个人的最终结局。① [104]以下这一个段落(1:12-2:
26)有一个精心编排的结构:

1:12-2:3　　导论

2:4-11　　　我作为一个君王的成就是无与伦比的,但是
　　　　　　这一切都是虚空。(本段落的开头和结尾都
　　　　　　以"我手所做的工"为标志,第4节和第
　　　　　　11节)

2:12-17　　一切都会面临死亡,因此一切都是虚空。第
　　　　　　12节的翻译是有争议的(从文意上说应该是
　　　　　　"那位在王之后来的将是谁呢?")最好的翻
　　　　　　译是:"那在王以后来的人是谁呢? 他将要
　　　　　　掌管我已经劳碌得来的吗?"意思是说:当
　　　　　　我死去的时候,我甚至不能够决定谁来掌管
　　　　　　我的遗产。②

2:18-23　　这一段落对应的是2:4-11,表达的是人类

---

① 一位了解传道书中死亡的重要意义的评论家是 Lohfink,"Man Face to Face
with Death,"("人与死亡面对面") in *The Christian Meaning of the Old Testa-
ment*(《旧约的基督教释义》)(Milwaukee:Bruce, 1968), 158-69. 和"The
Present and Eternity:Time in Qoheleth,"("现在和永恒:《传道书》中的时间")
Theology Digest 54 (1987):236-40。

② 见萧俊良,"Ecclesiastes"("传道书")。需要讨论的是,*MT* 中的 ahare,"在…之
后"读作 aharay,"在我之后",以及 hammelek,"君王"读作 hamolek,"他将要
控制吗?"

劳碌的无益。("劳碌"这个词的词根是'ml，这个词在短短的六节经文中竟然出现了十次!)

2:24—26　　　　结论:尽情享受吧,因为这是从神来的。

2:24—26 所得出的简要的结论,"尽情享受吧",相对于全篇冗长而又清醒的一个君王的反思来看,似乎是一个奇特的结论。然而,这也正是吉尔迦美什从酒店老板斯杜里那里获得的建议(在"体裁"部分我们曾经讨论过的),并且这一主题在该书中还会不断重复(3:12—13,22;5:17—18[*EV* 5:18—19];8:15;9:7—10;11:9—10)。这样,下面这个重要的章节值得翻译过来,并且耐心解读:

> 人莫强如吃喝,且在劳碌中享福,我看这也是出于上帝的手。论到吃用、享福,谁能胜过我呢?上帝喜悦谁,就给谁智慧、知识和喜乐,惟有失掉这一切的人,上帝使他劳苦,叫他将所收聚的、所堆积的归给上帝所喜悦的人。这也是虚空,也是捕风(1:24—26,作者自译)。

人类能够享受当下(吃喝),这是上帝赐给人类的礼物。为什么? 从事并且享受人类劳苦所积聚的成果,这并非出于人的手,而是出于上帝的手。一些人没有足够的能力被上帝所喜悦,因为他们没有能力享受他们所拥有的,但另外一些人不是这样。这样,抓住每一天! 在一些翻译中,人们把第 26 节的主语翻译成了一种道德话语:"取悦上帝的人"和"罪人",但是这些术语最好不在道德的框架内进行翻译,上帝所喜悦的人(人类[105]没有足够的能力取悦上帝)和上帝所不喜悦的人(同样人类自己也做不到这一点）。

接下来的两章，第 3 章和第 4 章，更进一步深化了 1:4－11 的"宇宙论"观点和 1:12－26 的"自传体"。仅仅达到道德的要求，并没有足够的能力去知晓宇宙，更没有能力控制他们自己的性命。只有"智慧"才使得从神而来的喜乐成为一种礼物和恩赐。第 3 章那里扩展了第一个主题——我们无从知晓并控制我们身处其中的现实。第 4 章发展出了后一方面的主题：享受当下。第 3、4 两章共同结束了本书的第一个主题，因为在第 5 章那里，一个有关宗教关怀的新的主题将要被展开。

在《传道书》中，第 3 章恐怕是被人们引用最多的章节："凡事都有定期，天下万务都有定时。生有时，死有时……"与通行的解释不同，其实这里是有一个合适的时间来让人们做一些事情。第 2－8 节（"时间"一词 14 次交互出现）意味着这一对立面：一切时间都在上帝的手中，按照自己的节奏做事的人已经超越了上帝的考量。第 9 节提出了这样一个不可避免的问题：既然一切都在上帝的掌管之中，那么人类的劳顿还有什么意义？然而，人类永远不会意识到他的一切劳苦都是没有意义的，这是因为这样一个认识论上的缺陷："上帝造万物，各按其时成为美好，又将永生安置在世人心里。然而上帝从始至终的作为，人不能参透。"（3:11）因为人类的历史是短暂的（3:2－8），人类的知识是有限的，这样，就毫不奇怪《传道书》建议人们享受："我知道世人，莫强如终身喜乐行善。"（第 12 节）许多注释者把第 16－22 节的经文看作是一个独立的段落，但是事实上它属于第 1－15 节，因为它所提出的是在一个新的语境中，对于时间的预定的新的观察："我心里说：上帝必审判义人和恶人，因为在那里，各样事务，一切工作，都有定时。"（即 3:1）这处经文并没有描述未来的神性的审判者，而是说，根据"定时"，对于恶的审判这件事情是最终会发生的。第 18—21 节重申了神对于时间的主权，强调相对于兽来说，人类在这一点上并没有什么优势，因为一切终将死亡。这样，享受现在吧（第 22 节）。

4:1—16 包含了很多被称作 *ṭôb*（即"更好"）的表述："X 比 Y更好"，这在埃及和其他圣经智慧文学中都是常见的（如传 7:1—12;[106]箴 15:16-17;16:8;28:6;便西拉 29:22;30:14）。"更好"这一表述意在说，从一种第三的价值观来看，一个东西比起另外一个东西是更好的。例如，"有爱同在的素食，强如满有忿恨的肥牛"。然而，这种 *ṭôb* 表述，从现存的经文来看，往往带有讽刺性，因为本书已经多次指出我们知识的有限性，指出没有什么比毫无疑问地接受当下、享受当下"更好"的事情了。

很多学者指出，4:17—5:6 的段落，并不仅仅是一个独立的单元，与此同时它还是一个全书中的新段落。《传道书》在这个意义上描绘了上帝的形象，这与其他的经书是很不相同的。上帝看起来是一个未知世界秩序的维持者，但是人类可以通过片断时序来了解它。这样的关于上帝的讨论就不那么突兀了。《传道书》中的上帝，似乎更多地是通过一些外在于宗教的线索来与人类互动，而不囿于宗教的藩篱。人们可以在他们工作的喜乐中接触到上帝（3:12—13,22;5:17—18[*EV* 5:18—19];8:15;9:7—10;11:9—10）。

接下来的一个段落（5:7—6:9[*EV* 5:8—6:9]），可以通过其交错的结构被理解为一个文学单元，这一点已经被学者弗雷德里克（D. C. Fredericks）所证实。① 以下这个大纲尤其有价

① D. C. Fredericks, "Chiasm and Parallel Structure in Qoheleth 5:6—6:9"（"传道书 5:6—6:9 种的交叉与平行结构"）, *JBL* 108 (1989): 26—38. 我引用萧俊良的改编, "Ecclesiastes," 217。

值,因为它提供了我们理解《传道书》思想的目标。这个段落的基本观点此前就已经出现,但是这里的交错结构把它们放置在了一个新的语境之中。

A 5:7—11(*EV* 8—12)	A' 6:7—9
穷人(第 7 节)	痛苦之中的人(第 8 节)
不满意的人(第 9 节)	不满意的人(第 7 节)
已完成的(第 10 节)	优势(第 8 节)
他们眼睛所看见的(第 10 节)	眼睛所见的(第 9 节)
B 5:2—16(*EV* 13—17)	B' 6:3—6
他生了儿子(第 13 节)①	他生了 100 个儿子(第 3 节)
怎样来,怎样去(第 14 节)	他来……他去(第 4 节)
他在黑暗中吃喝(第 16 节)	他走进黑暗(第 4 节)
C 5:17—18(*EV* 18—19)	C' 6:1—12
善(第 17 节)	恶(第 1 节)
上帝已经给予(第 18 节)	上帝赐予(第 2 节)
这是一件礼物(第 20 节)	这是一宗疾病(第 2 节)

D5:19(*EV* 20)

一定不要记住太多

上帝都已经预定好了——用心中的喜乐来回应

段落 D 是这首交错诗体的中心,ABC 三个段落则是导向这个中心,A'B'C'则是从这个中心出发的。段落 A 列出了[107]一些不容易被满足的人(尽管这段经文并不清晰)。段落 B 举了

---

① 在 *NRSV* 12—16 节使用了复数。(*EV*13—17),这掩盖了 6:3—6 的平行结构。

一个例子,一个人的儿子对于他的货物并不满意。段落 C 告诉我们何谓善。段落 D 则给出了主要的论点。段落 C'说的是关于恶的一个例子,段落 B'给出的是关于一个人的后代不能够享受他的遗产的另外一个例子。段落 A 则对于失意的主题作出一种新的评述,与其他几个段落一道,形成了一个完整的循环。

接下来的一个段落是 6:10—8:17,洛芬克把这个整体的单元解释为对于陈旧的箴言式智慧观的一种批评,并且直到 9:6 都是扩展了这一看法。这里有几个结构上的例证,例如对于短语"(没有)找出"的四次重复,就标志着四个段落(7:1—14;7:15—24;7:25—29;8:1—17),以及短语"我发现"的重复使用。然而,想要确证这些路标式的词组的确起到了划分段落的重要意义却并不是那么容易。

在 6:10—7:14,有关事物的预定性的两个基本陈述(6:10—12;7:13—14),标志出了一系列重大的事情(7:1—12)。前言是 6:10—12:"先前所有的,早已起了名,并知道何为人,他也不能与那比自己力大的相争。加增虚浮的事既多,这与人有什么益处呢? 人一生虚度的日子,就如影儿经过;谁知道什么与他有益呢? 言语越多,虚空越多。"(作者自译)从前言的观点看,读者怎能毫无条件地接受 7:1—12 那里的"言语"或者格言呢? 结论就是,人类的言语仅仅能够提供片面的指导。

接下来的一个段落(7:15—29)强调了人不应该很快就相信一个人的义(第 15—20 节)。因为义以及与此相关的智慧是难以描述的。通过后面的一些陈述这一观点得到了强调,这种陈述乍看起来是非常厌恶女性的:"我得知有等妇人,比死还苦:她的心是网罗,手是锁链。凡蒙上帝喜悦的人,必能躲避她;有罪的人,却被她缠住了。"(第 26 节)这节经文一定指的是那种愚昧的妇女,在箴 1—9 那里被描述为致命的恶女,她们把年轻的男人收入她们的网罗。这里《传道书》说的是他在虔诚地寻求智慧,去捆绑那些吸引人的妇女。女性的愚蠢可以使人挫败,并且传道者坦陈他曾经掉入到女人的陷阱中(参箴 5;6:20—35;7)。

因此,这一段落就不是针对女性的怨言,而是这样一种陈述:愚昧是一种一度存在的危险,想要摆脱它的控制则有赖于上帝的恩典。第 28 节下更是增添了这样的一个结论:"一千男子中,我找到一个正直人;但众女子中,没有找到一个。"[108]第 28 节是一个疑问,这个疑问已经困惑了千千万万的解经者,并且它很有可能是一位文士添加进去的。①

第八章,特别是第 1—8 节的经文,是一处非常难解的经文,这里不拟讨论。

按照很多学者的观点,接下来的一个重要的段落,是 9:1—12:8。② 在这个大的段落中,9:1—10 是一个单元,因为第 1—6 节的主题(所有的受造之物享受同样的命运)准备了第 7—10 节的信息,"凡你手所当作的事,要尽力去作"。下一个单元是由 9:11—10:15 所组成的,由三个小单元组成,每一个都以"我转念—我见"为标志(9:11—12;9:13—10:4;10:5—15)。传统的智慧文学往往在人的行为及其行为所引发的后果两者之间建立强烈的关联:善良的行为带来福报,而恶行将引来麻烦。但传道者说,不是这样子的。根据我的经验("我见"),快跑的未必获

---

① 萧俊良,"Ecclesiastes"("传道书"),274 指出,其他地方的 Qoheleth 总是意味着"人"而不是特指"男人",这里则不同。

② So Wright,"Ecclesiastes"("传道书") in *NJBC*;萧俊良,"Ecclesiastes"("传道书");Murphy, *Ecclesiastes* Word Biblical Commentary 23A (Dallas:Word, 1992);Lohfink, *Kohelet*, Wright and Murphy 都把 I 1:8—12:8 独立对待,Lohfink 从 9:7 开始这一部分。

胜,强壮的未必打赢,这一切都有"定时"。传统的翻译"时间和机会"是一种重言法(hendiadys,两个词语指涉的是同一个意思)。①"时间"一词与它在3:1—11那里有同样的含义"凡事都有定期,天下万物都有定时"。这样一个小故事指出了行动和结果之间并没有关联:"有一小城,其中的人数稀少,有大君王来攻击,修筑营垒,将城围困。城中有一个贫穷的智慧人,他用智慧救了那城,却没有人记念那穷人。我就说,智慧胜过勇力;然而那贫穷人的智慧被人藐视,他的话也无人听从。"(9:14—16)人们必须学会在一个不确定的世界中,与风险一同生存。接下来,这个段落中又列举了一些未必带来预期后果的行为。10:8—11提到了风险,即可能发生的事故。这个动词最好被翻译成情态动词,"陷坑的,自己必掉在其中;拆墙垣的,必为蛇所咬"(10:8)。但是,即便在这样一个充满未知和风险的世界中,"智慧"仍然有其积极的意义。这意义是什么?聪明人得到了喜乐(10:12上),他们的言语不会把他们带入到愚昧人把自己带入的麻烦中。这是传统的智慧崇高追求的回响!

10:16—11:6是一些个人言语的散乱收集,继续了前面的单元(9:11—10:15)中关于在危机中生存的主题。这一段落改变了叙述者的角度,从一个独立于事件之外的第三者的角度,转而一位可以引导读者作出决定的第二人称的形象。这一单元包括一些重要的例证,来证明这一段落是连续、统一的:11:6的"早晨"重复了10:16的[109]"早晨",11:6的"歇你的手"重复了10:18的"手懒"。《传道书》中一句著名的难解经文出现在11:1,"当将你的粮食撒在水面,因为日久必能得着。"近年来,

---

① 两个独立的词通过"和"连接起来,表达的所有的观念。例如,用"美好而温馨"来替代"美好的温馨"。

这句经文被解释为一种商业中的冒险行为（"粮食"指的是金钱），或者应该不去算计后果般地慷慨，就像把粮食（大块的）扔在水面上，让它们浸泡并且沉下去。这第二种解释——要慷慨！——更有古老的支持。

最后一个单元1:7—12:7，关怀的是青年人和老年人，包括一篇令人难以忘怀的老年人的诗篇（12:1—7）。尽管有个别学者对这个段落的开端有疑问，11:7命令式地建立了一种遍及四处的光的形象。第一个段落（11:7—10）劝说年轻人应该喜乐，如同黑暗来临前的光；第二个段落（12:1—8）告诉我们当光线退隐，黑暗来临的时候将会发生什么。

我们应该注意到这首诗在全书中所占据的重要地位，因为它回应了开篇的宇宙论论说（1:4—11）。开篇之诗和结束之诗共同关切的都是人类脆弱和难以把握的命运。第一章的宇宙论以一代人的过去开篇，第8—11节描述的则是人类无法像宇宙的四季轮替一样了解自己何时死亡。关于年老和死亡的诗歌（12:1—7）同样包含了宇宙的元素：因为天的暗淡（12:2）预示了一个家族的崩溃，以及家族主人的死亡和埋葬。具体地说，12:5—6重复了1:4—6的词藻（其中一些是在新的意义上使用的）：*hālak*，"过去"，意味着消逝、死亡；*sābab*，"转向"、"开始作（在一个过程中）"，短语 *hārûaḥtāšûb*，"气息—风的转回"，*'ôlām*，"永恒的"，并且，地球被描述为万物不变的基础。全书段落部分的最后一节经文，12:8"传道者说：虚空的虚空，凡事都是虚空"，对应了开篇（1:1—3）的经文。在全书的最后，这个令人难忘的表达呈现出一个巨大的悖论：享受生活，因为生活是你所不知道，也不能够控制的！

看过这首诗在全书中的位置之后，我们必须谈论一下这首诗歌本身，这就为我们提出了几重难题。第一个段落（11:7—

10)实际上是要求年轻人(在古代,他们是典型的智慧教导的对象)享受生活,"行你心所愿行的,看你眼所爱看的"(11:9cd)。"上帝必审问你"(11:9f)这个短语,有时被认为是文士害怕这种关于"享受"的教导[110]而添加上去的,但我们并没有证据来支持这一观点。它或许在暗示着,我们无法逃脱那个哀哭的"定时"(参 3:17),或者上帝会因为你没有享受现在而审问你。^① 典型的《传道书》的措辞,*hebel*,"呼吸,虚空"在 11:10 再次出现:"一生的开端和幼年之时,都是虚空的。"这里的意思是"易逝的,像呼吸一样",这再次展示了这个词在本书中的含义的丰富性。

12:1—7 中的矛盾可以被简化为这样两个:(1)是 12:1 应该被翻译为"纪念造物主",还是其他的什么?(2)是 1—6 的经文,是应该作为一种寓言,还是字面意义,抑或作多义性的解释?关于第一个问题,*MT* 用的是"你的创造主",^② 作为和希伯来文"你的气息"或者"你的泉,你的井"一样的标记。*MT*"你的创造主"包含了书中丰富的含义:享受生命,这是上帝给你的礼物。但是,在 12:6 这里用来描述死亡的"泉"和"井",看起来就更像是一种文字游戏了。

第二个问题显然更复杂一些,因为它事关本书的整体解释。人们在解释塔古姆(*targum*)、米德拉西(*midrash*)和塔木德(*Talmud*)以及其他的时候,常常采用寓言式的进路:例如,用一座房子的消失来代表一个时代的逝去,月亏的光线能代表人的

---

① 后一种解释有些类似于耶路撒冷"塔木德经"中的警告,每个人都必须到上帝面前,交待一切看到而并没有得到的美好的事物(Qiddusin 4:12,转引自萧俊良,"Ecclesiastes"["传道书"],371)。

② 这里的复数既是一种"丰裕的复数",也是一个混乱的实例,表示在晚期希伯来文 III-alep 和 III-Weak 之间的混乱。

脸的一部分,有震慑力的守卫和强壮的男丁代表人的胳膊和腿,研磨者是牙齿,向外看的人是眼睛,门的关闭就是眼睛、耳朵、嘴唇的关闭,白果树的开花意味着黯淡的头发。作为一种反映,人们当然可以把这首诗想象成某个特定的人的逝去,但是一种排他的寓言式的解释,就要求本篇具有毋庸置疑的宇宙性的复杂纬度。这样,眼下这个篇章就综合了传统的对于一些不幸的事情的描述,甚至是对于年老的恐惧(参撒下 19:6[*EV* 19:5]),这与传统的关于宇宙的毁灭的描述结合在一起,正如人们在末世论的文本中所发现的那样。① 12:1-2 的开篇写道,"你趁着年幼,衰败的日子尚未来到,就是你所说,我毫无喜乐的那些年日未曾临近之先,……不要等到日头、光明、月亮、星宿变为黑暗,雨后云彩反回……" 这里的基调变得极其抑郁。其中的一些维度(不仅仅是人的老年)被有技巧地融合在了一起:一个曾经伟大的家族的崩溃,一位老者的消逝(既包括物理上的也包括精神上的),一座城的消逝,以及传统意义上与神的最后审判有关的宇宙的崩溃。经文把我们带入到一个葬礼的仪式之中,最后的词语是"土地",它接收了死去的身体,而"上帝"则接收了气息的回归(12:7)。这个结尾不可能有比这里更为生动的解释了。[111]人类的世界至此消逝。莫非这就是作者关于宇宙论的一种论述:"一代过去"(1:4)?

　　后记部分(12:9-14)显然是一个附录,独立于这本书的大

---

① 对于老年的冲击的生动的描述,在埃及文献中普遍存在:*The Instructions of Ptahhotep*(《普塔霍特普教谕》),1.3-10 (*AEL*, vol. 1, pp. 62-63);*The Tale of Sinuhe*(《辛奴亥的故事》),lines 167-70 (*AEL*. vol. 1, p. 229);*The Instruction of Papyrus insinger*(《因辛草纸教谕》)17.11-14 (*AEL*, w fl. 3, p. 199). 全部转引自萧俊良,"*Ecclesiastes*"("传道书"),372-75。

纲之外。它有可能是传道者自己撰写的，[1] 但更有可能是他人加上去的，希望给这卷难解的书一个最终的解释。

本卷书的解释

以上我们讨论的段落是进入《传道书》中更加复杂的经文之前的一个向导，但是并没有提供一个系统的、全局性的解释。为了坚持一种系统的解释，我们这里有必要概要地提到一些新近出版的研究成果对于这本书的注释，这样读者就可以在对《传道书》本身进行反思的同时，也参考这些学术界的研究成果。在读这些注释的时候，我们应该注意到它们是在模拟传道者关于上帝、关于人类工作的观点，不管它们从乐观主义还是从悲观主义的观点来解释《传道书》，它们如何翻译 *hebel*，或者它们是如何假定自己对话的对象的。

沃尔特·齐默尔利（Walther Zimmerli），前哥廷根大学旧约教授，是现代神学对于智慧文学再发现的一个先锋。在 1962 年，他出版了一本准确的圣经注释。[2] 对于齐默尔利来说，《传道书》卷入了一场与古代的圣贤及他们所代表的传统的智慧的对话之中，并且特别地批评了那些站在上帝和人中间充当中介，并且传授这种智慧的人。传道者攻击了智慧给每个人以需要这种自我夸耀。他并非怀疑论者，因为他相信上帝创造了世界。传道者的定位在 8：16－17 那里得到了清楚的显示。在他思想的中心是"恰当的时候"（这同样也是传统的智慧文学的一种关

---

① M. Fox, *Qoheleth and His Contradictions*（《传道者及其矛盾》）(Sheffield: Almond, 1989)，85－106。

② Wailher Zimmerli, *Spriiche*, Prediger Altos Testament Deutsch 16/I (Giiltingen: Van (lenhoeck & Ruprecht, 1963)。

切),这是人所不能够知道的(3:1—15)。我们不足以把握时间的更深的一层含义在于,"上帝已经如此完成了一切,一个人必须敬畏他。"因此,没有必要过分地献殷勤或者过渡聪明。这本书并非悲观主义的作品,因为它教导人们一切都是在上帝的手中。

克伦肖(J. L. Crenshaw)是对于智慧文学的怀疑主义者。他的《传道书》一书是这样来反思这本圣经文学经卷:

> 生命是没有意义的、完全荒谬的。这一极端的信息是《圣经》中最为奇怪的经卷的中心含义。作者建议,尽可能地享受生命,因为你很快就会变老。即便你在享受中,也要知道世界是没有意义的。美德并不能够带来福报。神在远处站立,将人类抛弃到机会和[112]死亡之中。死亡可以让人类的一切成就成为泡影,《传道书》的结论就是,人生是没有意义的。死亡是对于人类的雄心和节俭的嘲弄。《传道书》意识到死亡早已在一些人真正死亡之前抓住了他们。这些人积聚财富,但是没有真正享受到利益。《传道书》认为他们甚至还不如生下来就死亡的婴儿有运气,他们至少享受了安息(第23,25—26页)。①

诺伯特·洛芬克(Norbert Lohfink)使用哲学化的语言来总结《传道书》:

> 《传道书》分析了人类的此在(德语:Dasein)的问题,作

---

① J. L. Crenshaw, *Ecclesiastes*(《传道书》)*Old Testament Library*(Philadelphia：Weslminster, 1987)。

为时间中的一个存在（Sein），它只有在此刻悄悄走过，而在个体死亡的时刻终止。我们可以像机遇一样来经验它。[死亡]并不仅仅意味着沉入空白，因为在任何时候，它都是出于一个超验于世界、但却在每件事情背后与我们不期而遇的神。他的行动就是一切。他同样审判恶者。人类不能测度上帝的行动，因此，他经常在神秘的、超道德性的语境中被人们所经历。当然，人们晓得，这里存在着一个总体性的意义，但是人们不能"到达"它；只有上帝可以。人类只能在从上帝而来的每一个时刻，让自己接受将要发生的事情。[1]

洛芬克批评了那些把《传道书》放置在一种错误的"圣经"神学框架中解读的学者，他们仅仅根据圣经中有限的经卷就作出了判断："如果有人，为了保护《圣经》中的其他经卷（正如当下的一种时尚解经法），而对《传道书》贴上了诸如'非人格化的上帝'、'否认了人的自由意志'、'背离了对于历史的考量'、'缺乏对于生活的信任'之类的标签，那么他就已经脱离了这本书对于我们思想的真正的挑战，并且已经陷入到一种本想回避的曲解的危险之中。"（15—16页）

罗兰·默菲（Roland Murphy）的《传道书》一书，试图克服这些问题，并且对《传道书》的思想作出了一种本质化的概括。他提出了解读《传道书》的十大关键概念：虚空、成就、继承遗产、劳顿、喜乐、敬畏神、智慧、回报、死亡和上帝。[2] 为了论证《传道书》在整部《圣经》中具有的中心地位，而不是处于边缘，默菲批

---

[1] Lohfink, *Kohelet*, 15.

[2] Murphy, *Ecclesiastes*（《传道书》）, lvi—lxix。

评了赫茨伯格(H. Hertzberg)的这种论述:"《传道书》在旧约中名列最后,是整部旧约中最令人意外的一部关于弥赛亚的预言。"赫茨伯格解释说,"在这里,旧约几乎把自己逼入绝境,唯一的可能性就是寻求新约中的'新造的人'。"① 而默菲显然更加认同迪克里希·朋霍费尔(Dietrich Bonhoeffer)[113]的结论:"只有那些热爱生命、热爱地球,并且相信如果没有它们[就没有]一切的人,才会相信复活和新的世界。"②

迈克尔·福克斯(Michael Fox)关于《传道书》的思想得出三个结论:(1)应该基于存在的理性来思考《传道书》,而这是被传道者通过把一切都称作"虚空"来否认了的;(2)传道者并没有攻击智慧或者智慧文学的信念,相反表达了自己对于智慧的尊重;(3)并没有发现世界的真正的意义,传道者转向了对于内部经验、情感和智识的把握,这是人类自由的一个领域。但是,即便如此,从整体上看仍然不能令人满意。福克斯尝试对于《传道书》中的"矛盾"命名并进行考察,但是却并没有真正解释这些矛盾。对于传道者来说,真正的"矛盾"是:劳顿是无益的、虚空的,但是却能够带来财富,而这又将带来喜乐;传道者强调又否认了这些可能性以及智慧的价值;生活是不公正的,但上帝是公正的。③

我要提到的最后一家注释,来自于萧俊良。由于意识到对于一位有经验的思想家的思想作出一种系统化的摘要的危险性,萧俊良在自己关于《传道书》的注释 47—54 页中复述了《传

---

① Murphy, *Ecclesiastes*(《传道书》), lxix, quoling Herlzberg, *Der Prediger*, Kommentar zum Alten Testament 17/4 (Gutersloh: Mohn, 1963), 237—38。

② Dietrich Bonhoeffer, *Letters and Papers front Prison*(《狱中书简》)(New York: Macmillan, 1971), 157。

③ Fox, *Qoheleth and His Contradictions*(《传道者及其矛盾》), 10—12。

道书》的"内容",然后,在一种"神学人类学"(这是一种希望同时抓住《传道书》中的神学和哲学方面的内容的努力)的视野中,他进行了一种综合。他最后的结论段落如下:

> 总的说来,《传道书》总是基于人类和人类的生存状况来展开思考。传道者在任何时候得出的结论都是,人类是不能够控制这世界中事情的发生的。他们并不控制自己的命运。这就是为什么传道者要说"万事都是虚空"。他并不是说,一切都是没有意义的,不重要的,而是说,一切都是超出了人类的理解和控制的。但是在思考人类的情形的时候,传道者也会谈论上帝。人类身处这种境况之中:在世界的各种意义上,一切都只是虚空。但是,上帝与人类发生关系,并且上帝给了人类每一时刻的可能性。因此,人类必须接受所发生的一切,不管它是好的还是坏的。他们必须对生活作出即刻的反应,即便是在最不确定的时刻中间,并且接受他自己作为人类的一切可能性和有限性。

显然,这里所列举的一些注释家并不同意传道者的一些主要看法。获得个人化的[114]理论总结的一个方法,就在于辨明你把何者看作是《传道书》的中心篇章,并以此作为个人对本书进行理论化总结的基础。

推荐书目

注经书

Crenshaw, James L. *Ecclesiastes* (《传道书》). Old Testament Library. Philadelphia：Westminster，1987。清晰博学，强调了神学的主题。克伦肖强调了《传道书》的怀疑性和逆向性的一面。

Fox，Michael V. *Qoheleth and His Contradictions*（《传道书及其矛盾》）. Journal for the Study of the Old Testament Supplement Series 71，Bible and Literature Series 18. Sheffield：AJmond，1989。福克斯用非常平实的方式，探讨了书中存在的矛盾。

Gordis，Robert. *Koheleth: The Man and His World: A Study of Ecclesiastes*（《一个人和他的世界：传道书研究》）. 5rd ed. New York：Schoeken，1968。背景部分论述极佳，但有时心理学解说过多。

Lohfink，Norbert. *Kohelet*（《传道书》）. Neue Echter Bibel. Wurzburg：Echter Verlag，1980。与大多数注释家相比，洛芬克认为《传道书》并不是怀疑论的作品，是一部丰富而又细腻的注释。

Murphy，Roland E. *Ecclesiastes*（《传道书》）. Word Biblical Commentary 25. Dallas：Word，1992。博学、均衡、易读，默菲用很多背景资料把《传道书》放到了一个比其他注释家更为广阔的文本背景中。

Seow，Choon-Leong. *Ecclesiastes*（《传道书》）. Anchor Bible 18G. New York：Doubleday，1997。语言方面的分析强大，与类似的文学作品进行了对比，并且从未遗失全书的信息主线，同样适合一般读者来阅读。

Whybray，R. N. *Ecclesiastes*（《传道书》）. New Century Bible Commentary-Grand Rapids：Eerdmans，1989。深思远虑、评价客观。

Wright，Addison G.，"Ecclesiastes,"（"传道书"）in *NJBC*，489－95。简明，对于本书的文学结构提供了重要的建议。

第六章 《便西拉智训》

[115]本卷书有好几个名字，《便西拉的智慧书》、《便西拉智训》和《教会书》（*Ecclesiasticus*），后者是 *liber ecclesiasticus* 的缩写形式，即"教会的书"，因为它在早期教会中间频繁应用。按照现代的传统，便西拉（或耶稣·便西拉）用来指作者，而《便西拉智训》用来指这本书。这本书属于伪经或次经（Deuteroca-nonical Books），也就是说，本书并不是犹太人和基督徒使用的希伯来圣经正典的一部分，但它是东正教和罗马天主教的正典。近年来学术界出现了对本书研究的热潮，这不仅仅是因为其自身的质量，而且它是我们打开公元前二世纪巴勒斯坦犹太教的一扇窗口。

《便西拉智训》是一部谚语集，而不是像《约伯记》或者《所罗门智训》那样的具有内在逻辑性的完整的作品。因此，我会像研究《箴言》一样来研究本书，这就是说，我会提供一些关于背景资料、文学体裁的评论，然后分析重要文本。但相对于《箴言》来说，《便西拉智训》还有一个更明确的理论信念，我将在最后一部分处理这个问题。

创作日期、文本、作者与社会状况

[116]《便西拉智训》是唯一一本可以准确确定写作日期的智慧文学。耶稣·便西拉用希伯来文写道，本书写作于公元前180年前后。具体时间大约是在大祭司西蒙①死后，公元前175年马加比—塞琉古（Maccabean Seleucid）的冲突爆发之前，因为后者在书中没有提及。如同便西拉的孙子在序言中告诉我们的那样，在公元前132年（即 Euergetes 在位的第38年），他把他祖父的希伯来文文本在埃及的亚历山大里亚翻译成希腊文。

由于《便西拉智训》没有成为犹太圣经，其希伯来文文本就停止了传抄，并且损失殆尽。大约从公元400至1900年，教会的作者们只能引用其孙子翻译的希腊语和其他一些版本。直到20世纪之初的时候，人们在开罗的一位收藏者所保存的破旧的手稿中，发现了此书的希伯来文断片，后来，更多的断片在库姆兰和马撒达地区被发现。目前该书大约三分之二的希伯来文文本已经复原。然而，即使是希伯来文，其文字的情况仍然是复杂的。原始希伯来文的《便西拉智训》（即希伯来文 I）的片段，保存在库姆兰和马萨达，并且，在 J. 齐格勒编辑的希腊文批判版中也有间接的保存（即希腊文 I）。早在基督教正式建立之前，该书的希伯来文本就受到了增加和改写（即希伯来文 II），这一部分在翻译成希腊文和叙利亚文的时候更加自由（即希腊文 II）。总之，《便西拉智训》同时存在着一个篇幅较短的文本（估计它更接近于原作）和一个篇幅稍长一点的文本（估计与原作差距比较大）。由于文本历史的模糊性，使得这里出现了很多不同

---

① 《便西拉智训》50：1—4 预言了 Simon 的死亡，事件发生在大约公元前196年。

的现代译本。读者们应该使用 20 世纪 70 年代以来《便西拉智训》的翻译。

《便西拉智训》50：27 让我们知道了作者的名称："我已经把教导和思想写在这本书中，埃莱亚萨的儿子，西拉的儿子，耶路撒冷的耶稣（即希伯来文的约书亚），他的心喷涌而出形成智慧。"这一点打破了圣经作者不署名的古老习俗。便西拉是我们知道的唯一智慧文学作者。从 38：24—39：11，在与其他人的工作对比之后，我们可以了解便西拉作为一位智者的敏锐（39：24—34），他感叹道："把自己献身于研究至高神的律法的人／他们是多么伟大啊！"（38：34cd）。一个智者研究圣经，思考谚语，向统治者提供建议，前往外国的土地上，同时祈求上帝的智慧，"如果他活得长久，他所留下的美名要大于[117]1000 个人"（39：1—11）。那么，便西拉究竟是一个人单独行动，还是在某个公共的机构服务？他的自传体诗给出了提示："来我这里吧，你们谁是没有受过教育的，／到学校里来吧[*bêt midraš*]。"（51：23）不幸的是，目前尚不清楚"学校"是指真正的学校，或者仅仅用来比喻那些跟随他的门徒。但我们清楚的是，便西拉对于自己独特的职业有明确的意识，即他是一名学者、知识分子，可以对统治者、权威、个人、家庭、国家和道德问题提供建议，同时也代表上帝（39：1—11）。在书中，他满怀信心地调用古老智慧的传统，提出预言式的批判（参 24：33），重新讲述历史传统（第 44—50章），并且解释律法（第 24 章）。

学者们的争议出现在希腊文化在多大程度上影响了便西拉。在公元前 356—前 323 年，通过无坚不摧的马其顿亚历山大，古希腊文化被介绍给了东方的诸民族。亚历山大打破了民族、语言、文化的壁垒，开启了一个文化交汇的国际性的东方。这种新的文化中的一个重要链条就是斯多亚派的哲学信条：宇宙是由神圣的逻各斯(道、理性)统治的,它是内在的,而且,人类有责任按照自然去生活,其原理就是来自于逻各斯。在斯多亚哲学中,智慧存在于个人与整体利益的和谐之中。斯多亚哲学(乃至整个希腊文化)的普遍主义的观点,质疑了犹太人自认为是作为完全超越者的上帝的选民的观念。《便西拉智训》中已经有斯多亚哲学的影响,例如人的尊严(41:14—42:8),世界大同(43:27)和人类大同的理想(36:1—4,22)。① 另一种目前已发现在《便西拉智训》中的哲学观点是犬儒主义,它寻求一种被理性所统治的生活,其特点是可以使得身体的痛苦和内心的不安得到释放。犬儒主义已被确认存在于《便西拉智训》(14:11—16;30:21—25;31:27—29)。② 一些学者认为便西拉在与这些新的想法进行争论,而其他人则认为他是一个传统主义者,他所感兴趣的只是振兴民族的文化。

大 纲

《便西拉智训》是一部庞大的有关智慧和犹太教教义、思想的文集。它并没有总体计划给每篇文章划定一个独特的位置。日常的道德说教更是夹杂着[118]机智的智慧,以及一个犹太人眼中的人类生存条件。主题出现,消失,并在以后的章节中复现。如果有联系的话,它们之间的连接部分也是通过过渡性的词语或者观念的联系。然而这是很难判断的,因而不同的注释者往往会对本书划分出不同的大纲。例如,弥尼萨尔(Minis-

---

① R. Pautrei, "Ben Sira et le Stoicisme," ("便西拉与斯多亚主义") *Recherches de science religieuse* 51 (1963):534—49, cited in A. Minissale, Siracide (Rome: Edizioni Paoline, 1980), 16。

② Minissale, *Siracide*, 16.

sale)就把本书划分成 131 个单元,而斯克汉(Skehan)和德莱拉
(Di Lella)只能找到 63 个。① 处理这么巨大的一个选集,也许最
有效的办法是借用斯克汉和德莱拉的大纲(其中只有一处改动:
把第 50 节挪到第八部分)。诚然,这种划分似乎太宽泛了些,但
它的优点是简单明了。它还正确地将智慧诗放在了书中的介绍
部分。

第一部分(1:1—4:10)

   1. 简介:智慧的起源(1:1—10)

   2. 敬畏耶和华是人类的智慧(1:11—30)

   3. 信靠上帝(2:1—18)

   4. 父亲和母亲的荣耀(3:1—16)

   5. 谦卑(3:17—24)

   6. 顺服,救济,社会行为(3:25—4:10)

第二部分(4:11—6:17)

   7. 智慧的奖赏和警告(4:11—19)

   8. 反对懦弱(4:20—51)

   9. 推定,口是心非的言语,行为粗野激情(5:1—6:4)

   10. 真假友谊(6:5—17)

第三部分(6:18—14:19)

   11. 鼓励争取智慧(6:18—37)

   12. 与上帝和邻舍相处(7:1—17)

   13. 有关家庭生活、宗教、慈善的格言(7:18—56)

   14. 审慎对待他人(8:1—19)

---

① 同上,9;R. W. Skehan and A. A. Di Lella, *The Wisdom of Ben Sira* ("便西拉
智训") Anchor Bible 39 (New York: Doubleday, 1989), xiii—xvi.

15. 有关妇女和择友的建议(9:1—16)

16. 关于统治者的罪恶傲慢(9:17—10:18)

17. 真正的荣耀(10:19—11:6)

18. 顺服和信靠上帝(11:7—28)

19. 谨慎择友(11:29—12:18)

20. 富国和穷国(13:1—14:2)

21. 使用财富(14:3—19)

第四部分(14:20—23:27)

22. 寻求智慧及其祝福(14:20—15:10)

23. 自由意志与责任(15:11—16:23)[119]

24. 神的智慧和怜悯在受造物心中(16:24—18:14)

25. 谨慎的警告(18:15—19:17)

26. 言语和行为上的智慧和愚蠢(19:18—20:32)

27. 罪和万物的愚蠢(21:1—22:18)

28. 维护友谊(22:19—26)

29. 警戒有破坏性的罪(22:27—23:27)

第五部分(24:1—33:18)

30. 智慧的赞美(24:1—33)

31. 带来幸福的礼物(25:1—12)

32. 邪恶和良善的妇女(25:13—26:18［27］)

33. 对团结和友谊的危害(26:28—27:21)

34. 怨恨、愤怒、复仇和邪恶的舌头(27:22—28:26)

35. 贷款、施舍和保证(29:1—20)

36. 节俭和训练儿童(29:21—30:13)

37. 健康、快乐和财富(30:14—31:11)

38. 美食、美酒和宴会(31:12—32:13)

39. 上帝的主权(32:14—33:18)

63. 智慧的自传诗(51:13—30)

主要章节

正如大纲表明的那样,《便西拉智训》每隔八个部分便从一首智慧的诗开启一个新的篇章。本节将评论本书中的几个比较重要的段落。

1:1—10 开启了整卷书,从三个观点思考了智慧:(1)作为上帝的能力,属于上帝的本性,这体现在 6 节所表现出的反问句;(2)作为世界的秩序,除了上帝,人类无法捉摸到它;(3)作为一种神圣的礼物,上帝赋予他的朋友,尤其是向以色列人民。

这首诗表明了便西拉的文风,他使用传统的双行诗(*bico-lon*,希伯来诗歌的基本结构单元)构建诗篇。读者会发现,其内在的逻辑性使经文连成一首连贯的诗。这首诗并不难,但它可能骗过《便西拉智训》的泛泛读者。第 1 节是说,智慧与上帝同在。第 2—3 节,智慧被描述为世界的秩序,① 没有人知道,但上帝知道,因此使用的是反问句:"谁可以数算他们? ……谁可以搜索出来?"世界是在被创造的那一天明确建立起来(第 4—9节)。应当指出的是,一种进化论式的发展观,即认为世界的发展是从简单到复杂的国家,这是现代西方思考世界时想当然的结论,对于古代的宇宙观来说,它完全是一种外来的观念;从创造之日起,世界就已经在那里,并且它始终在那里。世界是完全面向神圣者的,它以神为中心。知道自己在宇宙中的位置,而这

---

① 在古代,尤其是在美索不达亚文本中,这是特别明确的:世界是给特定的,它就在那里。在阿卡德的 simtu,苏美尔的 namtar,我和 gishur 之间,有许多表现宇宙安排的形式。在埃及,同样的基本想法是用马特来表示。

宇宙是神明（或者上帝）为自己的意志而创造的，这就是智慧。智慧教导人[121]在宇宙中要尊崇上帝，在这以神为中心的世界中敬畏他。这在《便西拉智训》中，就体现为"敬畏耶和华"，这将是下一首诗(11—30)的主题。"敬畏上帝"的翻译要比"尊敬上帝"更好，否则的话，我们就少了一个表示情绪的信念来表示在上帝面前履行自己的全部职责。"敬畏上帝"是一个如此古老的词语，在这一章节中我们会经常用它，而不仅仅是"尊敬上帝"。

下一首诗 1:11—30，也是《便西拉智训》的一个重要章节。它的目的是解释"敬畏耶和华，"正如便西拉理解的那样，并且表现出其吸引力及其与智慧之间的关系。智慧和敬畏耶和华是至关重要的，这就是《便西拉智训》思想。这首诗是一首离合诗(acrostic)，也就是说，它有 22 行，每一行都是以希伯来文字母表的辅音开头的。有时，每行诗都能保持连续一致的辅音字母；但是我们已经不可能知道这首诗究竟是怎样的，因为其希伯来文本已经没有保存了。它与这本书的闭幕诗共同构成了一个结论(inclusio)，那首诗在 51:15—30，也是一首离合诗。

即使没有原初的希伯来文，这首诗的结构也是清晰可见的。

I. 11—13 敬畏耶和华及其礼物

　14—20 敬畏耶和华，是智慧的开始(14a)，丰富(16a)，赏赐(18a)，和根基(20a)

II. 22—29 敬畏耶和华的羁绊：不耐烦和虚伪的，以及它们的手段，服从和纪律拒绝敬畏耶和华的 30 个后果。①

---

① 在希腊，否定词 OU(即希伯来语的 lo)是 22 节中出现的第一个词，这表明在最初的希伯来文本 l 中，以第十二个字母开始了本诗的第二部分。21 节并非原始文本的一部分，因而被认为是被此后时代的注释者所加入的。

这首诗开始和结束处使用"敬畏耶和华",从而形成了一个固定结构。"敬畏耶和华"出现了 12 次,显然是有特殊的意义,因为这是以色列的支派和一年中的月份的数字。第 30 节结尾处的三个希伯来诗歌中的二分句(bicola),回应了开篇第 11—13 节的三个二分句:提升自己,而不是让智慧这样做(第 11 节),从而在耻辱之中灭亡。第 14—20 节中的描述是配对的,开始和完成(即结束),赏赐和根基——用不同的组合表达整体性。[①] 总之,敬耶和华的一个基本态度,就是明智地生活,从而享受一切美好的事物。

在前面的章节中提出他的基本思想,即敬畏上帝之后,便西拉在 15:11—20 可以变得更加哲学化,更少一些"圣经"的色彩来讨论"自由意志"的问题。通常情况下,《圣经》强调的是神的主权[122]和人的自由,而很少将之作为哲学问题来讨论,但在这里作者使用了哲学话语来讨论这一问题。第 11—12 节引用了一种流行的观点,即认为神的力量剥夺了人自由行动的能力。便西拉否认了这一观点。神憎恶邪恶,也不需要它。"是他在起初创造人类,/并留给他们以自由选择[*yēṣer*]的力量。/如果你选择保留诫命,/并你自己选择的要持守。"(第 14—15 节)斜体字的 *yēṣer*(这里和 27:6b 中的)是指"处置、倾向",是 *yēṣer* hārā 这个词组中重要的拉比思想,这个词组意味"邪恶的倾向"。这一概念可以追溯到《创世记》8:21 和 6:5,"上帝看人类所思想[*yēṣer*]的尽都是恶。"对于《便西拉智训》来说,其处置是中性的,大约等同于自由意志。从特点上来看,便西拉通过 11—12

---

① "Merism 把一个完整的系列减少到它的两个组成部分,或者把整个东西分裂成两半:例如用'山脉和峡谷'代表整个农村。"(L. Alonso Schokel, *A Manual of Hebrew Poetics*[《希伯来诗歌手册》][Rome:Pontifical Biblical Institute, 1988],83)

对于经验的诉求来表达了反对意见(你有能力保持诫命),以及更重要的,便西拉转向对于上帝的诉求。上帝不是那种必须使用邪恶才能治理世界的神明(11b,12b,13);他赋予人选择的权利(*yēṣer*,14—17)。奇怪的是,神圣的智慧和力量需要人类的自由(18—20)。在这本书后面的部分中,便西拉将使用另一个回答来回答同样的关于邪恶的问题(33:14—15)。上帝创造的东西是相对的:"善的对立面是邪恶,/生活的对立面是死亡;/所以罪人的对立面就是虔诚信靠。/注意:至高者使万物都成双成对;/有此有彼,忽相对立。"接下来的一节,16:1—2,关心的议题是人类行动和神的反应之间的关系,在一些评论家看来是我们所讨论的诗的继续。不论它是否是在严格意义上的一个段落,它显示了密切的专题断落之间的互相联系,而这是《便西拉智训》的一个特点。

一个漫长而又统一构成的例子,出现在 16:24—18:14 的"创造之诗"。很多人认为那是一首诗,但也有一些人坚持认为它只是一系列有关的主题所组成的段落。我认为这是一首诗,并且来研究其逻辑。如同箴言 1—9(1:8—9;3:1;4:1;6:1 等等),16:24—25在一开始就发出了邀请,然后重复了《创世记》第 1 章里面的创造论述。《便西拉智训》16:26—30 叙述了起先六天的创造(创 1:1—25);17:1—14 叙述了创 1:26—2:3。然而,从 17:6 开始,[123]这里的论述就开始超越了《创世记》第 1章。第 6—7 节那里提到的故事,一男一女(创 2:4a—3:24;参"善和恶",17:7b),以及 17:8—13 把《创世记》作为一个整体,因为它是指西奈盟约(出 19—24),其中,上帝"与他们建立一个永恒的约",并且"对他们说,'小心邪恶,'/并且他给了每个人有关邻舍的诫命"(17:12a,14)。遵循着创造,人类(以及以色列人)是道义和责任的,17:15—24 描绘上帝会审判每个人的行动,完美而又精确地奖励或惩罚他们。第25—27节逻辑地描述了人类作为道德主体和上帝作为担保人,它是一个转回的呼吁,"转向主,抛弃你的罪孽"(第25节)。便西拉强调上帝的怜悯("仁慈的上帝多么伟大",第29节),这是他作为智慧文学作者的另一个创新。下一节(18:1—14),假定听众已决定转向主,提供了对于上帝的威严的赞美,这表示感谢神恩,认识人类的脆弱性,并同时声明罪恶的节奏与宽恕标志着人与上帝同在的生活。以上就是这首诗的逻辑。

整本书最有名的诗是第24章。其出现在《便西拉智训》的中心位置,并且对于圣经智慧的发展,这些都要求我们对它给予仔细的阅读。正如我们所看到的,《便西拉智训》每一段落的上半部分都开启了一首智慧之诗(1:1—10;4:11—19;6:18—37;14:20—15:10),第24章则超出了这些,从而开启了下半部分。可以肯定的是,前面的诗篇,把智慧描述为一种人格化的人类情感的对象(教师、母亲、妻子),但它们的重点是人。在第24章,人格化智慧从一开始就占据了舞台的中心地位,只有在最后圣人才作为智慧谦卑的仆人进入其中(30—34节)。第24章以相同的行数(35行)使用了箴言第八章那里的伟大的智慧之诗,并且在第9节明确援引箴言8:22(在耶和华造化的起头,在太初创造万物之先,就有了我。)它还提到箴言9章邀请宴会的诗句(第19—23节)。因此,这首诗自觉发展的概念——智慧,已经在使用早些时候流传下来的传统。

场景是在所罗门圣殿中的一个庆典,因为智慧说"正在她的民中央"和"至高者的会中"(第1—2节)。这种语言把天与地联系在一起(参见《以赛亚书》第6章)。在22节的经文中(第3—22节,离合体形式),智慧讲述了她的[124]起源和历史,并再次发出了她一贯的对于人类邀请。第1—34节诗的结构可划分为七个部分。

1. 第 1—2 节　　介绍人格化的智慧
2. 第 5—6 节　　创造中的智慧
3. 第 7—11 节　　她住在以色列人中
4. 第 12—17 节　她的赞美，使用了来自于植物世界的对比
5. 第 18—21 节　邀请参加她的宴会
6. 第 22—29 节　用上帝给予以色列人的律法来分辨智慧
7. 第 30—34 节　便西拉作为门徒和教师的使命就是教导智慧。

这里有三点值得讨论。第一，与《箴言》不同，人格化的智慧本身就是上帝的言语的文学性的代表。智慧"出自至高者的口"（5a），也就是说，她是上帝的话。智慧如何体现上帝之道？主要体现在上帝的创造和律法。道和智慧相结合体现在在《新约》中，最著名的一处就是《约翰福音》第一章："太初有道"，令人想起箴 8:22（"开始"）和创 1:1—5（"起初"，"上帝说"）。其次，智慧是普遍的（"每一个人民和国家，我都被举起"），并在人类历史上发挥作用，但是，智慧明确地活跃在以色列的历史上，在那里她居住在圣殿（第 4 节，"云柱"；第 8 节，"帐幕"；在第 7—12 节中暗示了《出埃及记》）。智慧与崇拜、宇宙、历史的关系，在 42:15 — 50:24 对于祖先的称颂中间将会再次出现。第三，第 23 节中众所周知的关于智慧和律法的诗句，"这一切都是至高上帝与我们所立的约，/是通过摩西传下来的律法和命令"，我们不应该按照一种机械的时髦的方式去理解它，即认为这是原先没有逻辑联系的两个单独的实体。相反，便西拉"意识到在圣经的启

示中最好地传承了神的智慧"。①

《便西拉智训》最后一个大的段落是 42:15—50:24,它通过赞美上帝体现在自然界中(42:15—43:33)和以色列历史上(44:1—50:24)的智慧,回应了前面的道德教诲。

关于创造的长诗(42:15—43:33)属于历史上的以色列最后一个阶段("现在让我们赞美著名的伟人"),[125]因为圣经不同意现代西方那种自然和历史之间的尖锐对立。② 宇宙依赖于上帝的创意的言语,其中表达了上帝的智慧;世界是统一、协调的。这种世界是和谐的观念,也许是受到斯多亚派哲学的影响,根据该哲学流派,宇宙建立在神圣的道的基础上,而人类是应邀加入这种和谐。"他就是一切"这种说法(第 27 节)出现在著名的斯多亚赞美诗"赞美宙斯",但是便西拉接下来马上强调神"大于所有他的作品",以此来与斯多亚派的泛神论拉开距离。《便西拉智训》中的创造诗始于作者通过赞美来承认他的有限性(42:15—17),并侧重于宏伟(第 18—21 节)和受造之物内在的善(第 22—25 节)的描述。第 43 章是一个对奇迹的集中描述:天堂(第 1—12 节),气象活动(第 15—22 节),以及海上奇观(第 25—26 节)。"自然"奇迹中被描述为影响了人类,因为人类是圣经中的宇宙的一个组成部分。

在 42:15—44:33 通过宇宙来歌颂神的智慧之后,第 44—50 章通过人类历史来赞美了神的智慧。这些章节是长期以来

---

① M. Gilbert, "Siracide," ("便西拉智训")见于 *Dictionnaire de la Bible. Supplement*, vol. 12 (Paris: Letouzey & Ane, 1996), col. 1427.

② 见 R. Clifford, "The Hebrew Scriptures and the Theology of Creation,"("希伯来圣经与创造神学") Theological Studies 46 (1985): 507—23, 及 *Creation Accounts in the Ancient Near East and in the Bible* (《古代近东与圣经中的创造论主题》) CBQMS 25 (Washington, D. C. : Catholic Biblical Association, 1994)。

一直被忽视的,但现在其文学体裁,结构和目的逐渐为学术界所注意。*Encomium*,一种希腊文学体裁以及希腊史学形式,影响了便西拉写作这些章节,但这并没有以任何方式削弱他的独创性。便西拉还利用了整部圣经,在这一点上,便西拉显然在所有圣经智慧文学的作者中有最好的理解,尤其是他在第 24 章那里所勾勒出来的——荣耀的存在。①

第 44—50 章的结构,要比仅仅描述了一系列的英雄复杂得多。在导论之后(44:1—15),历史被分为三个部分:(1)立约时期(44:16—45:25;希伯来词盟约[*běrît*]出现了 7 次);②(2)国王和王国时期(46:13—49:10);(3)后流亡—第二圣殿期间(49:14—50:24)。这三个时期通过对于两个过渡期的描述联系在一起,一个在士师秉政之后(46:1—12),另一个则是在领袖们带领重建圣殿的时期(49:11—13)。

对于祖先的赞美中有一个值得注意的特点,那就是给予崇拜、大祭司亚伦和西门以重要的地位(45:6—22 和 50:1—21)。海沃德(R. Hayward)认为,其原因是用来类比西门和智慧[126](参 50:9—12 和 24:13—15)。西门使当下的礼仪按照智

---

① Gilbert, "Siracide," ("便西拉智训") col. 1422。参见对《赞美智慧的祖先》(或《赞美智慧之父》)的相关研究:B. L. Mack, *Wisdom and the Hebrew Epic: Ben Sira's Hymn of Praise of the Fathers* ("智慧与希伯来史诗:便西拉对于先祖的赞美") (Chicago: University of Chicago, 1985); T. R. Lee, *Studies in the Form of Sirach*, 440—50(对于便西拉智训 4:40—50 的形式研究) SBLDS 75 (Atlanta, Ga.: Scholars Press, 1986); J. D. Martin, "Ben Sira's Hymn to the Fathers: A Messianic Perspective,"("便西拉对于先祖的赞美:一个弥赛亚的视角") *Old Testament Studies* 24 (1986): 107—23; P. C. Beentjes, "The 'Praise of the Famous' and Its Prologue: Some Observations on Ben Sira 44:1—15 and the Question of Enoch in 44:16," ("《名人赞》及其序言:对于便西拉智训 44:1—15 的一些观察,以及对于 44:16 中以诺的疑问") *Bijdragen. Tijdschrift voor Filosofie e Theologie* 45 (1984): 373—84。

② 44:17, 18 (bwt), 20, 22; 45:15, 24, 25。

慧自身来进行,这是上帝的意志和命令,并且总是会提供给人类。因此,西门采取的礼仪行为,特别是在锡安山的敬拜中,总有神的同在。而亚伦的任务是"用律法照亮以色列"(45:17),真正的智慧隐含着遵守诫命,敬拜推动着智慧的规则。①

《便西拉智训》主要教导

《便西拉智训》是一部巨大的诗集,比《箴言》几乎要厚出一倍,因此为了了解这本书,人们付出了巨大努力。前一节"主要章节"提供了一个办法,研究本书中的关键文本。而本节则提供了另一种办法,研究的重要课题在这本书的主题。这里列出了《便西拉智训》的主要观点,以及最好地代表了这些观点的重要段落,以及一些介绍性评论。不同于其他任何圣经智慧文学作品的是,《便西拉智训》有一项"教义"。

智慧和圣贤

《便西拉智训》中,智慧的主要作用通过一些主要篇章表现了出来。八个部分中的每一部分,都是以一首智慧的诗为序(回忆一下斯克汉和德莱拉的大纲)。开幕诗(1:1—10)指出,智慧是上帝,是人类所无法进入,是属于给与上帝爱的那些人的。下一首诗,第11—50节,关注的是在《便西拉智训》中有关智慧的伟大美德,敬畏耶和华(见以下的讨论)。4:11—19把智慧描述为母亲教育她的孩子,谁不保护他们远离痛苦就要受到审判。

---

① R. Hayward, "Sacrifice and World Order: Some Observations on Ben Sira's Attitude to the Temple Service,"("献祭与世界秩序:对于便西拉对于圣殿侍奉的态度的一些观察")收录于 S. W. Sykes, ed., *Sacrifice and Redemption: Durham Essays in Theology* (Cambridge: Cambridge University, 1991), 22—34。

在 6:18—57,便西拉利用三个类比显示获取智慧的过程中需要美德:一个耐心的农民(18—22),有决心和耐力的奴隶和追求者(23—31),以及愿意与智者联系的人(32—37)。14:20—15:10把智慧人格化为妻子和母亲,以显示她对那些寻求她的人的好处。第 24 章是中心诗篇的智慧,我们已经在"主要章节"中加以讨论了。这首诗象征[127]智慧,并确定了她与上帝的道同在(24:5),自然也与上帝的律法同在(24:3)。

第 24 章提到圣人的一些重要使命。他把智慧同滋润地球的伟大的宇宙间的河流相比较,让圣人根据那包罗万象的河流来界定自己(30—34)。

> 至于我,我像一条河,
> 就像一条水道进入花园。
> 我说,"将我的水浇灌我的花园
> 浇灌我的花圃。"
> 很快,我的河水成为一条河流,
> 河流又形成了海洋。
> 我将自己的学问献给你们,
> 让其光辉照耀四方。
> 我像先知受感教导,
> 并让所有的后代受益。
> 看哪,我并非为了自己,
> 而是为了所有寻求智慧的人。①

---

① Trans. Skehan and Di Lella, *The Wisdom of Ben Sira*("便西拉智训"),329. 他们并不认为 34 节是可信的:"注意,我没有为自己劳力,/而是为所有寻求智慧的人。"

圣人把自己比较成一条河,开始打算浇灌自己的花园,然后,他似乎没有采取进一步的步骤,而是成为了他人的祝福("很快,我的河水成为一条河流")。圣人的话不只是代表他自己的智慧,而是像预言一样,他把上帝的话传给后代。进一步有关文士传递文本的使命的经文,包括37:16—26,其中描述了一个失望的人期望遇到一个真正的文士,还有39:1—11,它把文士理想化,成为一个渴望学习圣经的虚心的学生,一个寻求真理的导师,一位脚踏在外国的土地上的伟大的旅行家,一位勤奋的工人,一位上帝虔诚的仆人,他认识到,所有的知识来自于上帝。便西拉以他描述自己青年时代如何追求智慧的自传体诗——对于智慧的爱慕——来结束了全书。

敬畏耶和华

"敬畏上帝"是一个古老的概念,在《便西拉智训》之前的古代近东便已经出现。这确实是人类自我了解的一个过程:人们发现神只为自己的缘故而创造世界,从而认识到应该尊崇并承认神的主权。便西拉比任何其他作者都更加强调这一点,以至于一些评论家认为这是本书中占主导地位的美德。[1] [128]其他一些批评家虽然也承认其重要性,但仍主张《便西拉智训》最为强调的还是智慧这一主题。[2] 敬畏耶和华,或者尊敬耶和华——持有这种基本态度的人将获得智慧。但是,在《便西拉智

---

[1] So J. Haspecker, *Gottesfurcht bei Jesus Sirach: Ihre religiose Strukturund ihre literarische und doctriniire*, Bedeutung Analecta Biblica 30 (Rome: Pontifical Biblical Institute, 1967).

[2] G. yon Rad, *Wisdom in Israel* (《以色列的智慧》) (Nashville/New York: Abingdon Press, 1972), 242; 以及 J. Marbock, *Weisheit* im Wandel: Untersuchungen zur Weisheitstheologie bei Ben Sira Bonner biblische Beitrage 37 (Bonn: Hanstein, 1971)。

训》中,敬畏耶和华并不是从属于智慧的,并不仅仅是只有在智慧的框架中才发挥重要的作用。道德生活的开始和结束都在于敬畏耶和华,这高度综合了人类对上帝的关系。智慧、敬畏耶和华与律法这三大概念,在《便西拉智训》中是密切相关的,在某些文本中他们几乎是相同的,但是这仅仅是一个印象,其假设是《便西拉智训》中有逻辑的联系。

1:11—30 的诗,我们已经在"主要章节"中解读过的,是这两个概念最明确的文字关系的表述。这首诗宣称,敬畏耶和华是开始,也是结束,是智慧的冠冕和根基(1:14—20)。这似乎是在表明这样一种态度:我们需要这样做,才可以得到智慧的赏赐。

律法

《便西拉智训》通过前言的方式提出了律法的问题。每个人都应该认识到,把律法等同于律法主义的看法,在犹太教第二圣殿的这段时期,已经成了一个过时的"刻板印象"(stereotype)。正如我们对一位圣人在智慧文学的传统中进行创作所预期的那样,便西拉很少援引律法作为一种行为动机。在 3:1—16 他教导了尊重父母,但却不提十诫。然而,他还是提到几次律法,特别是当他谈到有义务给予祭司适当的礼物(7:31),放弃对邻国的愤怒(28:7),扶持贫穷人(29:9),不空手去圣殿(35:6—7),以及一名女子通奸被捉等时候(23:23)。

便西拉在两种意义上使用律法。首先,律法是对于其他诫命的一般参考。从这个意义上讲,律法、敬畏耶和华、智慧三者的确是密切相关的,有时几乎可以等同。第二,在 24:23,便西拉在托拉的意义上使用了律法。"所有这些(即智慧)是至高上帝的约,/摩西传给我们的律法。"律法指向整个圣经的启示,在这个意义上,律法永远是提供给人类的智慧。

祷告

便西拉谈到祷告比其他任何圣贤都多。这本书本身就包含有三个长篇的祷告，22:27—23:6，一个关于控制自己的言行和性本能的请愿（petition）；36:1—22，一个解放锡安的请求；[129]还有51:1—12，一篇感恩的诗篇。他对于祷告的教训贯穿本书。在祷告的各种类型中，请愿是作者最为建议的。他力劝祷告者为宽恕祈祷（21:1；28:2—4；34:30—31；39:5），对于聪明的决定（37:15），为医病（38:9,13—14），为智慧（51:13—14）祈祷。他举了过去时代的英雄的例子，他们到上帝面前请愿，如约书亚（46:5）、撒母耳（46:16）、以西结（48:20）。他还敦促人们赞美上帝（17:10—9[sic]；39:14—15,35；43:30）。作为人们祈祷期间的指引，他告诉人们不要言语含混（7:10），不要气馁（7:14）。如果希望你的祷告被垂听那么就要遵守诫命（3:5），祷告和罪是不相容的（34:30—31；15:9）。

自然和历史

传统智慧文学的领域是个人和家庭。智慧文学一般不涉及国家的历史，但便西拉拓展了一系列智慧文学的领域。他设想的智慧，要比任何他之前的作者们更广泛。很显然，第24章和42:15—50:24那里，智慧是上帝的道，参与创造了世界和人类历史，特别是以色列人的历史。这样，智慧就不仅仅是提供给个人和家庭生活的。它也可以体现在自然和历史的进程之中。早些时候，圣贤几乎完全从个人关怀以及人和上帝之间的相互作用等方面进行讨论，偶尔会讨论到人身边动物，如蚂蚁和水蛭（参箴6:6—9；30:24—31）。便西拉，作为传统意义上的一位圣人，他的大部分时间也是来自这方面的讨论，但是除此之外他现在还包括（1）以色列历史和（2）美丽并且顺利运行的宇宙。关于"历史"对于便西拉这位智者来说,是一个适当的主题,但他认为这是体现在个人身上的一系列的智慧,亚当(49:16)和挪亚(44:17—18),尤其是犹太人的祖先亚伯拉罕、摩西、祭司亚伦、大卫、以利亚、约书亚和祭司西门。有些人的拒绝给予他们用来治理以色列的智慧,如所罗门的儿子罗波安,"总体上愚蠢,缺乏常识"(47:23),还有大部分的国王,那些"抛弃至高者的律法的人"(49:4;参24:23)。① 他重申了正典的纲要(这在同时间的文献中是常见的),但却给予它特别的关照。关于宇宙的规律,便西拉可能是受斯多亚主义关于"逻各司"内在于世界及其倡导的人类应该[130]遵循"自然法"的教条的影响。被造世界的规律性或者"服从",可以看作是人类的行为规范:"当上帝创造他的作品从一开始就……在其中安排了一个永恒的秩序……他们既没有饥饿,也没有厌倦……他们从来没有违背上帝的话语。"(16:26—28)但是,宇宙不会为一项崇高的工作努力,这是毫无疑问的。"上帝所有的工作都是好的"(39:33);这是可以肯定的,但是上帝的作品都是成对出现的(33:14—15;39:27;42:24—25),并且每一个的命运是不同的。命运对于其中的一些来说意味着价值的实现,但对另一些来说,则意味着惩罚。

神的权威和人的自由

虽然圣经习惯上并没有把神的统治和人的自由描述为一对矛盾,或是一个值得进行探索的"问题",但便西拉的确感到有义务重申人的自由和责任。他是被迫这样做的,因为有人否认这

---

① 这种观点与《所罗门智训》第 10 章是相似的,所不同的是,《便西拉智训》这里会毫不犹豫地批评以色列个人。

一点："不要说：'我堕落了,是上帝让我这样的'……'是他使我误入歧途'"(15:11－12)；"不要说,'我看不见主,谁会从测透了我的心呢?'"(16:17)。正如我们已经在"主要章节"中看到的那样,便西拉不去使用"邪恶的本性"这样的拉比学说(15:11－20)。他坚持认为,人类的自由建筑于人类的本性(参15:15"如果你选择")和上帝的属性(15:11－20)的基础之上。他通过援引传统的"两种方法"的学说和他自己关于对立或成双的理论(33:7－15),对人的自由给出了一个理性的基础。最近由普拉托(G. Prato)进行的一项研究的结论是,便西拉在他对于创造的理解过程中,找到一个解决办法:

> 创造被看作是对于现实中以对应的方式呈现出来的事物赋予一个和谐的安排(33:7－15)。根据他们的使用方式,这些现实能够接受不同的命运,因此,同样可以改变成惩罚的手段(39:16－35)。对人而言,这意味着人类有很大自由;如果他们受到惩罚,可以放下他们对自己的自由的滥用。如果研究一下万物的原始创造动机,一切宿命论的东西都可以被排除在外(15:11－17:14)。在形成他的学说的过程中,便西拉敏锐地意识到了在这一问题上人类语言的极限。这种认识体现在一种积极的方式,他列举了各种各样形式的创造物,然后立即转向对于智慧的赞扬(42:15－43:33)。当他承认痛苦的方面的存在之时(痛苦和死亡,40:1－17 ; 41:1－13),这种关切就以一种消极的方式呈现出来了。①

---

① 这是G. Prato 对他的 *II problema della teodicea* in Ben Sira Analecta Biblica 65 (Rome: Pontifical Biblical Institute, 1975)的总结,转引自 Gilbert, "*Siracide*," ("便西拉智训") col. 1434。

社会生活

[131]如上所述,便西拉坚持智慧的首要地位及其在自然和历史(包括法律)两个方面都发挥着积极的作用,并且坚持敬畏上帝是人对于接受神的智慧恩赐的一种准备。他的教导中的许多细节是传统的:掌控自我,特别是控制一个人的言语(19:4—17;20:5—8;23:12—15;27:4—6 等等)和履行责任。一个有趣的话题是,他坚持认为人应该保持适当的人的自尊并适当享受:"我的孩子,谦卑地尊重自己,/给你自己你应有的自尊"(10:28);"我的孩子,好好对待自己,按照你自己的手段,/给上帝你应该献上的礼物","不剥夺自己一天的享受;/不要让你应得的好处离你而去(14:11,14)。

便西拉关于家庭的教导是很传统的。父亲的权力是绝对的,他只教导年轻男子。但是,他强加给他们照顾年迈父母的职责(3:1—6)。他的教导对妇女格外严重。他钦佩夫妻之间的和谐(25:1),理解一个人有一个好妻子的重要性(26:1—4;36:26—31)。另一方面,他对于来自"奇怪的女人"(禁止)和妓女的诱惑,表示出非同一般的敏感(9:1—9;26:9—12;42:12—14)。①

---

① 《便西拉智训》中的妇女主题,要比乍看起来的感觉更微妙,值得深入得研究。见 H. McKeating, "Jesus Ben Sira's Attitude to Women,"("耶稣·便西拉对于女性的态度") *Expository Times* 85 (1973—74):85—87; M. Gilbert, "Ben Sira et la Jerome,"("便西拉与哲罗姆") *Revue thdologique de Louvain* 7 (1976):426—42; C. Camp, "Understanding Patriarchy: Women in Second-Century Jerusalem Through the Eyes of Ben Sira,"("理解父权:便西拉眼中的二世纪耶路撒冷的女性")收录于 A. J. Levine, ed., *Women Like This: New Perspectives on Jewish Women in the Greco-Roman World* (Atlanta, Ga.: Scholars Press, 1991), 1—39。

推荐书目

评论

Crenshaw, James L. "The Book of Sirach," ("便西拉智训") in *The New Interpreter's Bible*, vol. 5. Nashville: Abingdon Press, 1997. pp. 601-867。饱学之士，最新的，神学的视角。

Kearns, C. "Ecclesiasticus," ("便西拉智训") in B. Orchard, ed., *A New Catholic Commentary on Sacred Scripture*. London: Nelson, 1969。

Skehan, Patrick W., Alexander A. Di Lella. *The Wisdom of Ben Sira*. (《便西拉的智慧》) Anchor Bible 39. New York: Doubleday, 1989。标准的英语，对棘手的文本问题给以了特别的关照。

Snaith, J. G. *Ecclesiasticus* (《便西拉智训》). Cambridge Bible Commentary. Cambridge: Cambridge University, 1974。

研究

[132] Collins, John J. *Jewish Wisdom in the Hellenistic Age Old Testament Library*. Louisville: Westminster John Knox, 1997. pp. 21-131。对神学问题有出色的讨论。

Crenshaw, James L. "The Problem of Theodicy in Sirach: On Human Bondage." ("便西拉智训中神义论的问题：论人类的重担") *JBL* 94 (1975): 46-64。

Di Lella, Alexander A. "The Meaning of Wisdom in Ben Sira," ("便西拉智训中智慧的意义") in Leo Perdue, ed. *In Search of Wisdom: Essays in Memory of John G. Gammie*. Louisville, Ky.: Westminster, 1993. pp. 133-48。

Sanders, Jack T. *Ben Sira and Demotic Wisdom* (《便西拉智训与通俗的智慧》). *SBLMS* 28. Chico, Calif.: Scholars Press, 1983。

第七章 《所罗门智训》

[133]《所罗门智训》也被称为智慧书，与《便西拉智训》类似，属于次经或伪经。这本书不被新教徒或者犹太人视为正典，但却被罗马天主教徒和东正教徒所接受。

初看起来，《所罗门智训》似乎与我们上文所研读过的智慧文学作品都不尽相同。它用一种命令的口吻对君王发言，并且要求他们服从（"王啊，你要听，并了解/士师啊，你要听，直到地极"6:1）；还谈到了死人复活（"义人将怀着极大的信心站立/在压迫他们的人面前"，5:1），并谈论了世界的结局和未来的审判（4:16—5:23）。尽管没有点明，但这本书明显地提及了以色列史：在第7—9章那里，所罗门被理解为英明的君王；第10章那里提到的七位义或不义的人，虽然没有点名，但很容易[134]被确定为亚当、该隐（和亚伯）、挪亚、亚伯拉罕、罗得、雅各和约瑟。在10:15—11:14特别暗示了摩西。这里全书开始复述以色列人出埃及的故事，直到19:22那里结束。本卷书超过一半以上的篇幅，使用的是以色列的历史或著名的以色列人的事迹，来说明上帝的智慧对于这个世界的统治。《所罗门智训》不同于《便西拉智训》第44—50章中那里对于以色列历史上的伟人们的赞美,因为在《所罗门智训》这里,以色列历史是内在于其论述的,而《便西拉智训》则不是这样。

尽管有其独特的特征,然而,《所罗门智训》是无可争辩的犹太人的智慧书。正如其他书籍所描绘的那样,所罗门是智慧的君王,是智慧的范例和中介。正如《箴言》采用"善恶对照"的方式——如义人和恶人,或懒惰人和勤奋的人等等——来描述人类行为,《所罗门智训》也是采取了这样的方式,如恶人和义人(或智慧的人)。它鲜明的选择性的词汇,如生命与死亡提供了选择,并对两种方式分别进行比喻。圣经智慧文学的一个特点,就是诉求于宇宙中的秩序,这秩序是隐匿的,需要不断地寻找。这种隐藏的秩序(或世界)也是《所罗门智训》的一个重要的主题。因此,考量到其主题和关切,我们可以说,《所罗门智训》的确属于圣经智慧文学的范畴。

历史背景

为什么《所罗门智训》与其他的智慧书籍在时间上如此不同,但却拥有如此相似的主题? 一个原因是任何书籍都有的自身独特性——这当然是指它的作者——但我们对此一无所知。另一个原因是其社会背景,我们对于这一点多少有所了解。《所罗门智训》是用希腊文完成的,写作地点很有可能是在埃及的亚历山大城,最有可能完成于公元前一世纪。这是起源于古希腊犹太教,而不是巴勒斯坦犹太教的唯一的智慧书。

对于埃及的犹太人,我们有哪些了解? 从远古时代以来,埃及和巴勒斯坦的历史和文化就是互相联系的。在第二个千年,埃及是在巴勒斯坦的主导力量,它通过地方的王子和战略地位驻军对迦南(南部地中海东部)实行统治。在第一个千年,埃及往往是与以色列结盟(作为一位有点变化无常的合作伙伴)来对抗亚兰城邦(前九世纪)、[135]新亚述帝国(前第八至七世纪)以及新巴比伦帝国(前第七世纪晚期到第六世纪)。期间,波斯帝国(公元前 539－前 333 年),巴勒斯坦和埃及也是受其统治的国家。公元前 333 年,亚历山大大帝打败波斯,席卷整个近东。公元前 323 年亚历山大死后,他庞大的帝国被将军们分割,其中有托勒密一世(公元前 323－前 285)和塞琉古一世(公元前 312－前 280)。直到公元前 198 年(巴尼亚[Panium]战役),巴勒斯坦都在托勒密的统治之下,之后由塞琉古(Seleucid)家族控制。在公元前 163 的哈希蒙尼(Hasmonean)王朝时期,塞琉古的控制屈从于本土的规则。在公元前 63 年,强大的罗马帝国进入该地区。经历了哈希蒙尼王朝后,从公元前 37 年的希律(Herodian)王朝,开始了罗马统治下的管理。

虽然以色列与其他国家和帝国保持着密切的联系,但埃及很特殊,因为它与以色列的亲近关系,并在圣经的传统中占有一席之地。在祖先的故事中,埃及是一个拥有财富和充足粮食的地方,是那些在不确定的农业气候条件的人们的庇护所。但它也可能是危险的,正如犹太人从他们受苦的经历中所学到的那样。《创世记》及《出埃及记》告诉我们雅各的大家族怎样一开始在饥荒中获得救济,然后突然成为奴隶。在以色列的宗教想象中,埃及是这样一个地方,它奇怪的习惯、宏伟庄严和奴役制度都让人印象深刻。尽管在这些文学作品中,埃及扮演的是一个压迫者的角色,但其实埃及也是一个避难的场所。所罗门的敌人哈达逃往埃及(王上 11:14－22),前第六世纪的流亡中许多以色列人也是逃往埃及。前第五世纪在埃及南部边界的象岛(Elephantine)上有了一个犹太人定居点,其中还包括圣殿。从大约前 173 年至前 71 年,在三角洲东部的莱翁托波利(Leontopolis)还有一个犹太圣殿。

　　埃及托勒密时期的首都,也是地中海的主要港口城市是亚历山大,由亚历山大大帝于公元前551年兴建。这是当时世界上最大、最宏伟的城市,以亚历山大墓、博物馆和图书馆(400,000册藏书),和宏伟的灯塔著称。从理论上说,这是一个自治的城市(autonomouspolis)。其公民来自希腊世界的各地,其中也有其他族裔群体,包括一个大型犹太社区,虽然他们不是国民但也获得了相应的特权。后来托勒密王朝的斗争影响了这座城市,动荡加剧了长期以来"希腊"公民和当地犹太社群之间的对立。

　　[136]在很多意义上,亚历山大都是一个港口城市。来自地中海各地的商品,以及新的思想观念都通过其码头得以传播。在其伟大的图书馆中,古希腊的文本得以大量复制和评论。犹太社区还积极发挥才智,让自己的宗教传统和当代的思想潮流相适应。从公元前三世纪,持续到下个世纪,学者开始把希伯来圣经翻译成希腊文,满足了新一代犹太人无法阅读希伯来文圣经的需求。在古代世界,这种大规模的翻译尚没有任何先例和方法,据说当时是由被称为"七十士"的72位学者参与的。① 亚历山大的犹太人向现代的思维开放,这体现在亚历山大的斐洛,一个富裕的政治家和哲学家(约公元前20年—公元50年),他把自己对于犹太教的忠诚和对于希腊哲学的热爱结合在一起。他用寓言的方法解释古代文本,力求使犹太思想与斯多亚、毕达哥拉斯,特别是柏拉图的思想相适应。其他作者也把古老的传统放在全新的背景中加以阐释,如《马加比传》第3章,也有可能

---

① "Septuagint"的意思是"七十士",其缩写是LXX。七十二被简化为更圆满的七十。

包括《马加比传》第 2 和第 4 章,以及《所罗门智训》。

希腊化犹太教

亚历山大大帝(公元前 356-前 323 年)发起了一个伟大的文化运动,这在《所罗门智训》中留下了深刻的希腊文化的影响。[①]"希腊化"(Hellenistic)这个词是希腊文化的形容词词性,是在希腊文化与本地文化及东方文化互动的意义上产生出来的。这个时代是第一次思想交锋的伟大的时期。受传统和习俗统治之下的古代东方的旧文化和旧社会观念,现在受到新观念、新常规和新人民的挑战。宗教和哲学这两个相关的领域可以单独进行论述。新宗教的热心倡导者和传教士,到处阐述自己的观点并寻找追随者。各种宗教和哲学都不被作为单独的理论和教条,但却是作为生活方式而存在的。每一个理论都对生活产生影响。希腊宗教和哲学同样属于智慧—道德的体系。

希腊宗教有一些侧重点,至少其中的三个在《所罗门智训》中留下了痕迹。首先是神迹。神之所以成为神是因为施行神迹。罗列出一位神明所施行的神迹,[137]就构成了一种独特的文学体裁——神迹集(aretalogy)。某些神迹尤其令人印象深刻:治愈失明,尤其是生来就是失明的;救援海上灾害,例如把淡水注入盐水中;变化或者变形,例如,把一个男人变成动物,然后变回男儿身。希腊化时期宗教的另一个特点是对于永生的兴趣。永生是神明的天赋。在前希腊化犹太教时期,生活只是此

---

① 对古希腊文化很好的介绍是亚历山大的传记,如 Peter Green, *Alexander the Great*(《亚历山大大帝》)(New York:Praeger, 1970);或一般性研究,如 Frank W. Walbank, *The Hellenistic World*(《希腊化世界》), rev. ed. (Cambridge:Harvard, 1993)。

生的生活。但是,在希腊化的观念体系中,一个成功的宗教必须提供不朽的观念。即使是在埃及宗教中,一直有关于死后的生活的思想,希腊观念使得这一点得到了比以往任何时候更多的人的接受。第三个特点是对于古老的强调。宗教必须有一定的历史,新的东西需要被旧的所印证。三个古代的事件经常被认为是验证古老性的标准:(1)塞米拉米(Semiramis),亚述的传奇的创始人;(2)特洛伊战争,希腊历史上可以确定为历史最悠久的事件;和(3)大洪水。

所有这些侧重点都出现在了《所罗门智训》中。《所罗门智训》第 11—19 章,把《出埃及记》描绘为一系列的神迹,其中,自然因素的性质得到了改变;永生则是一个主要议题,是与早些时候书籍的一个突出的区别;第一个受智慧引导的人是亚当,"第一个成形的世界之父,那时只有他一个人被造出来"(10:1);人物的角色,包括挪亚"当地球被水淹没"(10:4—5)。比个人观点更为重要的是,《智训》的作者已经进入了一种竞争关系。他在对立的观点面前,希望说服当代犹太人持守住犹太教的信仰。

提到希腊化哲学有关智慧的论述,有一点是必须提及的。当时,占主导地位的哲学是斯多亚派哲学和中期柏拉图主义。从本质上讲,斯多亚派认为,上帝是精神的内在原则,在其中,自然世界是持久被建造的。他同样也是世界的理性或逻各斯,通过世界的美和秩序来表现自己。理想的人类是明智的,符合自己的本性,按照宇宙的自然法则来生存。

中期柏拉图主义(约公元前 80 年—公元 250 年)在伦理学上的观点是,合理的活动应着眼于"至善"(*summum bonum*)或"良善的终结"(end of goods)。一些群体把这一点表述为"与上帝相似"。其他的话题关系到上帝的统治与人类的自由意志之间的关系;关于创造究竟是一个永恒的过程还是一种单一的行为的疑问；以及生命的结构。

斯多亚主义、中期柏拉图主义、事实上[138]也包括其他的哲学的最为流行的一些方面，在《所罗门智训》中都能够发现，特别是在第 13—15 章。希腊文化的一般性影响，体现在"四德"（基督徒"最重要的"[cardinal]美德）：节制、审慎、正义和勇敢（8：7），以及对于火、风、空气和作为一种生动活泼的力量存在于世界上的星星的看法（13：2）。斯多亚哲学的影响见于这样的一些例子：世界的灵魂（7：24）、从设计证明（13：1）、以及典型的斯多亚式的论证——8：17—21 那里的诡辩法（连续论证）。来自柏拉图主义的影响，包括灵魂的先在性（8：19），在身体和灵魂之间的严格的区分（8：20，9：15），以及在较低的现实物质世界与天堂的精神世界之间的区分（9：15—16）。

文本结构

对于研究其他的智慧书籍来说，最好的出发点是体裁。如果知道了体裁，人们就会知道接下来发生了什么事情。但是，从体裁出发去考量《所罗门智训》却并非如此，因为它的体裁是有争议的。它到底是希腊和拉丁修辞学中的那种赞美诗集，还是一种规劝（protreptic）？无论是哪一种文体，对于现代读者来说恐怕都是不太熟悉的。那么，让我们以一种文学分析的方式来进入本书。①

古代作品并没有标题，也没有用来提示读者的分段。古代

①　在我多次引用过的吉尔伯特的权威研究中，也是从结构而不是文学体裁入手的，"Sagesse de Salomon（ou Livre de la Sagesse），"（"所罗门智训"）*Dictionnaire de la Bible. Supplement*, vol. 12 (Paris: Letouzey & Ane, 1996), cols. 58—119.

作品,就其合理和巧妙而言,并不比现代的作品逊色多少。对于那些有经验的读者,很容易依靠文本内部的提示和教谕进入作品之中。有两个最常见的提示。一个是重复,通常在开始和结束部分(即 *inclusio*);另外一个是交叉(*chiasm*),也被称为"封层"或"夹层结构",这就是说,其观点是按照 ABCDC'B'A' 的模式来结构的。这种结构的线索被应用于《所罗门智训》,这就是说,即使是按照古代的标准,这也是一个复杂和密集的工作。

鉴于其复杂性和相互参照的特点,我们将按照如下纲要,分为三个部分逐一进行分析。[①] 大纲通过简短的说明提示读者注意到交叉,从而告诉读者要点。大纲中体现出对于文本一致性的评论。接下来,是对智慧的主要主题——正义和不朽,智慧对于世界的治理,以色列作为上帝的选民,以及如何获得智慧——的评论。

大　纲

[139]第一部分(1:1—6:21):两个世界

A 劝勉:上帝显示自己,智慧是隐匿的;寻求她!

(1:1—12)法律判决

B 对于无信仰者的计划:导论——创造,

(1:13—2:24)作者的判断

① 我们的大纲很大程度上受益于 A. A. Wright, "The Structure of the Book of Wisdom,"("所罗门智训的结构") *Biblical* 48 (1967): 165—84; James M. Reese, "Hellenistic Influence on the Book of Wisdom and Its Consequences"("希腊文化对于所罗门智训的影响及其后果") *Analecta Biblica* 41 (Rome: Biblical Institute, 1970); M. Gilbert, *La critique des dieux dans le Livre de la Sagesse* (Sg 13—15), *Analecta Biblica* 53 (Rome: Biblical Institute, 1973),特别是他的"Sagesse de Salomon"。

　　　　演说——生活的意义,生活方式

　　　　　　——对于公义人的攻击

　　　　结论——作者的判断,

　　　　　　　创造高尚

C 对比结构(Diptychs):公义和无信仰者之死

　　　(3—4)美德无子女,奸淫者的子女(两次)

B' 无信仰者的告白:导论——公义、无信仰者

　　　(5:1—23)演说——公义的胜利

　　　　　　　生活方式、生命的意义

　　　结论——无信仰者、公义

　　　　　　上帝和宇宙的最后战役

A' 劝勉:法律判决

(6:1—21)智慧显示自己;寻求她! 高尚

第二部分(6:22—10:21):智慧和到达智慧的途径

6:22—8:21 是按照同一秩序结构的七个段落。

6:22—25 介绍主题。

A 所罗门的初年与其他人是相同的(7:1—6,1 和 6 节"与所有人相同")

　B 所以我祈求智慧(7:7—12)

　　C 上帝的智慧传播给所罗门(7:13—22a

　　　13b 和 21a 节;希腊词根 *krupt*;新修订标准版"隐藏"和"秘密")

　　　　D 赞美智慧,其本质、来源、行动(第 21 节);属性(7:22b—8:1)

　　C' 所罗门娶了与上帝同在的智慧(8:2—9)

　B' 青年所罗门的思考(8:10—16)

A' 年轻的所罗门将要求智慧(8:17—21,17b,21d 节"心")

第9章:所罗门的祈祷。第7和第8章指出了祈祷的开始(7:7)和结束(8:21)。祷告本身分为三个部分,第1—6节关于人类,第7—12节关于"所罗门",第13—18节再次提到人类。这是本书的中心。祈祷以创造开始(第一部分的主题),而以救赎作结(5:18的"拯救"即第二部分的主题)。

[140]第10章:列举英雄。八段《创世记》中著名英雄的故事,每一段都与他们遇到的一个反对者形成对照。亚伯暗中反对他的兄弟该隐。除该隐外,都是智慧的受益人,她(智慧)来对他们实行救援。10:20那里的祷告,可以参考19:9本书结束部分的结论。

第三部分(11:1—19:22):出埃及

与《出埃及记》的七个比较(希腊文 *synkrisis*)(11:1—14 以及 16:1—19:22)

对比一: 11:6—14 洪水—岩石出水①

两个附录或题外话(11:15—15:19),第一个是关于上帝对他处罚的人的忍耐(埃及和迦南;11:15—12:27),第二个是对于神明的批判(13—15)。与该附录有联系的主题是11:15;12:23—27 和 15:18—19。

---

① 楷体字指的是埃及人的经验,宋体指的是犹太人的经验。

附录1：上帝对埃及和迦南的忍耐(11:15—12:27)

附录2：批判拜偶像者(15:1—15:19)

1. 13:1—9 ("愚人"13:1)哲学家,特别是斯多亚派哲学家

2. 13:10—15:13 ("可怜的"13:10)拜偶像者的图像

   a 13:10—19 偶像,木匠的角色

     b 14:1—10 援引上帝,参照历史

       c 14:11—31 责罚

     b' 15:1—6 援引上帝,参照历史

   a' 15:7—13 偶像,陶匠的作用

3. 15:14—19 ("最愚蠢的"15:14)埃及人,对偶像、动物,和对神选民压迫者的膜拜

对比二：16:1—4 青蛙—鹌鹑

对比三：16:5—14 苍蝇和蝗虫—青铜蛇

对比四：16:15—29 暴雨和冰雹—甘露

对比五：17:1—18:4 黑暗—光明

对比六：18:5—25 埃及头生之死—以色列幸免

对比七：19:1—9 溺死在红海—顺利通过

19:10—22 是通过符合结构和对于偶像膜拜者的批判总结了主要情节,最后一节拓宽了视角:上帝始终无处不在地荣耀他的选民。

对大纲的分析

我们首先来看第一部分 1:1—6:21,这是本卷书中以其交叉结构为特征的单位。[141]这一大纲使主要的交叉引用

(cross-reference)得以明晰。古代的读者会意识到,A'(6:1—21)指回 A(1:1—12)并完成了其主题,也就是说,法律判决(国王做出的)以及智慧从隐匿处的出场。在 B(1:13—2:24)中,无信仰者透露了其虚无的人生哲学和他们对于正义的人的蔑视,但是在 B'(5:1—23),他们收回自己的发言并承认自己错了。C中,对比结构(匹配草图)在一些重要领域将义人和无信仰者进行了对照。其中有一些更为深入的逻辑层次,我们只能够指出其中的几个:1:13—15 回到第 1 节中的"正义"和"地",但(更重要的是)指向第 2 章:1:13 的"因为上帝"在 2:23 那里得到了回应,1:13—14 那里的"制造"或"创造"在 2:23 那里重复出现,"世界"(宇宙)出现在 1:14 和 2:24;"死亡"出现在 1:12,13 和 2:20;24。这种古老形式的"段落"究竟有何意义?从结构上讲,它告诉读者,1:13—2:24 形成了一种逻辑结构;当人们阅读 2:23—24 的时候,会听到 1:13—2:1 的回声并且意识到该节的结束。从语义上来说,开篇肯定了上帝的世界是连贯的、生成性的(1:13—15),与无信仰者的演说形成了对照(1:16—2:20),这在神的主权和人的意志之间建立起了一种巨大的张力。从而建立起与第 1—6 章的基本对比:死亡和生命,义人与无信仰者,上帝和人类的自治。

我们可以更简单地分析一下第二、三部分。第二部分同第一部分一样存在着一个交叉,即第 7—8 章已经在 6:22—25 那里得到了提示。第一部分中的"国王"已经变成所罗门王(按照智慧文学的典型化趋势而并未命名)。现在的主题是智慧:其本质、来源和行动(交叉的中心,7:22b—8:1),以及智慧如何在所罗门那里发挥作用。整个段落指向所罗门的祈祷,他就是伟大的智慧的榜样。第 10 章是《创世记》中"智慧英雄"的列举,与《便西拉智训》第 44—49 章和《希伯来书》第 11 章那里类似。在

第 10 章结尾处,对于上帝的赞美是一个小结,这将在本书结尾处得到回响(19:9)。

第三部分(11:1－19:22),通过 11:1 那里的第 8 个(未命名)智慧英雄摩西与前面的章节联系在了一起。通过摩西,主题转到了出埃及,在这里,出埃及被描绘成有关义人(以色列人)的七个神迹,或七次自然现象的转变。此外还有两个附录,一短一长,但这些都是插入的文字,而不是像通常那样放在全书结束的部分。

体 裁

[142]像其他的希腊文学作品,特别是公元前 3 世纪之前的作品一样,本书是智慧与古典修辞理论的知识共同构成的。在《修辞学》一书中,亚里士多德曾经区分了三类修辞,并且这种区分仍然是整个古典修辞学史的基本类型:第一类是诉讼性修辞,在这一类修辞中,受众必须对过去作出决定;第二类是政治性修辞,受众必须对未来作出决定;第三类则是演讲性修辞(即"阐明"),这并不需要受众的决定。有关最后这种修辞的例子,就是在仪式等场合的演讲,或是那些旨在给予赞美或指责的演讲。

《所罗门智训》就属于这最后一类修辞。这本书赞扬的一种生活方式,智慧的方式,并邀请其他国家来寻找它。一些学者在寻求着对于这一类修辞的更精确的分类命名。里斯(J. Reese)建议把本书划分为演讲性修辞中的一个子类——规劝性修辞(protreptic),这是一中(有关哲学的)告诫的文体。这是种体裁第一次发展成为一个流派,是在第五世纪的诡辩派哲学家那里,他们用它来说服学生来参加他们的课程,来学习哲学以及其他

艺术。① 对于这种文体,并没有发现更早期的例子。吉尔伯特
(M. Gilbert)更青睐这种称赞或者"赞美"某个个人或实体的体
裁,这种体裁的例子包括《所罗门智训》的绪论 1:1−6:21,赞扬
6:22−9:18 ,始于过去的 *synkrisis*(比较)10−19,以及尾声
19:22。②

　　虽然体裁只提供了一个总体框架,在这种情形下,还是能够
提供一个有关《所罗门智训》写作目的的重要的线索。这种规劝
或表扬的体裁,其目的并非为论坛或法院,而是为在一个古希腊
城市中的思想交流而准备的。希腊宗教和哲学(经常把自己看
作是生活方式)为了竞争新的弟子,需要通过夸口自己的神迹、
永生、伟大的历史来进行宣传。《所罗门智训》具有某种类似的
竞争性。它针对的是青年,那些不满足于自己的哲学或宗教的
有限性的寻求者。与这些新的生活方式相比,传统的犹太教看
起来似乎是古旧的、僵化的、过去的事情。作者详细分析了古老
的信仰,并认为它是一个有吸引力的,至关重要的选择。

对本卷书三个部分的分析

　　[143]我们将要分析《所罗门智训》的三部分的结构,以下我们
首先对每一部分进行分析,之后在最后将对整本书进行综合分析。

第一部分(1:1−6:21):两个世界
本节提供了一个基本道德操守的理论,如同古希腊哲学所

---

① Reese, *Hellenistic Influence on the Book of Wisdom*("希腊文化对于所罗门智
训的影响及其后果")。他遵循的是 D. Winston, *The Wisdom of Solomon*("所
罗门智训")*Anchor Bible* 43 (Garden City, N. Y.: Doubleday, 1979), 18−20。
② Gilbert, "Sagesse de Salomon,"("所罗门智训")cols. 86−87。

做的那样。对于这整个段落来说,"两个世界"是一个恰当的标题,因为与它形成反差的世界是被魔鬼所统治的,那个世界是注定要灭之的,有自己的公民,即无信仰者(1:16;2:23;5:6,13—14 等等)。真正的世界则由上帝创造出来的,注定是不朽的,它有自己的公民,即义人(1:14—15;3:7—9;4:13—16)。短暂的世界就是我们的日常生活经验所构成的世界,但真正的世界却是以同样的方式所不可见的。当人们选择智慧的时候它就显现出来,也就是接受为义所受的逼迫,带来喜悦和公共辩护。义人的受辱和提升,正是这个真正的世界的显示方式。① 简言之,那就是第 1—6 章的本质问题。让我们来分析其具体的单元。

在交叉(见大纲)的 A 部分中,本书提到了国王(1:1,6:1),不论他们自己是否意识到,都被认为是上帝的摄政者,正如《以赛亚书》10:5—19 的亚述国王,《耶利米书》29:10 的巴比伦国王,以及《以赛亚书》45:1—7 的波斯国王。国王通常会被认为是明智的和强大的,但是如果他们没有意识到真正的统治者,他们就会经历审判和惩罚的风险。在 1:1—12,"义"、"善"、"智慧"和"上帝的灵"是同义词。因此,首先的 12 节经文否认了人类的国王又绝对的权威,并会因为没有认识到智慧而受到谴责。大纲中"A'"的部分(6:1—21),应该被看作是同样的看法的另一种表述。

在这一交叉的 B 处,表面的世界的追随者(恶人)通过一个长篇的演说(2:1—20)表示了他们的核心观点。正如大纲中所指明的,1:13—15 是 A 和 B 之间的过渡,与此同时,也指出了 B

---

① 这一方案很大程度上来自于 D. Georgi, "Der vorpaulinische Hymnus Phil 2, s6—11", *Zeit und Geschichte*, R. Bultmann vol.; ed. E. Kinkier (Tubingen: J. C. B. Mohr, 1964), 262—93。

的结束。1:13—15 的词汇在结尾处再次出现,这就巧妙地告诉读者,这一单元业已完成:"因为上帝"出现在 1:13 和 2:23;"使"或"创造"和"世界"出现在 1:13—14 和 2:24;"死亡"出现在 1:12,13 和 2:20,24。

[144]那么,作者是如何来呈现这些无信仰者的发言的呢?他们的讲话(2:1—20)受制于"书签式"的评论框架,即 1:13—16 和 2:21—24。第一书签申明,上帝创造了全部世界,其中并没有死亡;义人是不朽的(*athanatos*)。死亡被无信仰者引入,是属于他们的(1:16;2:9,24)。第 2 章结尾处的其他评论,呼应了关于创造的积极的判断。无信仰者所看到的东西是多么的不同啊!毫无目的的生活,一切都是随机的,结局就是死亡(第 1、5 节中的"死亡无法转回")。让我们给自己快乐,享受当下(第 6—9 节),让我们攻击义人(第 10—20 节)。这里(2:21—24)判断的推理是错误的,因为他们没有认识到"上帝的奥秘",而这是上帝对于世界的计划。① 简言之,没有信仰的人不会像本书开端所做的那样(1:1—12 以及 13—16)来理解世界:在这世界中,有神的灵(或智慧,或公义)来统治世界(1:7);对于无信仰的人,这智慧是不可见的,但是,智慧将要审判他们;而那个隐藏的世界是不朽的(1:12—16)。

第 1—2 章把中期柏拉图主义和圣经智慧进行了连接。隐藏的世界秩序符合柏拉图传统,它明确区分两个层次的现实,可理解的世界(上帝、理念、神性的内容,而世界万物是对这种神性的复制)和可感知的世界。与此同时,《所罗门智训》中的这两个世界,也是早先的圣经智慧文学中隐匿的智慧的一种变换。《箴言》敦促读者寻求高于一切事物的智慧,认为这是隐藏的,只有

---

① "奥秘"在新约中有同样的用法。

用美德才能够把握它;恶人没有看到它,相反,将会受到它的惩罚。此外,智慧文学发展了这一信念:每个人的面前都有两条路,每条路都将导向与之相联系的不同命运(见《箴言》4:10－19)。

如果就这一章节而言,其中的"本体论"部分不过是传统的主题的话,那么,不朽作为人生的一种质量确是在圣经的相关智慧文学作品中的一个全新的主题。在前面的圣经中,唯一一种人的生命就是生活在这个世界上,最后死亡,只能在阴间的幻影中生存。在《但以理书》12:1－3那里第一次提到了身体复活的观念;约公元前164年,谈及了英勇忠诚犹太人和他们的敌人的命运:"睡在尘埃中的,必有多人复醒,其中有得永生的,有受羞辱、永远被憎恶的。"但是,这种复活并不是不朽。灵魂不朽的观念来自于希腊(可从灵魂的血缘关系以及永恒的理性原则推断出来)。[145]《所罗门智训》在这种希腊观点之上增添了圣经的视角。但不同于柏拉图式传统的是,不朽并不是天生的,而是上帝作为礼物送给那些寻求智慧或追求正义的人。

义人就是那些指出表面世界的虚假,让真实的世界显现出来的人,他们是"上帝的孩子"(2:15)。他激怒恶人作为试验:"让我们刑罚他进入到可耻的死亡中去吧,因为照他所说的,他将得到保护。"因此,义人是使得真正的世界变得清晰可见的工具。更确切地说,正是通过义人死于恶人之手,上帝才显示为上帝,但这种观点只有到了第3－5章那里才得以充分实现。

第一部分的中间单元是第54章,即交叉结构中的C部分。该部分包含了一系列的对比,包括公义(5:1－9)和不虔诚(5:10－12),及其各自的配偶和子女。第12节提出这一主题:"他们的妻子是愚蠢的,他们的子女邪恶;/它们的后代是受诅咒的。"传统上,圣经中的"永生"观念指的是在一个人死后,其生命通过他们的名字和子女得以延续。一个细微的侧面描写指出义人虽无子女但"有成果",并且在神的殿中有一席之地(5:13—15),与此同时,奸淫者的子女却没有达到成熟(5:16—19)。4:10—15引用了(但并未使用他的名字)圣经中的以诺(创5:21—24)作为一个例子,他在一个比其他前洪水时代的英雄都年轻的年龄就"得到"了天堂,从而保持自己义人的身份。① 在这个例子中,他早期的"悔改"保守了他免受污辱。第5章是交叉结构中的B'部分。它包含了无信仰者的演说(第4—15节),他们逐条收回了2:1—20的首次演说:他们承认这是急躁的,不是义人的言语,他们错误地理解了宇宙的本质(如同1:1—12所描述的那样)。几个关键词把第5章链接至第2章,尤其是"义人"同时出现在5:1和2:12,"神的儿子"出现在5:5和2:18。

需要指出两个重要的思想,一个是在开头的经节中所表达的5:1—5,另一个是在最后的经节中5:15—25。第1—5节明确地表明,正是那些义人的目光,他们被无信仰者杀死并且被上帝所拯救,促使无信仰者承认自己的错误:"是什么使得他们在上帝的子女中被数算?/为什么他们会有处在圣人中间的命运?"义人被提升到天国加入[146]天使的行列,这种观念可以在《但以理书》12:2—3,《以诺一书》104:2,6和1 QH 3:19—23中发现。义人的死亡与复活,正是使得真正的世界变得清晰可见的手段。第二个重要思想在17—23节:"创造将加入[主]与疯狂的敌人相斗争。"(20b)这个想法是重申了1:14,"[上帝]创造了万物,使它们可能存在,/生成世界的力量是好的,/并没有破坏性的毒药,/阴间在地上没有权柄。"整个世界,无论精神和

---

① 不幸的是,NRSV(新修订标准版)的翻译,在这里把单数作为了复数,这就掩盖了以诺作为一类人的意义。

物质,都在上帝及其自己罚恶的规律之下;这个世界是自我纠正的,因为它是由公义的上帝所创造的。①

《所罗门智训》第 5 章阐述了一个重要的圣经主题,那就是对于义人的提升和维护。这个主题我们可以再很多圣经故事中发现,如《创世记》37－50 章那里的约瑟、亚基塔、以斯帖以及《但以理书》第 3 和第 6 章的苏珊娜。② 在这种故事的早期形式中,主角往往是一个皇室的智慧的人。他/她被恶意指控犯罪并被判处死刑,但后来成功证明了自己的清白,并使自己的敌人受到惩罚。《所罗门智训》对这一传统的形式进行了三个改变:(1)在第五章那里,义人的提升通过引入《以赛亚书》52:13－53:12那里"受苦的仆人"的形象而大大拓展了;(2)主角真正被处死了;(3)义人被提到天上,实行有效的统治。新的关于不朽的理论,使义人死亡成为升天的途径。③

A'部分(6:1－21)以向君主的宣讲开篇,像《诗篇》第 2 和82 篇那样告诉他们,只有一位君王,他将仔细考察人们从他身上获得的规则。由这一点,读者可以看到世界的本质,智慧的作用,并且意识到地上君主的权力的相对性。6:12－20 章指向第二部分(6:22－10:21),规劝人们获得智慧。在亚历山大的犹太人的辉煌易于为法老时代的埃及所敬畏,并且他们意识到犹太

---

① 关于创造的主题,见 M. Kolarcik, "Creation and Salvation in the Book of Wisdom,"("智慧书中的创造与拯救") 收录于 R. Clillord and J. J. Collins, eds., *Creation in the Biblical Traditions*, CBQMS 24 (Washington, D. C.; Catholic Biblical Association, 1992), 97－107。

② 苏珊娜,《圣经》后典中的人物。她曾经被两个心怀不轨的文士所陷害,但凭借自己的智慧化险为夷,并使得恶人得到了法办。——译注

③ 见 G. W. Nickelsburg, *Resurrection, Immortality, and Eternal Life in Intertestamental Judaism* (两约之间之犹太教的复活,不朽与永生观念) HTS 26 (Cambridge, Mass.; Harvard, 1972), 48－92。

社群的谦逊的权力,可以占据在本书中被相对化了的国王和君主的地位。

总之,第一部分(1:1—6:21)为本书中所坚持的伦理道德赋予了"本体论"的基础。尽管表面上,世界是被国王、见识短浅、暴力的"恶人"所统治,但那并非是真正的和持久的。因为有另一个世界与它共存,被智慧(或正义、上帝的灵)所统治,只有向那些寻求正义、实践智慧的人才显明出来。这个世界里的公民是"上帝的孩子",他们相信他们的父亲,[147]是对于无信仰者的愚蠢的一种莫大的讽刺。

第二部分(6:22—10:21): 智慧及其方式

无论就其结构还是观念而言,第二部分都是全书的中心。在这一点上,《所罗门智训》开始直接讨论真正的世界中生动活泼的原则、智慧以及人们获得智慧的方式,并详细解释智慧是如何领导世界的。幸运的是,第二部分的观念并不是很密集,或者说,与第一部分中的观念相比,这一部分较少外来的现代思维方式。其中大部分的观念,可以通过我们所提供的大纲来充分传达。

第二部分拓展了第一部分提到的想法。第一部分告诫国王去寻求智慧,这是一个真正的和永恒的世界的生动活泼的原则。现实世界是由忠实的受雇人或"儿子"来代表的,他们信赖上帝是宇宙的创造者和统治者(第2章)。第二部分给我们的一个例子,就是真正用一生寻求智慧的所罗门王,尽管符合智慧文学的典型化趋势——不使用他的名字。此外,第10章开始谈论在历史上智慧的特殊的仆人(仍然是匿名的),第11章和第16—19章把以色列确定为那位仆人和儿子。

以下是关于第二部分(6:22—10:21)的一个概述。严谨地说,第 7—8 章是一个独立的单元,因为这些材料是通过大纲中所表示出来的交错结构互相联系的。第 9 章是本书的中心,所罗门伟大的祈祷,这一部分承上启下,第 10 章列举的名单是《创世记》中智慧的孩子们,指向第 12 章和第 16—19 章那里的智慧在出埃及过程中的引导。

在第二部分中,几个需要强调的重要的观点是 6:22—25,第 7—8 章,第 9 章和第 10 章。序文 6:22—25,很好地介绍了主题,尽管在下面的章节中并不是严格按照这个顺序发生的。第二部分最重要的论断,是在序言的第一节 6:22 中。我会告诉你智慧是什么,以及她如何来到,但它是交叉结构(7:2b—8:1)中所精心阐释的中心问题。序言最后的经节 24 节中,指向了第二部分中的其他材料。24a 节"大量的智慧就是世界的拯救",通过对于智慧的胜利的描述为第 10 章[148]——英雄"拯救"世界作了铺垫。24b 节,"一个明智的国王就是众人的稳定",介绍了第 7—8 章中英明的国王。

第 7—8 章的大交叉的中心,7:22b—8:1,对于智慧的赞美。详细说明如下。其框架,在 6:22—8:21 的 ABC/CBA 结构中,是比较直截了当的。国王自始至终在发言。他强调不是他的王者地位,但却是他的人性,这使得他可以成为每个人的榜样。他告诉我们他如何优先于所有其他的事情去寻求智慧(参见所罗门的梦想,王上 3:4—14)。这样,智慧因此就提供给所有从上帝那里寻求她的人。而在第 8 章那里,把寻求智慧同寻求妻子相比照起来,发展了《箴言》第 1—9 章,特别是第 8 章那里的传统。

第二部分中最能引起人们广泛兴趣的是 7:22b—8:1。22b—23 节列举了 21 种智慧的品质(各 3 次,7 种),这是最完美的数字。在形式上,这有些类似伊希斯的神迹集,列举了这位流行于埃及女神的奇迹或美德；它们是可以为第一或第三人所背诵的(如同这里一样)。在"诸神之争"的希腊化时代,这种列举在转换中是有效的。智慧似乎与绝大多数的斯多亚世界相似——精神内在于宇宙中。它连贯、统一、并跃动一切;它沟通了美德和聪明的受造之物。第25—26节就包含了五种隐喻(其中比喻是斜体)。

> 她是上帝能力的一次呼吸,
> 是全能者荣耀的纯净之气;
> 因此,没有任何东西能够玷污她。
> 她是永恒的光的反射,
> 是上帝之工作的一尘不染的镜子,
> 也是上帝良善的形象。

大卫·温斯顿(David Winston)指出,对于一位在圣经智慧文学传统中写作的作者来说,这些语言是如何大胆。[①] 即使作者的同道——亚历山大哲学家斐洛,也不会使用这样直率的语言:用"气"或"反射"来描述神圣的道的起源。第27—28节讲的是智慧对于世界的统治。

> 虽然她只有一个,她可以做一切事情,
> 她自己不改变,但却更新万物;
> 她传递给每一代神圣的灵魂
> [149]使他们成为上帝的朋友和先知;
> 上帝所爱的,正是与智慧一起生活的人。

---

① Winston, *Wisdom of Solomon* (《所罗门智训》),184。

智慧影响别人,她自己却不会受到影响,这是其超越性和优越性的标志。我们看到,她不仅保证了宇宙的凝聚力和秩序,并给人类带来祝福。她的行动也是内在的;她是道德和宗教生活的原则。她在每一代都进入某些人。圣经一般是通过呼召或者膏油的方式来确定特别的拣选,但《所罗门智训》则是以智慧进入一个特定的人来表明这一点。新约时代的"Q 文件",即很多学者假定的《马太福音》和《路加福音》中一些共同材料的源头,很有可能就是在这一意义上理解这一点的,那就是耶稣是智慧的使者。《路加福音》7:35:"上帝的智慧是从所有接受智慧的人身上彰显出来的(但智慧之子,都以智慧为是)。"① 可能就是指这个信念,智慧在每个时代都会进入某些人。无论如何,《所罗门智训》本身在第 10 章指出这种智慧——在《创世记》中激励了英雄们的智慧。智慧在每个时代都有属于自己的人。

> 她是更美好的阳光,
> 超过了每个星座的群星。
> 比起光来,她更显优越,
> 因为它在夜间成功,
> 但邪恶对智慧无法得逞。
> 她从地球的一端到达另一端,
> 她命令所有的事情。

最后一节可能是对于斯多亚派宇宙论的一种论断,在这种哲学中,世界的运动是由从中央到外层极一系列的外在—内在的空气的运动所引发的。《诗篇》19 篇中的太阳的形象,"它从天这

---

① 本节经文《和合本》作"智慧之子,都以智慧为是。"——译注

边出来,绕到天那边",这成为世界赖以运作的上帝之道的比喻。

我们应当怎样去理解智慧的形象?她在本质上是"以一种准人格化的方法来类比上帝的某些属性,占据人格和抽象的事物之间的中介"①的意思吗?仅仅把智慧理解为一个假设是不够的,因为正如吉尔伯特所指出的那样,作者不会在上帝和创造物之间设置任何的中介,因为这将不允许上帝在人类世界中的任何活动。智慧的属性[150]也就是上帝的属性,智慧完全依赖于上帝。其他学者认为智慧有简单的人格。但她不仅仅是一个文学形象。"智慧的人格化有助于表达上帝在人类世界中为,在宇宙中,对人类,尤其是对义人的行为。"②

第9章是第二部分的高潮,国王祈求智慧,那只能由上帝赐予。第7—8章已经确定了"所罗门"是一个国王的同时也是一个普通人,因此他的祈祷对任何人都是适用的。作者考虑的是那些在思考自己未来的角色的希腊青年犹太社群。祈祷体现在三部分,第1—6节,第7—12节和第13—18节,分别包括各自为国王和人类的祷告。每一段落都包含一个对于智慧的祈祷,第4、10和17节。即便没有明确说出来,智慧与上帝的道(第2节)和上帝的灵(第17节)都有着密切的联系。

那么,伟大的祈祷,特别是第二部分这里的祈祷,是怎样融入《所罗门智训》的论点的?本卷书第一章要求世界的君王鉴于未来的神的审判,要寻求智慧胜过寻求一切。尽管从外在的东西看来,是智慧在统治着这个真正和持久的世界。真正的世界有其自己的追随者,上帝按照人们的服从和对于上帝的信任来

① G. H. Box and Oesterley (1911)的定义,转引自 Winston, *Wisdom of Solomon* (所罗门智训), 34,蒙允准引用。

② Gilbert, "Sagesse de Salomon," ("所罗门智训") col. 108。

判断义人。所罗门符合这种情况。他是一个确实在寻求智慧的国王，也是一个祈求智慧的义人，并且他的行为表现为上帝的孩子或者仆人。第 2 章中恶人这样说义人，"他们自称有上帝的知识，并自称为上帝的儿女"（第 13 节），以及"夸口上帝是他的父亲"，"如果义人是上帝的孩子，上帝会帮助他。""所罗门"是义人，也是国王。第一部分中所描绘的真正世界的无名公民的身份（1：1—6：21），为第二部分第 10 章（《创世记》），特别是第 12 和第 16—19 章（《出埃及记》）那里解释以色列人的历史打下了基础。以色列人本身是上帝的孩子，"[埃及人]承认你的民是上帝的孩子"（18：15）。

第 10 章起到的是一种桥梁的作用，一端连接的是第二部分中对于智慧的赞美，另一端连接的是智慧在人类历史上的作用。上述所罗门的祷告，是以创造中的智慧开始的（9：1—3），并以历史上的智慧和救赎作结。"因此，他们在地上的路被规正，/人们接受了你所愉悦的教育，/并为智慧所拯救。"最后一点，人被智慧所拯救，是通过《创世记》和《出埃及记》中的七位[151]祖先来显明的。前三个，亚当、该隐（和亚伯）和挪亚都是非犹太人。后面四个，亚伯拉罕、罗得、雅各和约瑟是以色列的祖先。第七位智慧英雄——摩西在 10：15—11：1—4 那里被提及，对于解释伟大的拯救——导致以色列民族形成的出埃及事件。智慧是整章的行动者（Agent），从亚当犯罪，摆脱该隐，"区区一块木头"拯救世界（挪亚），在外邦保护亚伯拉罕，拯救罗得，惩罚所多玛，指导雅各，保护他，使他的羊群丰富，兴起摩西，并通过他保护了以色列民。这些圣经历史上的人物都是上帝的"子女"一类的人，他们不属于这个世界，但却属于另一个世界。他们的生活向我们展示了智慧是如何"拯救"世界的（9：18），在每一代人那里"传递神圣的灵魂"（7：27）。随着提到摩西和出埃及，我们来到第三部分。

第三部分(11:1—19:22)：出埃及

以色列民离开埃及并进入迦南的历史,是希伯来圣经上记载的最大的事件。按照圣经的传统,这是上帝在历史上施行的最引人注目的事件,也促使了以色列民的形成和建立。在这种情况下,他们得到了真实的土地,而不是仅仅在应许之中的土地,他们知道了上帝的新名——耶和华,从而建立了一个新的和明确的关系。他们得到了一位领导者——摩西,获得了法律和叙事传统,以及为他们的神所建造的帐幕。这些要素,神、土地、领导者、传统,就是在古代世界形成一个民族的必须。出埃及就是建立以色列。难怪《所罗门智训》的作者把本书大量的篇幅都给予了这个中心的活动!

在希腊化时代,复述圣经的历史事件是所有犹太作者间的共同特点,例如,伪斐洛《便西拉智训》和《禧年书》的作者。然而,这些作者没有仅仅复述故事,他们常常为着自己的修辞目的进行改写。《便西拉智训》第44—50章把以色列历史归结为某些伟人的行动,"现在,让我们赞美有名的伟人。"《所罗门智训》则把整个出埃及的历史按照灾难来叙述! 作者描述了每场灾难,并说明了上帝是如何利用其元素(如水、光、苍蝇和蝗虫)的工作,来击打埃及人的,[152]对此可以进行比较。例如,将斯巴达人和雅典人的习俗进行对比,以明确什么是他们独特的个性。因此,同样也在以色列和埃及人之间进行了对比。那么,《出埃及记》与本卷书先前的章节是什么关系? 本卷书早期的章节宣称,上帝通过智慧统治世界,并保护他的仆人们。第三部分显示出,这种保护通过出埃及的历史事件得到了展现。上帝通过改变物质世界的基本元素,来保护世界上的忠于他的"子女"以色列人,与此同时,上帝惩罚了埃及,正如他在第五章那里的大审判场景中刑罚第二章提到的那些暴力侵略者一样。

最后一部分中有两段题外话或曰附录,这两个部分是与出埃及的的主题相关的。首先是在出埃及的时候,对于以色列的敌人们——迦南和埃及人,上帝是一位有原则、有仁慈的教师。第一部分中,这些敌人代表了邪恶和阴谋。他们视上帝的忠诚的孩子为眼中钉、肉中刺,并且计划要杀死他(第 2 章)。该附录说明了上帝在今生对他们的惩罚及其结局。第二个附录是对当时在埃及人中间广为流行的宗教哲学、偶像崇拜,以及动物崇拜的批判。

附录一(11:15—12:27):上帝作为教师和责备者

以正式的观察作为开篇是明智的。有两个单元,紧接着的是双重结论。第一单元是 11:15—12:2,有其中心论点,并在 11:20d 那里对其原则进行了论证,"但你称量数量和重量,将一切都安排妥当。" 在这一附录的语境中,此原则意味着,上帝的惩罚是非常温和的,并确保惩罚的目的是纠正错误使罪人悔改,因为上帝爱所有的人,他不希望任何被销毁(11:23—26;参 1:13—14)。第 16 节提出了一个与上帝的审判、对于罪的回应和惩罚息息相关的重要的圣经原则:惩罚量刑是与犯罪程度相适应的,一个人因其所犯的罪的大小受到惩罚。

第二个单元中提出了与第一种相平行的第二种考量(12:3—18):上帝对于愚昧的迦南人来说是温和的,上帝向他们放出大黄蜂促使他们悔改,而不是消灭他们所有的军队(12:8—10)。第 19—22 节将这一原则应用于以色列,第 23—27 节的结论性诗句中重申了这一原则,即罪孽对应的处罚以及对于始终硬着心的人的最终审判。

附录二(13:1－15:19)：对于其他哲学和宗教的批判

[153]作者对当时流行的哲学和宗教的批判,事实上也是对于希腊化文化的一种批判,它能够对犹太社群,特别是其中的青年构成危险。这种批判是不友好的:它不是针对世界宗教的泛泛之论,而是特别针对互相竞争的宗教观和哲学观的严厉指责。希腊化时代是各种观念的集散地,其中各种生活方式的倡导者们,都在急切地显示自己超越于其他方式的优越性,这就是本单元的写作目的。

进入本书最好的向导就是我已经给出的关于本书的那个大纲,尤其是在第二个也是最长的次单元中的那个交叉结构,即有关形象(image)崇拜的内容(13:10－15:13)。但这里我不打算沿着那种论证思路继续下去,尽管那种论证并不困难,这里我将就一些重要的要点进行一些评论。在13:1－19,作者批评了哲学家(特别是斯多亚派)不否认上帝的存在,但他们并不能够明确区分上帝的本体及其映像。他们把物质世界的受造之物都加以神格化,因此,他们无法找到上帝有别于受造之物的根本特质。圣经文本中有关偶像崇拜的次单元,如《申命记》4:27－28;《诗篇》115:3－8、135:15－18;《以赛亚书》40:18－20、44:9－20、46:1－7;《耶利米书》10:2－16等,都在讽刺对于形象的崇拜,以鼓励崇拜独一的以色列的上帝。这是围绕一个交叉结构建立起来的,同时也是进入意义的最好的线索。在大纲的术语表中,次单元 a 和 a'(13:10－19;15:7－13)分析了偶像的制造者们的意图。核心部分(14:11－31)讲述偶像崇拜的起源,并细数其有害的后果。在交叉结构中,有与圣经历史上反对偶像崇拜的内容相匹配的次单元(14:1－10;15:1－6)。

七个对比(11:6—14 以及 16—19)

圣经的历史被重新叙述,这对于目前生活在埃及和其他散居社区的这一代的犹太人是有特殊意义的。以色列的历史上的中心事件,出埃及,对于任何犹太人来说,本来就已经通过逾越节的晚餐或者其他场合而熟知。出埃及被看作是七个神迹,通过改变自然事件和要素来保护选民攻击他们的敌人——埃及人。这种重新叙述内容极其丰富,充满令人惊讶的细节的阐述。

最好的办法莫过于根据本章所提供的大纲去阅读这些对比。有一些特点可以稍加列举。第一和最后一节的经文(11:1—19:22)给出了解释的原则,"[智慧]通过先知之手使所作之工尽都顺利",以及"在万有里,主啊,你都兴起并荣耀你的[154]民,/你有没有忘记在任何时候任何地方都帮助他们。"从根本上说,这是一个故事:上帝确实震动天地,让他的人民免受他们的敌人的侵犯,并且在其敌人的面前荣耀自己的选民。这种非常具体的目标解释了为什么《所罗门智训》用灾难来叙述出埃及的事件(而不是像通常的叙述那样,给予法律或者进入应许之地)。在每个灾难中,上帝都利用了物质的手段,惩治恶人,保护义人。上帝被描绘成宇宙的主宰,例如,"创造物,服侍造物者,/尽力惩罚不义的人,/善待对那些信靠你的"(16:24),"整个创造都更新了/遵守你的命令,/所以你的儿女不受伤害"(19:6)。"儿女"这个词的出现,使读者回到第一部分,在那里,上帝的儿女因为对于上帝的信仰而激怒了恶人(第 2 章),并最终被上帝从高天之上提升(第 5 章)。总之,第三部分的七个对比延伸了历史——在第 2—5 章那里的以色列英雄们的个人经历。

《所罗门智训》的当今意义

《所罗门智训》是一部典型的圣经智慧文学作品，与此同时，也是一部希腊化的哲学和宗教作品。那么对于我们这个时代来说，可以说《所罗门智训》是一部属于过去的作品吗？

我认为，至少有两点可以使我们相信，《所罗门智训》在今天仍然是特别真实的。首先，上帝是宇宙之主，不仅仅是天地之主，也是自然和历史的主宰。很多现代信徒本能地认为上帝是天堂的主宰，而忽略了上帝也是地球、自然和历史的主宰。这样的人很难看到上帝在世界、在人类历史上的工作，并且把历史中的上帝和自然中的上帝割裂了开来。《所罗门智训》申明了这样的一些基本的事实：上帝是创造主，上帝拣选了以色列人。上帝在历史中的行动（在本书作者看来）主要体现为与以色列人打交道，在这个过程中，他重新塑造了人类的活动方式和自然的物质结构。"物质元素不断变换其位置／如同竖琴上的音符变奏出不同的节奏，／而每个音符自身始终不变。"（19：18）上帝的规则就是智慧。它必须[155]在祈祷中寻求，比其他一切都更重要，但吊诡的是，智慧被描述为一个女子。她所拥有的，可以保证一个人看到真实的自然，并且持守信心。

第二，上帝的规则是隐藏的，所以我们今天尚未达到丰满的状态。因此，这里存在着"两个世界"。这两个世界在《所罗门智训》中对应于两种古代的智慧文学。一个世界是人们再熟悉不过的，因为它的法则是"强权即公理"，弱者在其中处于暴力和自私的人的迫害中。它被这个世界的王所统治。另外一个世界目前还没有出现，但它是永恒的，因为它是由上帝统治的。每个世界都有其党派和公民。此世公民的命运是注定的，因为他们生活的世界正在逝去，但真正的世界中的公民是永生的。

真实世界的标记是生；而另一个世界的标记是死。吊诡的是，当义人信心忠实并且得救时，真实的世界才会出现。在第一部分中，那些相信上帝的（典型的）义人在死亡的时候，他们被上帝在那些杀害他们的人面前高举起来，那个真实的世界出现了。在第三部分中，上帝的本质体现为将自己的儿女——以色列人从埃及人手中的拯救出来，埃及人这才知道他们是错误的。真正的世界向那些信任上帝、顺服他旨意的人就显现出来。

推荐书目

注释书

Kolarcik, Michael. "The Book of Wisdom," （"所罗门智训"） in *The New Interpreter's Bible*, vol. 5. Nashville: Abingdon Press, 1997. pp. 435—600。资料丰富、审慎。

Reese, James M. *The Book of Wisdom*, *Song of Songs*（《所罗门智训、雅歌》）. Old Testament Message. Wilmington: Glazier, 1985。简明、扼要。

"The Wisdom of Solomon"（"所罗门智训"）in *Harper's Bible Commentary*. San Francisco: Harper, 1988. pp. 820—35。简短而出色。

Reider, J. *The Book of Wisdom*.（《所罗门智训》）An English Translation with Commentary. New York: Harper, 1957。

Winston, David. *The Wisdom of Solomon*（《所罗门智训》）. Anchor Bible 43. Garden City, N. Y.: Doubleday, 1979。博学、敏锐、综合的分析。

Wright, Addison G. "Wisdom,"（"智慧"）in *NJBC*, 510—22。对结构有兴趣。

专门研究

[156] Collins，John J. *Jewish Wisdom in the Hellenistic Age*（《希腊化时期的犹太智慧》）. Old Testament Library. Louisville：Westminster John Knox，1997，133—57，178—221。

Kolarcik，Michael. *The Ambiguity of Death in the Book of Wisdom 1—6: A Study of Literary Structure and Interpretation*（《所罗门智训1—6章中死亡的隐晦性：文学结构的研究及其解释》）. Analecta Biblica 127. Rome：Biblical Institute，1991。

Nickelsburg，George. *Resurrection, Immortality, and Eternal Life in Intertestamental Judaism*（《两约之间之犹太教的复活、不朽与永生观念》）. Harvard Theological Studies 26. Cambridge：Harvard 1972。

第八章 《雅歌》

[157]尽管标题看起来有些奇异,《雅歌》(所罗门之歌)其实是一部歌句集。"雅歌(歌中之歌)"是一个出色的希伯来文表达,一如用"虚空的虚空"来表达"最荒谬的"之意,或是用"万神之神"来描绘那位"最神圣者"。在标准的希伯来圣经中,《雅歌》占10页半,相比较之下,《传道书》占据了19页;而《箴言》占据了54页。

《雅歌》并不是一部关于恋人的诗歌,而是一部由恋人——一男一女——创作的诗歌。关于作者,或者考虑到这对恋人可能的年龄(属于13—19岁中、后期的年轻人),我们也可以说他们是两个非常年轻的成年人。通过阴性和阳性的第二人称单数动词,或者表示女性和男性形式的形容词后缀形式来辨别,我们可以确定发言者为男性或女性。例如,希伯来文的2:10,"我的佳偶,我的美人,起来,与我同去!"所涉及的是妇女,因为它有女性单数的标记。

虽然《雅歌》必须作为抒情诗来阅读,从另外的一个角度来说,它要求人们加以认真研究,从而了解其风格,传统和主题。其中重要的[158]问题是它的创作日期和社会背景、其体裁和可比较的文献、其文本、结构和文本的诗意世界。

创作日期和社会背景

雅歌中没有提及任何有据可查的历史事件。这本书的作者被归为所罗门王(1:1),他的名字出现在 1:5;4:7;8:11—12,但这些只是对描绘情人的衬托。据王上 5:1.2(*EV* 4:32),所罗门是一个作曲家,而根据《列王纪上》11 章,他也是一个伟大的情种,其中包括许多外国妇女和一个埃及王室的公主。但这些并不暗示所罗门就是作者,因为用王室的头衔来称呼对方在当时的情人们之间是非常普遍的,如 1:4,12;7:6;6:8;9。6:4 中提到"得撒",它在公元前第 10—9 世纪是北部王国的首都,但是也没有明确表明日期;在同一节经文中也提到了南部王国首都耶路撒冷,用到了一个三音节的词,其词根的意思是"请"(to please)。

唯一可靠的确定其时间的标准是语言,在某些词汇、修辞和句法上有些类似于《密西拿》的希伯来文。最引人注目的是,其希伯来文中持续使用的关系词是 *šĕ*,而不是经典的圣经希伯来语种的 *'ăšer*。语言显示其是后放逐时期的作品,可能在公元前第四和第二世纪之间。正如迈克尔·福克斯特别表明的那样,在《雅歌》和埃及第十九和二十王朝初期(公元前约 1305 年—前约 1150 年)的抒情诗歌之间,有非常密切的关系。共同的主题和用词表明,《雅歌》生发于更早的埃及诗歌模式,尽管我们无法解释在这些埃及抒情诗歌与《雅歌》成书之间长达 1000 年的空白。[1]

---

[1] Michael Fox, *The Song of Songs and the Ancient Egyptian Love Songs*(《雅歌与古代埃及爱情诗歌》)(Madison: University of Wisconsin, 1985), 181—93。

对于其故事发生的国家或背景，《雅歌》没有做出任何提及。它可能是一个宴会上的娱乐活动的一部分。正如福克斯所注意到的那样，宴会的参与者们是一个合适的对象，《雅歌》"活泼有趣，满是爱欲的暗示，感性的文字图画，花花世界的爱好者和温暖的感情。"① 有人认为这是一个庆祝结婚的婚宴，其根据是 3：6－11 提到的婚礼，但《雅歌》并不表明这一点。不管是什么背景，这种关于两个情人大胆追求，并愉快地相互爱慕的歌曲，是容易被宴会接受的。

那么，一首为宴会的公共表演所作的爱情诗歌，是怎样得以被收入《圣经》正典的？有些人认为，《雅歌》[159]也是犹太宗教活动中的常见节目。它成为"圣书"，仅仅是因为它与某些特定的宗教节日有关。只是后来，它已成为节日的文本之后，才渐渐得到宗教的解释。② 这种解释看起来是有可能成立的，但它仍无法解释为什么《雅歌》被收入了希伯来圣经正典。无论其细节究竟如何，《雅歌》就其本身而言是美丽的，因此，它的确可以用来表述耶和华和他的爱人以色列之间的适当的关系。

体裁和可比较的文献

《雅歌》的体裁是爱情诗，即一位男子和一位女子彼此之间的抒情话语，有时也包括与其他人的对话。阅读爱情诗的最好的手段和传统的方式，是把《雅歌》放在其知识传统之中来解读。与其最为接近的非圣经文本的类似作品，是埃及第十九、二十王

---

① Michael Fox, *The Song of Songs and the Ancient Egyptian Love Songs*（《雅歌与古代埃及爱情诗歌》）(Madison：University of Wisconsin，1985)，247。
② 同上，250－52。

朝的情歌,这些作品已经发表于福克斯的专著《歌中之歌——雅歌》中。① 以下是其中的两个摘录,读者可以在《雅歌》中发现其中的一些隐喻和传统。

（女）

(A) 鸽子的声音在说话。它说：
　　"白昼已经到来……
　　你什么时候回(家)?"

(B) 停下,鸟儿!
　　你在取笑(?)我。
　　我看到我的兄弟在他的卧室,
　　我的心里极其快乐。

(C) 我们(彼此)对说：
　　"我将永远不会远离你。
　　(我的)手将与(你的)手在一起。
　　正如相约漫步。
　　我与(你),
　　在每一个愉快的地方。"

(D) 他认为我是最好的,最美丽的,
　　并没有伤我的心。

　　该名女子用鸽子宣布白昼即将到来,爱情的一晚即将结束。她告诉我们,她如何希望去寻找她的情人,并在他的卧室里发现

---

① Fox, *Song of Songs*（《雅歌》）,3—81. 福克斯的选本要比以下两个更完整：*AEL*, vol. 2, pp. 181—93, 以及 W. K. Simpson, *The Literature of Ancient Egypt*（《古代埃及文学》）(New Haven, Conn.：Yale University, 1972),297—306。

他，然后她马上引用他们的爱情宣言。①

（男）

[160]（A）（我）我的姐妹孤单，无人同行；
        比所有其他的妇女更亲切。

（B）看她，像这样升起
    在一个好年头的开始；
    光辉，珍贵，皮肤洁白，
    凝望〈时〉的可爱的眼睛。

（C）说话时她的嘴唇是何等甘甜；
    她没有多余的话。
    细长的脖子，洁白的胸，
    她的头发仿佛真正的青金石。

（D）她的胳膊超过黄金，
    她的手指好像莲花。
    丰满（?）（她的）臀，紧缩（?）（她的）腰，
    她的大腿承载了她的美丽。
    当她在地面上〈行走〉是何等可爱，
    她用她的拥抱夺走了我的心。②

该男子看着女子走在街上，并在他的心里赞扬她。在接下来的
经节中，这对情侣从一个共同的角度来谈论了他们生活中的事
件，尽管并不是按照时间顺序排列的。

---

① Fox, *Song of Songs*（《雅歌》），23。
② Fox, *Song of Songs*（《雅歌》），52 (excerpt)。

文本结构

一个核心问题是,《雅歌》究竟是一首由各个不同章节组成的独立的诗篇,还是一部诗歌集。如果采取第一种意见,那么它是一个统一的连续体(像一出话剧),还是仅仅是提示性的(艺术安排)? 学者们对于《雅歌》的单元的估计,竟有从 5 到 50 种的不同意见! 即便对于以上这个问题采取同一派的意见,学者们也可能因为不同的单元划分问题而分道扬镳。

那么,面对这种不同意见,什么才是谈论本书文本结构的最好的方式? 为了暂时搁置每个系列的具体内容,为了以帮助读者尽快融入本书的文本世界,而不是陷入对于学者们不同见解的纠缠,这里给出了一个相对简短的大纲(仅 12 个单元),在下一节中我们会形成基本的意见。关于这个大纲,在希伯来文标记的基础上利用了"她和他"的研究进路。标题突出主题,可以方便初次的阅读者。

(1) 1:2—4 她:亲吻他的嘴

(2) 1:5—8 她:寻找一个晴朗的下午,合唱。他:第 8 节

(3) [161]1:9—2:7 二重奏。他:9;11,15,2:2。她:12;14,16—17,2:1,3:7

(4) 2:8—17 春天的惊奇。(女子的独白,10—15 节引述男子)她:2:8—9,16—17;他:10:15

(5) 3:1—5 城市的夜晚。她

(6) 3:6—11 合唱:所罗门的轿子

(7) 4:1—5:1 身体之歌。他:4:1—15,5:1;她:4:16

(8) 5:2—6:3 没有他的夜晚。她:5:2—8,10:17,6:2—3

　　　　合唱：5：9,6：1

　　(9) 6：4—7：10 身体的新歌。他：6：4—12,7：2—10.

　　　　合唱：7：1

　　(10) 7：11—8：4 在葡萄园/她

　　(11) 8：5—7 把我作为印记。她：5b—7；合唱：8a

　　(12) 8：8—14 墙和葡萄。合唱：8：8—9。她：10,14；他：11

　　　　—13。

　　大纲留下了这样一个问题：《雅歌》是一部完整的作品，还是一个松散的集合？没有任何令人信服的证据可以断言，《雅歌》究竟是一种的文学结构（有其顺序或者内在示意），或者它仅仅是一个集合体。解决这一问题的办法，是把各个单元都应用于同一首诗。其效果是让《雅歌》在这样的意义上被看作一首统一的诗歌：其特征是完全相同的；并且所有的发言都是在从不同的角度讲述同样的"事件"（爱）。①

　　一个统一的因素，是由本书不同部分经常性的短语和句子所构成的网络。一个很好的例子是 8：14（女）重复的是 4：6b（男）和 2：17b（女）。

8：14（女）

我的良人哪，求你快来，

如羚羊或小鹿在香草山上。

4：6b（男）

我要往没药山和乳香岗去。

2：17b（女）

————————

① 下面的办法在福克斯那里得到了讨论，Fox, 209—26。

你要转回,好像羚羊

或像小鹿在比特山上。

2:9a(女)

我的良人好像羚羊,或像小鹿。

[162]其他的例子还有 8:11－12(男),其中使用了 1:6b
(女);8:5a,其中使用了 3:6a。

第二个统一的结构,是福克斯所说的联想序列——词汇、语
句或主题,它在相同的秩序之中发生,即使该命令并不要求叙事
的语境。例如,短句"我的佳偶,你甚美丽!"在 4:1a 和 1:15ab,
后面接的都是"你的眼好像鸽子眼"。更复杂的例子是 8:2－5
那里的主题序列,这与 3:4b－6a 和 2:6－7 平行。关于统一性
的最后暗示,是全诗的场景都是夏天。

因此结论是,《雅歌》不仅是一个选集(里面有太多的统一
性),但也不是一首严密的诗。它是由一个连贯的诗意与变化的
场景、离散事件和一些非常明确的标记(例如,5:2 和 6:4)所构
成的,但讲述的是一个独立的故事。

文本的诗意世界

《雅歌》的逻辑,与我们到目前为止所研究的智慧文学是多
么的不同!《雅歌》并不旨在传播理想,塑造个性,也不旨在研究
宏大的人的问题。抒情诗表达了爱、渴望、焦虑和恋人之间的彼
此渴慕。这就要求我们寻找一条不同的解读路径。我在这里提
供一个进入其文本世界的向导,而并不仅仅是分析诗歌。

在抒情诗,发言者通常是以第一人称发出声音,一个以"我"
为主体的言说者,并且与主题保持着密切的关系。以"我"为主

体进行言说的听众,可以是被爱者、朋友、陌生人、上帝甚至自我。马西亚·福尔克(Marcia Falk)分析了诗歌中的几处抒情段落。①

1) 以第一人称为演说者的"爱情独白",是关于或献给被爱者的。《雅歌》中一半以上的诗歌属于本类:1:2—4,9:11,12:14;2:16—17;5:1—5;4:1—7,8,9:11;6:4—10,11;7:7—10,11:14;8:1—4,5b,6:7。

2) 发生在两位相爱的对话者之间的"爱的对话"。例如1:7—8,15—17;2:1—5,8—15;4:12—5:1;8:15—14。

3) 以第一人称为演说者的独白,发生在爱的关系中,但演讲对象却处于这种关系之外,例如,1:5—6 和 8:11—12。可能还有其他的发言者和各种受众。

[163]这种分类帮助我们在发言者和听众之间是如何转换的。《雅歌》并不仅仅是一套演讲。

另一个考量是,在《雅歌》的现实场景中,情人都终成眷属。再一次根据福尔克的说法,② 我们发现这里存在着四个基本的语境,(1)耕地或可居住的乡村;(2)野外或边远的自然景观;(3)室内环境,如房屋、会堂和室内;(4)城市的街道。每种语境都有助于情绪的表达。爱的对话发生在农村地区中,那里美丽的、硕果累累的景观支持了积极的表现。在偏远、荒蛮甚至是危险的自然中,这些地区是如此神秘、难以捉摸,有时甚至在爱的关系中处在危险的一面。室内空间是发生爱的关系的地方。比起敌意的、拥挤的街道,室内空间中,母亲的房子是一个避难场所。

---

① 以下评论很大程度上受益于 M. Falk, *The Song of Songs*(《雅歌》)(San Francisco: Harper, 1990), 113—23。

② 同上, 139—42。

城市街道是最不受爱人欢迎的地方。在那里，女性遇到了充满敌意的护卫，有时还会遇到城市中怀疑、轻视的妇女。

除了对于演说者、听众和物理环境的敏感之外，对于现代的读者来说，了解一些主要议题是有帮助的，它们（以不同的形式）在这首诗中反复出现。福尔克列出了最常见的几个：(1)邀请亲爱的人，(2)赶走心爱的人，(3)寻找心爱的人，(4)在充满敌意的世界中的自我以及(5)赞美爱情本身。① 以下是每一种的例子。

（1）邀请亲爱的人是最古老的。恋人对彼此的渴慕，可以体现在许多方面，如在开篇的经节，1：2：“愿他用口与我亲嘴，因你的爱情比酒更美”；或 2：10：“我的佳偶，我的美人，起来，与我同去！因为冬天已往，雨水止住过去了。”他请她来靠近。

（2）赶走心爱的人的主题起源于某种谨慎，因为不是每个人都看好他们的爱情。一个情人可以告诉另外一个逃离，直到更有利的时机再相遇。在 2：17，“我的良人哪，求你等到天起凉风、日影飞去的时候，你要转回，好像羚羊或像小鹿在比特山上。”只有当他们单独一处的时候，他们的爱情才能够得到充分的表达。

（3）寻找心爱的人。失去和找到的话语贯穿于整部诗歌，因为爱人并不仅仅是寻找和享受完全的宁静。他们发现、失去、再寻找到。这是真实的生活节奏，并[164]提供许多戏剧冲突。“我夜间躺卧在床上，寻找我心所爱的；我寻找他，却寻不见。我说：我要起来，游行城中，在街市上，在宽阔处，寻找我心所爱的。我寻找他，却寻不见。”(3：1—2)

（4）充满敌意的世界中的自我。爱情的双方都显示自己的爱情坚贞，对爱情的追求使他们能够将自己表现为真实的自我。

---

① 以下评论很大程度上受益于 M. Falk, *The Song of Songs*（《雅歌》）(San Francisco：Harper, 1990), 143—50。

一个例子是 1:5－6 遇到耶路撒冷的众女子："耶路撒冷的众女子啊,我虽然黑,却是秀美,如同基达的帐棚,好像所罗门的幔子。不要因日头把我晒黑了,就轻看我。我同母的弟兄向我发怒,他们使我看守葡萄园;我自己的葡萄园却没有看守。"该名女子因太阳而晒黑,因为她的兄弟们强迫她在田野工作。她没有白色的皮肤,那被认为美丽的,所以其他女孩嘲笑她。在 8:8－9,她的兄弟向她表示了敌意。

(5)赞美爱情本身。这并不奇怪,一个沉醉于爱中的人应该赞扬,这就是诗中的女子在 7:6－9 和 8:6－7 那里所作的:"求你将我放在心上如印记,带在你臂上如戳记;因为爱情如死之坚强,嫉恨如阴间之残忍。"

有了这个临时大纲,并意识到重复出现的主旨和主题,读者应该能够了解《雅歌》,更重要的是亲自阅读它。

推荐书目

评论

Falk, Marcia. *The Song of Songs: A New Translation and Interpretation*(《雅歌:新译与解释》). San Francisco: Harper, 1990。在自由的翻译和评注两方面都有诗人的敏感。

Fox, Michael. *The Song of Songs and the Ancient Egyptian Love Songs*(《雅歌与古代埃及的爱情诗歌》). Madison: University of Wisconsin, 1985。对埃及爱情诗和《雅歌》都提供了全新的翻译和注释。

Gordis, Bobert. *The Song of Songs and Lamentations*(《雅歌与哀歌》). New York: KTAV, 1974。

Keel, Othmar. *The Song of Songs*(《雅歌》). Continental Commentary. Minneapolis: Fortress, 1994。最新的;对于古代艺术和图像学的注

意尤其具有价值。

Murphy，Roland E. *The Song of Songs*（《雅歌》），Hermeneia. Minneapolis：Fortress，1990。[165]饱学、详尽、客观而明智的说明。

Pope，Marvin. *Song of Songs*（《雅歌》）. Anchor Bible 7C. Garden City，N. Y.：Doubleday，1977。既是伟大的评注，也是收集各种新奇的和色情的作品的仓库。

Tournay，Raymond J. *Word of God*，*Song of Love*（《上帝之言，爱情之歌》）. New York：Paulist，1988。同时注意到本书抒情和寓言的两方面的特质。

Weems，Renita J. "The Song of Songs,"（"雅歌"）收录于 *The New Interpreter's Bible*. Vol. 5. Nashville：Abingdon Press，1997. pp. 361－434。

专门研究

Astell，Ann W. *The Song of Songs in the Middle Ages*（《雅歌在中世纪》）. Ithaca，N. Y.：Cornell University，1990。

Brenner，Athalya，ed. *A Feminist Companion to the Song of Songs*（《雅歌的女性主义视角》）. Sheffield：JSOT，1995。《雅歌》研究的论文集。

Exum，J. Chery. "A Literary and Structural Analysis of the Song of Songs,"（"《雅歌》的文学与结构分析"）*ZAW* 85 (1973)：4. 6－79。阐述了示意结构及其理由。

Matter，E. Ann. *The Voice of My Beloved: The Song of Songs in Western Medieval Christianity*（"良人的声音：西方中世纪基督教中的《雅歌》"）. Philadelphia：University of Pennsylvania，1990。

Murphy，Roland E. "Interpreting the Song of Songs,"（"《雅歌》阐释"）*BTB* 9 (1979)：99－105。

Trible，Phyllis. "Love's Lyrics Redeemed,"（"爱情的诗歌救赎"）in *God and the Rhetoric of Sexuality*. Philadelphia：Fortress，1978. pp. 144－65。

第九章 犹太教和基督教中的智慧

[166]根据写作计划,本书集中于探讨"文本的世界",而不是学术问题,例如写作日期、社会背景、智慧传统以及《所罗门智训》之后的相关主题和修辞学的历史与发展。然而,在这最后一章里,我们必须用简短的文字,来说明在犹太教和早期的基督教里,智慧文学发生了哪些变化。

在犹太教和早期基督教的第二圣殿时代,智慧是一股非常强大的潮流,在过去的几十年中学者们越来越认识到这一点。最近一段时间以来,学者们对于"历史上的耶稣"的兴趣,使得人们开始关注耶稣作为一个智慧的人,他是在什么意义上借鉴圣经智慧文学的传统并且使用它们的。一些学者认为,耶稣主要是一个圣人,他通过教谕、谚语和寓言教导人。① 此外,昆兰经卷② 也显示出这个犹太人的社团对于智慧文学有极大的兴趣,智慧文学的主题极大影响到了犹太社群,并且不仅仅限于昆兰

---

① B. Witherington III, *Jesus the Sage: The Pilgrimage of Wisdom*(《作为圣贤的耶稣:对智慧的朝拜》)(Minneapolis:Fortress, 1994)。

② 昆兰经卷,即死海古卷,犹太人爱瑟尼派社团的文献集,其中包括《希伯来圣经》部分经卷的早期抄本,以及一些社团纪律文献等。——译注

社群。①

犹太教

[167]第二圣殿时期最后的巴勒斯坦犹太教,见证了智慧文学《便西拉智训》的产生,在这部书中,智慧文学的含义被扩大到包括了历史传统(《便西拉智训》第 44—50 章)以及对于早期经卷的评注(《便西拉智训》第 24 章评注,《箴言》第 8 章)。《便西拉智训》3:9—4:4暗示了《约伯记》的第 28 章,《便西拉智训》第 24 章则表明国家的统治者从来没有发现智慧,而以色列人通过对于律法的注释发现了它(4:1)。在希腊化犹太教时期,《所罗门智训》在近似的意义上使用了历史传统(《所罗门智训》10:19),还回顾了此前的智慧文本(以及其他文本),但是却基于非犹太哲学形成其观点。一个特别受到智慧文学影响的书籍 *Pirqe Abot*(即"父辈的格言",从一个"伟人集会"上收集的言语[公元前第五世纪末期至第三世纪之间]),是传给公元前第三世纪的王子犹太拉比的后代的。这是密示拿的论述之一,它后来成为拉比拿单(Nathan)的评论对象。在一开始,它把人类放在一条历史线索中,从摩西、约书亚到长老和先知。开罗智慧文学作品(*Geniza*),与公元前第一世纪的希伯来道德意志有关,即父母向他们的孩子传递自己的智慧,也是受到了智慧教谕的影响。

---

① 一个对现有文本的很好的研究,是 D. J. Harrington, *Wisdom Texts from Qumran*(《来自昆兰的智慧文本》)(New York: Routledge, 1996)。

新 约

早期基督徒认为耶稣基督是一个智慧的教师,还运用了人格化智慧传统来表达"道成肉身"的神学观念。在《新约》圣经所受到的各种影响中,主要是关于这样一些主题:智慧隐藏于上帝而尚未向人类显现,智慧通过神的灵、文字、律法来显现自己。各种形式的教谕、告诫和悖论式的格言也在《新约》中继续使用。

《雅各书》采用了教谕的形式。该书信是由一系列的教谕所构成的,它利用了人们熟悉的劝诫性的动词(命令性,祈使式),接下来阐释理由,往往体现为谚语或箴言。熟悉的主题在这里出现了:口无遮拦所带来的危险(雅 3;比照箴 10:18－21)、狂妄的计划所具有的危险(4:13－17;比照箴 16:1)、不义之财的危害(5:1－6;比照箴[168]10:2－3)。虽然与《箴言》有基本的相似性,但《雅各书》更注意"从上而来的智慧"(3:13－18;比照1:17)。《雅各书》指出智慧的主题超出了人类理解的范围,但慷慨地赐给了人类(《箴言》第 8 章,《约伯记》第 28 章和《便西拉智训》第 24 章)。但是,智慧的教谕也并非保持不变,因为雅各的贡献就在于加入了对于无情的富人的先知式谴责(1:27;2:1－13;4:1－10;5:1－6)。

在《哥林多前书》1:17－2:15,保罗反驳了那些以十字架为羞耻的人,从而重新形成了关于"智愚之别"的传统的主题,而这种关于人的智慧和神的智慧的区分,是我们在《约伯记》第 28 章和《箴言》第 8 章中早已经熟悉的了。"世人凭自己的智慧,既不认识上帝,上帝就乐意用人所当作愚拙的道理拯救那些信的人,这就是上帝的智慧了。"(林前 1:21)

智慧的传统影响到了《马太福音》和《路加福音》假定的共同

的源头——文件 Q（*Quelle*，即德语"源头"）。多数学者认为，文件 Q 强调的是耶稣的教导，而不是他的死和复活。智慧主题的力量的一个体现，在于《马太福音》11:27（平行于路 10:22）的一处被认为是来自于文件 Q 的经文中："一切所有的，都是我父交付我的。除了父，没有人知道子；除了子和子所愿意指示的，没有人知道父。"这种说法的一部分出自犹太人的格言，早期基督教用它来描绘什么是智慧以及在哪里寻找智慧。那么，智慧究竟是通过律法（《便西拉智训》第 24 章）、天上的神迹（《以诺一书》42:1－3），还是耶稣基督（西 1:15－20；约 1:1－18）体现出来的呢？人们要到哪里寻找她呢，是在耶路撒冷的圣殿中（《便西拉智训》24:8－12），在宇宙中的各个地方（《所罗门智训》7:24－26），在天上（《以诺一书》42:1－3），或在教会里（西 1:18）？在文本中，耶稣是神的智慧的道成肉身，因为认识他就是认识父——智慧的本身。在紧接着的经文，11:28－30（《马太福音》所独有的），"劳苦担重担的人，可以到我这里来，我就使你们得安息。我心里柔和谦卑，你们当负我的轭，学我的样式，这样，你们心里就必得享安息。因为我的轭是容易的，我的担子是轻省的。"这回应了《便西拉智训》51:23－50 中便西拉的邀请——参加他的学校，并成为他的门徒。这样，马太回答了一个自古有之的辩论，并在基督及其教训中发现了智慧。

　　在所有的福音书中，《约翰福音》在认为耶稣是道成肉身的智慧，提供给人类以生命和真理这一点上是最坚定的。[①] 该部福音通过对于耶稣人格化的智慧的确认，来表达耶稣基督是从

---

① 以下看法很大程度上受益于 R. Brown, *The Gospel According to John*（《约翰福音》）, vol. 1, *Anchor Bible* 29 (Garden City, N. Y.: Doubleday, 1966), cxii－cxv。

天上而来的。正如作为女性的智慧是从一开始,甚至在创造世界之前就和上帝同在的一样(箴 8:22—23;《便西拉智训》24:9;《所罗门智训》6:22),所以耶稣就是[169]从起初就有的道(1:1),并且在创世之前就与上帝同在(17:5)。

智慧教导人类有关天上的秘密(伯 11:6—7;《所罗门智训》9:16—18),并告诉他们如何行才能带来生命(箴 2:20—22;3:13—26;8:32—35;《便西拉智训》4:12)以及永生(《所罗门智训》6:18—19),所以,耶稣的身份在《约翰福音》中体现为天国奥秘的启示者。耶稣讲了许多长篇的发言,很像女性智慧的自我演说(箴 1:20—33:8)。智慧邀请人类参加她丰盛的宴会,那里的食物和饮料象征与上帝的亲近(箴 9:2—5;《便西拉智训》24:19—21)。耶稣的作法与此类似:"我就是生命的粮,到我这里来的,必定不饿;信我的,永远不渴。"(6:35;比照箴 9:1—6,11)正如智慧在寻求自己的朋友(箴 1:20—21;8:1—4;《所罗门智训》6:16),所以耶稣呼召跟随他的人(1:36—38,43)。

有两首早期基督教的赞美诗,展示出耶稣与上帝的创造之道以及天上的智慧同在:《约翰福音》1:1—18 和《歌罗西书》1:15—20。希腊文 logos,即《约翰福音》第一章中之"道",既指的是智慧,也指向"道"在《旧约》中的用法。《便西拉智训》24:3("从至高者的口中我生出")和《所罗门智训》9:1—2 已经把智慧和道联系在一起叙述。《所罗门智训》7:22 说,智慧是独一无二的(monogenes);而在开场白说,"道"是上帝独一无二的儿子。在《便西拉智训》24:8,智慧搭建他的帐篷,耶稣在《约翰福音》1:14 也作类似的工作(希腊文 eskenenosen,即"搭帐篷")。在《便西拉智训》24:16,智慧有荣耀(doxa)和恩典(charis),正如耶稣在《约翰福音》1:14 那里一样。

在《歌罗西书》1:15—20 这里保存的这首有关创造的赞美

诗歌,把基督描绘为创造世界时的智慧的角色。

> 15 爱子是那不能看见之上帝的像,是在一切被造的以先首
> 生的。
>
> 16 因为天上地下万有都是在他里面造成的,
>
> ……
>
> 18 他也在万有之先,是从死里首先复生的(《新修订标准
> 版》,略有改动)。

像《约翰福音》第1章一样,这首赞美诗把创世之道和从《箴言》
第8章和《所罗门智训》第7章那里的智慧传统结合在一起。创
造和救赎形成一种平行论述。第15—17节那里确认,基督是人
类受造之时的形象(按照上帝的形象进行创造,创1:27—28),
并且他现在就是每个新造的人的样式。

主题索引

人名索引

译后记

　　"智慧文学"是公元前数个世纪中出现于古代东方民族日常生活中的一种独特文体,其主要形式是格言、谚语、诗歌、教谕等,最初可能广泛流通于上层社会的家庭和学校教育中。但今天中国的读者对于"智慧文学"这种文体的熟悉,更多则是来自于《希伯来圣经》(即基督教《圣经》中的"旧约"部分)中的《约伯记》、《箴言》、《传道书》、《雅歌》这四卷以希伯来文写作的"智慧书"。这四卷智慧书(也许还包括《圣经后典》中的《便西拉智训》和《所罗门智训》)在《希伯来圣经》中所占的比例并不大,甚至远远小于摩西五经、历史书和先知书的篇幅,但是历来却引起了非犹太教背景的学者和读者们极高的兴趣。简而言之,与《希伯来圣经》中其他类型的作品相比,智慧书卷较少着意于希伯来民族的传统、律法和宗教仪式,而是直面人生的终极意义和生存智慧的问题。尽管《希伯来圣经》中智慧书卷的作者们也并非完全消弭了宗教的背景,但是在智慧书卷中,"耶和华"(YHWH,新译"雅威")更多的是作为宇宙万物的主宰,而不仅仅是作为希伯来的民族神出现的;与此相联系,"智慧"被人格化为上帝之"道"——智慧存在于宇宙的创造之先,并且以一种独特的方式参与到了上帝对于世界的创造的过程之中。这样，智慧书卷的作者呼吁人们在生活中寻求智慧，从而认识到"敬畏耶和华是智慧的开端"。因此，智慧文学的许多主题是人类永恒的追问，对于今天希望反思人生存在的意义的读者（无论是否宗教信徒或何种宗教的信徒）仍然有现实的意义。

智慧文学作为一种独特的古代东方文体，在《新约圣经》成书的希腊化时代应该说已经逐渐式微，但是作为一个统一的连续体，《希伯来圣经》中的智慧对于《新约圣经》和基督教也有着非常巨大的影响。从逻辑结构上看，在《新约圣经》中，对于耶和华的叙述重心已经逐渐从"亚伯拉罕、以撒、雅各的神"转向"耶稣基督的父神"和"我们在天上的父"，这就势必要求一种与律法书和以色列历史书不同的阐释范型，而《希伯来圣经》中的智慧文学的主题与此具有天然的契合。而从《新约圣经》的作者们习惯使用的对于《希伯来圣经》的寓意阐释来看，智慧文学的主体——在创世之前就与上帝同在、并且参与到上帝创造的具体工作之中的"智慧"，本身就成了上帝之"道"（logos）且"道成肉身"的耶稣基督的预表（typology）。因此，对于有志于《新约圣经》研究的学者和读者们来说，智慧文学依然具有一种举足轻重的地位。

尽管笔者很早就对于《希伯来圣经》中的智慧文学产生浓厚的兴趣，但真正开始一窥学术界尤其是西方世界智慧文学研究的堂奥，还是自 2003 年以来的事情。首先是汉语圣经学界一些学者集中出版了几部有关《希伯来圣经》的研究著作对于智慧文学多有涉及，对此可参见拙文《希伯来语圣经研究范式的更新》（《基督教文化学刊》18）的有关综述和评论。另一方面，国内的一些高校和研究机构中有越来越多的圣经研究者开始关注《希伯来圣经》尤其是《智慧文学》的研究。如自 2007 年起，美国西北大学研究院教授杨克勤博士在北大哲学系开设题为"智慧文学"的研究生课程。而正是在这次课堂上,杨克勤博士向笔者推荐了两本英文智慧文学研究专著——默菲的《生命之树》和眼下这本克利福德的《智慧文学》,并推荐笔者承担后者的翻译工作。

　　眼下这本《智慧文学》的中译本就是这样诞生的。作者克利福德用了不大的篇幅,以深入浅出的语言,全面介绍了各卷《希伯来圣经》中的智慧书卷的基本状况和研究进展。其主要特点如下:第一,篇幅虽然简洁,但所涵盖的信息丰富而全面,全书中几乎没有过度的修饰词和无意义的空话,显得密集而厚实;第二,基于希伯来文本等各书卷原文的原始文献,既反映西方(尤其是英语与德语世界中)对于智慧文学的最新的研究成果,又不乏对一些基本信息的阐释和介绍,因此既适合专业的研究者参考,也适合圣经研究初学者甚至一些对《希伯来圣经》写作和文本有兴趣的普通读者来阅读;第三,作者广阔的视野和认真的文风,使得全书的注释和索引中广泛引用了西方智慧文学研究者的各种学术著作,并且在每章后附的"推荐书目"部分还尽可能地对许多著作进行了简短的点评,基本可以从中管窥西方智慧文学研究的前沿和现状,而这完全可以满足专业读者在进深方面的要求。当然,也正如老子所说的"长短相形,高下相倾",类似的写作风格也造成了这本小书的一些局限,比如,由于作者使用的是概念密度极高的学术语言,因而这或多或少会影响很多中国读者所追求的学术专著的"可读性";而对于文本本身的关切,又使得本书多少显得文学方面阐释游刃有余,而神学方面略有不足,尤其是对于《希伯来圣经》中的智慧书卷和《新约》之间的联系的阐发似乎没有得到充分的展开;最后,作者基于西方学者的立场,似乎对东方学者关于智慧文学的相关研究成果着墨不多,这方面还有很多可能的学术空间。当然,对于智慧文学研究的格局来说,这也未尝不是需要由中国学者起来赓续的学术传统。

需要说明的是,本书中《希伯来圣经》和《新约》的引文,除作者在原书中特别注明"自译"或译者特别注明的部分经文外,均引自中文简体《圣经》新标点和合本(中国基督教协会,2003年);所引各卷《圣经》经卷的中文缩写,亦均按照此版本的相关著录规范;所引《圣经后典》引文,系在参考张久宣译《圣经后典》(商务印书馆,1987年)的基础上自译。原书中一些明显的引文、印刷错误等,在译文中一一作了订正,而不另行出注。

由于其他方面的研究任务,加之期间两个月的访学,使得这本小书的翻译竟然断断续续持续了将近一年的时间,最终的定稿付梓更是在数月之后。尽管这是译者继北京三联书店出版《流派:艺术卷》之后的又一部译作,但限于研究领域和水准,特别是对于《旧约》的学术训练要远疏于《新约》,以我极其有限的古希伯来语文法知识,自知译文尚欠通达乃至舛误之处一定在所难免。但敢于承担这部书稿的翻译工作,首先要衷心感谢杨克勤教授的信任和推荐,同时也要感谢钟志邦教授、高师宁教授、陈贻绎博士等众多师友在我事宗教学研究方面所给予的关心和鼓励,以及导师陈刚教授对于我长期以来形成的驳杂的学术兴趣的宽容和支持。好友柳博赟帮助解决了多处语言上的疑难,华东师范大学六点分社的编辑朋友也为此书付出了辛勤的工作,在此深表谢意。

当然,译稿中的一切错误均由我本人承担。

祝帅

2010 年 1 月

于北京大学

图书在版编目(CIP)数据

智慧文学／（美）克利福德著；祝帅译. —上海：
华东师范大学出版社,2010.3
　ISBN 978－7－5617－7639－1

　Ⅰ.①智… 　Ⅱ.①克… ②祝… 　Ⅲ.①文学史－研究
－近东－古代　Ⅳ.①I370.92

中国版本图书馆 CIP 数据核字(2010)第 051955 号

华东师范大学出版社六点分社

企划人　倪为国

The Wisdom Literature
By Richard J. Clifford
Copyright © 1998 by Abingdon Press, Nashville, Tennessee USA
Simplified Chinese character translation rights licensed from Abingdon Press through Riggins
International Rights Services, Inc.
Simplified Chinese Translation Copyright © 2010 by East China Normal University Press Ltd.
ALL RIGHTS RESERVED.
上海市版权局著作权合同登记　图字：09－2008－586 号

圣经图书馆
智慧文学
（美）克利福德　著
祝帅　译

责任编辑　　戴鹏飞
美术编辑　　吴正亚
责任制作　　肖梅兰
出版发行　华东师范大学出版社
社　　址　上海市中山北路 3663 号　　邮编　200062
电话总机　021－62450163 转各部门　　行政传真　021－62572105
客服电话　021－62865537（兼传真）
门市(邮购)电话　021－62869887
门市地址　上海市中山北路 3663 号华东师范大学校内先锋路口
网　　址　www.ecnupress.com.cn
印 刷 者　上海市印刷十厂有限公司
开　　本　890×1240　1/32
插　　页　1
印　　张　8
字　　数　143 千字
版　　次　2010 年 7 月第 1 版
印　　次　2010 年 7 月第 1 次
书　　号　ISBN 978-7-5617-7639-1/I.688
定　　价　29.80 元

出 版 人　朱杰人

（如发现本版图书有印订质量问题,请寄回本社客服中心调换或者电话 021-62865537 联系）